書下ろし

傭兵代理店

渡辺裕之

祥伝社文庫

目次

プロローグ

都築和道《つづきかずみち》は双児《ふたご》の娘の寝顔を確認すると、笑顔を浮かべ子供部屋を後にした。

いつもと同じ時間に帰ってきたが、三歳になる娘たちは昼寝もしないで遊んでいたらしく、夕食後すぐに寝てしまったようだ。

廊下の突き当たりにある自分の書斎に入ると、足下を見ながらゆっくり歩いた。入口から一メートルほどのところで、微《かす》かに床がきしむ音がした。

「やっぱり、ここか」

この一月、同じ場所で床がきしむようになった。普段は気づかないが、雨の日は湿気のせいか気になる。家を新築してまだ一年しか経《た》っていない。

「あの業者に文句を言ってやる」

和道は独り言を言いながら、窓際の仕事机に向かった。

「さてと、片づけるか」

机の上に広げてある書類の整理にかかった。来月は会社の決算、税理士に渡す書類はもちろんのこと、取引先に関することで弁護士に渡す書類も作っている。

書類の整理に夢中になりはじめた矢先、床がきしむ音がした。

和道は、びくんと肩を動かした。ドアの開く音はしなかった。

頭をゆっくり回転させるように振り返った。

〝パンッ〟という乾いた破裂音がし、和道は顔面を強打されたボクサーのようにのけぞり、そのまま半回転して、額を机にぶつけ、うつぶせになった。

まるで壊れたおもちゃのように頭をがくがくさせながら、和道は体を起こした。目の前の窓ガラスに小さな穴が開いていることに気がついた。さっきまでは確かになかった穴から、冷たい風が吹き込んでいる。しかもその周りに、血が付着しているのが分かった。だが、その穴が、自分の右頰《ほほ》から左頰を貫通した弾丸の抜けた痕だということまでは気がつかなかった。

混濁して行く意識の中で、和道が最後に見た風景だった。

傭兵の帰還

一

　男は黒のショルダーバッグを、無造作にタクシーの後部座席に投げ入れた。夏の終わりとはいえ、よく陽《ひ》に焼けている。ジーパンに白のTシャツと身軽な格好をしているが、サングラスに短く刈り上げた髪型は、どこか危険な臭《にお》いがする。

「下北《しもきた》」

「はい？」

「茶沢《ちゃざわ》通り」

「世田谷《せたがや》の下北沢《しもきたざわ》ですよね」

　タクシーの運転手は物憂《ものう》げに座る男をバックミラーで窺《うかが》いながら、尋《たず》ねるように答えた。都内ならともかく成田《なりた》空港のタクシー乗り場である。運転手が確認したのも当然といえよう。だが、男は当たり前のことを聞くなとばかりにそれを無視した。運転手は小さな溜《た》め息《いき》をつくと、無言でアクセルを踏み込んだ。

京葉《けいよう》道路から首都高定番の渋滞を抜け、タクシーは二時間後、下北沢に近づいた。

「お客さま、茶沢通りに入りました。どこに止めましょうか？」

返事は返ってこなかった。サングラスをかけた顔から、表情を窺うことはできない。駅前通りの交差点に近づいたころ、男はぼそっとつぶやいた。

「ここだ」

道路脇の駐停車車両を避けるように交差点をだいぶ過ぎたところで、タクシーは止められた。男はそれを気にすることもなくタクシーを降りると、道を渡り、狭い路地に入った。このあたりの地理に明るいのか、男は路地の奥へと進み、閑静な住宅街にそぐわない古びた建物の前に立った。所々コンクリートが剝《は》げ落ち、ツタが絡《から》まっている。あたりは新築の住宅が多いため、その陰気臭さは際立《きわだ》っていた。さらに時代錯誤ともいえる丸に質《しち》と書かれた大きな金看板が掲《かか》げられている。

男は透《す》かし硝子《ガラス》の引き戸を薄く開け、客がいないことを確認すると中に入った。鉄格子で仕切られたカウンターの向こうに、老眼鏡をかけ気難しい顔をした店の主人、池谷悟郎《いけたにごろう》が一人黙々と帳簿をつけていた。五十七という年齢以上に老《ふ》けて見える池谷は、瘦《や》せた馬を連想させる風貌に加え灰色の事務服まで着込んでいる。一見時代遅れの店に磨《みが》きをかけているようだが、少々見栄《みば》えが悪い分、客には安心感を与えるのかもしれない。

「しばらく、お待ちくださいませ」

池谷は、短く刈り上げた白髪頭を上げようともせずに電卓を打ち続けた。

男は肩にかけていたショルダーバッグをカウンターの上に音を立てて置いた。

池谷は電卓を打つ手を止め、老眼鏡の奥から鋭い視線を寄越したが、目の前の人物を確認すると急に愛想《あいそ》笑いを浮かべ柔和《にゆうわ》な商人の顔になった。

「ずいぶんと行儀が悪い客だと思ったら、藤堂《とうどう》さんじゃないですか」

「愛想のない店主よりましだろう」

「すみません。帳簿の計算が合わなかったものですから。おや、荷物をお持ちのところを見ると、今日お帰りになったのですか？」

男は微かに右頬《ほほ》を緩《ゆる》めると、サングラスをはずした。藤堂浩志《こうじ》、見てくれは三十代後半といってもおかしくはないが、これで四十三歳と決して若くはない。だが彫《ほ》りの深い顔に、鋭い目つき、身長一七六センチと大柄ではないが、鍛《きた》え上げた体に隙《すき》はない。

「奥にお上がりください」

池谷はカウンター横の分厚い鉄の扉を片手で開けながら、手招きをした。

窓もない殺風景な応接室に浩志は通された。茶色の陰気臭いソファーに座ると、奥の扉から女性事務員が現れ、コーヒーをテーブルにこつんと置くとさっさと出て行った。

「確か、任務は六月に終わっていたはずですが、また、どこかで教官でもされていたのですか？」

「いや、あんたの紹介してくれた仕事が終わってから、〝大佐〟のところにいた」

「へえー、ランカウイに二ヶ月もいらっしゃったのですか。それは羨《うらや》ましい」

日本では馴染《なじ》みのない職業だが、浩志は傭兵と呼ばれるプロの戦争屋だ。海外では退役した職業軍人が就《つ》く職種の一つで、戦地で勤務する警備員程度の感覚だろう。

浩志は二十八歳まで警視庁一課の刑事だったが、ある事件がきっかけで退職した。その後、フランスの外人部隊に入隊した。フランスは自国民を危険にさらさないという伝統があり、危険な任務には外人部隊が作戦行動をとる。外人部隊は、その名のとおりフランス以外の国籍から募集されるが、厳しい訓練の末、軍への忠誠と任務の絶対遂行を誓わされる。

浩志はこの部隊で五年の任期終了後、フリーの傭兵として転戦した。八年前、戦地で知り合った〝大佐〟と呼ばれる傭兵から、池谷を紹介された。彼は表の看板とは別に、裏では傭兵を海外に紹介する代理店を営んでいた。世界情勢の悪化が進む現在において、戦争請負《うけおい》会社と呼ばれる海外の大手警備会社とともに急成長している業界である。

一般には知られていないが、自衛隊や警察を退職した人間が傭兵として中近東を始めとした戦地で働くケースは多い。しかも年を追うごとにその人口は増える傾向にあり、戦地から遠く離れた日本でも傭兵を斡旋《あっせん》する代理店は、商売として成り立つ。だが欧米ならともかく、日本で許される業種ではない。その存在を知る者は、日本ではもちろん裏の社会に限られていた。

「あそこは、金を使わずにのんびりできるからな」

傭兵として、いつのまにか十四年のキャリアを積んでいた。年数からすれば決して長いとは言えないが、浩志は各地の戦闘で実績を上げ、傭兵の間では一目置かれる存在になった。今では欧米の特殊部隊から、臨時講師として呼ばれることもある。体は常に鍛え上げ、十年前と変わらない体型を保っている。しかしながら、最近アサルトライフル（突撃銃）を持つのも、いささかくたびれてきた。別に銃が重いというのではない。なによりも戦場に飽きてきた。池谷に紹介された仕務が終わってから、ランカウイというマレーシアのリゾート島に長居したのもそのせいだ。

「大佐は、元気にされていましたか？」

「ああ、相変わらずだ」

〝大佐〟とは日系マレーシア人の元傭兵で、本名はマジェール佐藤《さとう》という。浩志は八年前、アメリカの支援を受けたアフリカのある国に雇われたことがある。軍には傭兵部隊があり、佐藤は部隊長だった。当時傭兵として年齢的に峠は越えていたが、その知識と経験は現地の司令官も指示を仰ぐほどだった。大佐というニックネームは、どこで雇われても待遇が大佐クラスだったことからきている。彼は五年前に引退したが、その名は、未《いま》だに池谷の傭兵リストにも載《の》っている。今は故郷で日本人相手の観光ガイドをしてのんびり過ごしている。浩志は、戦地に飽きるといつも大佐のいるランカウイ島の北部、タンジュン・ルーの水上コテージを訪ねる。

「今日は、どちらにお泊まりですか？」

浩志がプライバシーに踏み込んだ話を何より嫌うことは知っているはずだが、池谷はあえて質問を続けてきた。

「適当に決める」

「当方でホテルをご紹介しますのに」

これは、いつも繰り返される会話だった。浩志は、その飛び抜けた戦闘能力からどこの代理店でも待遇はＶＩＰクラスだ。

浩志は右手をわずかに上げ、池谷の申し出を断った。右手はこれ以上の話を拒否していた。

「それでは、いつものように専用の携帯をお持ちください」

池谷は傭兵リストのメンバーに専用の携帯を渡していた。日本国内にいる間は、クライアントのオーダーに即座に対応してもらうためだ。

「電源はお切りにならないようにお願いします」

「分かっている」

めんどくさいと思いつつ、浩志は携帯を受け取った。

「日本には、いつまでいらっしゃるのですか」

「しばらく日本に住むつもりだ」

「住む？」

池谷は怪訝《けげん》な顔をした。これまで浩志は日本に帰ってきても、二、三週間もすると次の仕事を見つけて出国していたからだ。

「それでは、警察か自衛隊に講師の紹介を打診しましょうか？」

浩志は、イギリスの特殊部隊ＳＡＳから講師として招かれるほどの能力を持っている。彼のサバイバル術や格闘技は、実戦経験のない自衛隊や警視庁の特殊部隊では得難《えがた》いものだ。しかるべき筋を通せば、必ず需要はある。

「当分、仕事をするつもりはない」

池谷はわずかに首を傾《かし》げたものの、すぐに了解したようだ。傭兵代理店として、浩志のプライベートに踏み込むつもりはないからである。

二

浩志はとりあえず、その日のねぐらを確保することにした。

小田急《おだきゆう》線で新宿《しんじゆく》に出ると、今度は山手線に乗り換え新大久保《しんおおくぼ》で降りた。この街の喧噪《けんそう》は相変わらずだが、町並みと同時に人種も大きく変わった。この界隈《かいわい》は今では日本人の方が少ないのではないかとさえ思われる。しかし、どこか怪し気で多国籍な雰囲気が、海外生活の長い浩志にとって、かえってやすらぎを与えてくれる。

二十五年前初めて長野から上京した時、やはりこの街でねぐらを探した。当時大学受験で一週間ほど東京に滞在する必要があった。親の金をあてにできない浩志は、自分で安宿を探した。夜行バスで早朝の東京駅に着くと、とりあえず山手線に乗った。東京駅の周辺で、泊まれそうな宿がないことだけは知っていたからだ。だが、田舎と違い電車は二分おきに駅に停まり、街が途切れることがなかった。呆然《ぼうぜん》とどこまでも続く町並みを車窓から眺めていると、旅館らしき看板が林立するのが見えてきた。

思わず降りたのが新大久保駅で、旅館と思ったのは、連れ込み旅館とラブホテルだった。落胆して駅裏に通じる線路沿いの道をとぼとぼ歩いていると、一泊八百円という文字が目に入った。和光《わこう》荘という妙に半端《はんぱ》な名前の看板だった。そこへ、紺色の法被《はっぴ》を着た恰《かっ》幅《ぷく》のいい男が看板のある建物から現れた。入口で思案顔の学生を見兼ねたのだろう。

「お泊まりですか？」

意外に男は丁寧《ていねい》な言葉遣《づか》いをした。

「あのー、八百円って。どういうシステムなのですか？」

「システム？　はっは、システムは簡単です。八人部屋で、お一人様八百円です。トイレと浴室は共同です。そのほかに二名定員でお一人様千二百円の部屋もありますよ。料金は前金制です」

「八人部屋というと……」

「相部屋ということです」

鷹揚《おうよう》な態度に陰はない。飯島《いいじま》というこの旅館の番頭だった。

当時、この界隈は「連れ込み街」と呼ばれていたが、それに混じって日雇い労働者のための安宿が何軒かあった。いわゆる「ドヤ」と呼ばれるものだ。中には、一泊二百円というところもあったが、部屋をベニヤ板で仕切っただけの粗末なもので、荷物を枕にしていなければ盗まれるという物騒《ぶっそう》なところだった。その点、和光荘は八人部屋といっても木製の二段ベッドに布団もついているし、共同浴室も大きめで、掃除も行き届いていた。そのため、労働者より地方の学生や海外からの貧乏旅行者が多かった。

「藤堂さんじゃないですか？」

和光荘の前に立つと、二十五年前の光景を再現するかのように飯島が現れた。しかし、歳月の流れは疑うべくもなく、飯島の頭はすっかりはげ上がり、体重も当時の半分ほどになっているであろう。

浩志は日本に帰るたびに利用するため、たまの客とはいえ歓迎された。

「しばらく、やっかいになりたい」

「毎度ありがとうございます。何泊でもどうぞ」

「大部屋は空《あ》いているか」

「八人部屋は、あいにく満杯ですが、二人部屋なら空いていますよ」

飯島は浩志の返事も待たずに中に入り、小さな受付で宿泊人名簿の用意を始めた。二人部屋は現在一人千六百円で、一人で泊まる場合は二千円だ。

浩志は苦笑し、二十五年で四百円上がった部屋に泊まることにした。定員二名というのは、部屋が団地サイズの二畳しかなく、無理をすれば二人泊まれるということだ。身長一七六センチと長身というほどではないが、それでも布団を部屋の対角線上に敷かないと寝ることはできない。しかし、戦場のジャングルや砂漠でひざを抱《かか》えながら寝ることを思えば極楽だ。荷物は、着替えとヒゲそりを入れただけのショルダーバッグが一つ。盗まれる心配はないが、パスポートは帳場の金庫に預け、とりあえず晩飯を食べに外に出た。

かつては、線路沿いを歩けば労働者向けの飲み屋が何軒もあり、値段の安さと量の多さは、仕事にあぶれた日雇い労働者のまさに味方だった。だが、それも今はむかし、安直な店は淘汰《とうた》され、代わってこぎれいな韓国料理店が増えている。

　大久保通り沿いを市ヶ谷《いちがや》方向にぶらぶら歩いてみる。「家庭料理風韓国料理」という看板に目を留め、浩志は中に入った。

「いらっしゃいませ」

　店員がにこりともしないで、迎え入れた。

　日本では、客商売は笑顔が基本だが、アジアの中でも大陸系の国では、笑顔までサービスする必要はないと考えられているようだ。

　浩志は傭兵というより、元刑事としての習慣で出入口のレジが見える席に座った。

　生ビールにチヂミとプルコギを注文した。味は予想どおり、店員の態度に反比例してうまかった。追加注文しようとメニューを眺めていると、男が二人店に入ってきた。浩志の直感が警戒信号を発した。一人はひげ面の大男で、もう一人は小柄で茶髪。どちらも十代後半でヒップホップ風のスタイルをしているが、この界隈のチンピラだろう。二人とも席に着かず、そわそわと店の様子を窺っている。店員は客の対応に追われ、彼らに気づいていない。メニュー越しに何気なく見ていると茶髪の男はだぶだぶのズボンのポケットに右手を入れている。

　茶髪の男と目が合った。

浩志は人指し指を立て、ゆっくり振った。

男は目を剝《む》き、怒りで顔をゆがませ大男を促《うなが》すと店の外に消えた。おおかたレジの金目当ての泥棒か、恐喝のたぐいだろう。店にとってトラブルは未然に防がれた。しかし、プロの傭兵として、こうしたトラブルには関わるべきではない。傭兵とは、戦場でも平和な街でも決して表に出る職業ではないからだ。十四年前に退職し、忘れたはずの刑事《デカ》根性が時として頭をもたげる。こんな時、上《うわ》っ面《つら》の正義感ぶった自分に、無性《むしょう》に腹が立つ。

浩志は追加注文を止《や》め、店を出た。

暑苦しい街にも、夜風が吹いていた。スモッグ混じりの風に、慰《なぐさ》め程度の冷気を感じた。

通りを行き交う人々は、俯《うつむ》いて黙々と歩いている。どの顔も魂が抜けたように虚《うつ》ろな表情だ。だれも他人には関心がなく干渉もしない。この街の不文律《ふぶんりつ》のようなものだ。それを犯したことを後悔しながら浩志は人ごみに身を委《ゆだ》ねた。

三

トラブルというものは、いつも向こうからやってくる。平和な街ならいざ知らず戦場でのトラブルは死神という、強力なスポンサーを伴《ともな》う。

ある時は待ち伏せ攻撃、またある時はブービートラップ（仕掛け爆弾）、気を抜けばいつでも死は訪れる。何も銃や迫撃砲で撃ち合うだけが戦争ではない。戦場では、人を殺す手段に掟《おきて》はないのだ。以前、イラクを取材していた日本人記者が、おみやげ代わりに持ち帰ろうとしたクラスター爆弾が暴発するという事件があった。このピクニック気分の記者が、どうして戦場から生きて帰れたのか不思議でならないが、代わりに何の関係もない空港職員の命を奪う結果になってしまった。もっとも、彼に限らず、危険に対する意識が低いのは日本人の特徴ともいうべき問題だろう。

浩志は大久保通り沿いにガード下を抜けると和光荘とは反対の北側の路地に入った。通りの北側は新宿から離れるせいか、夜ともなれば人通りもなく寂しい。

ぶらぶらと歩きながら、浩志は後ろからつけてくる男たちの気配を感じた。

〈五人か。三人増えたな〉

店を出てすぐつけられていることに気がついた。宿泊先を知られることは、もちろん避けるべきであり、宿に迷惑をかけるつもりもない。

通りから連れ込みホテルが消えると、やがて、病院の壁が続く薄暗い道に入った。人影などどこにもない。男たちはばたばたと駆け寄り、浩志を取り囲んだ。人を襲うことに慣れているようだ。

「さっきは、なめたまねしてくれたじゃねえか」

例の茶髪男だ。どうやらこの不良グループの頭《ヘッド》らしい。

「何の話だ?」

「てめえ、さっき、俺に指を振って見せただろうが」

「ちょっとした親切だ。礼はいらんぞ」

「なんだと!」

茶髪は落ち着いた浩志の態度に疑問を抱くことを知らない。まして、わざと人気のない場所に連れてこられたことすら気がつかないようだ。

「こいつ、バカだぜ!」

茶髪が吐《は》き捨てるように言うと、他の連中も同調し、はやし立てた。

「おい、ジェイク、やれ!」

茶髪は一緒にいた大男を促した。

ヒップホップ風のだぶだぶのパンツをずり下げ、大きなシャツを着込み、英語名のニックネームで呼びあえば、かっこいいアメリカ人になれるとでも思っているのか。もっともアメリカでも、この手は街のチンピラ以上にはなれない。

ジェイクと呼ばれた男の身長は一九〇センチを越えており、図体だけはアメリカ人と比べても遜色《そんしょく》はない。

「この、くそっオヤジが!」

大男はいきなり胸ぐらを摑《つか》もうと右手を出してきた。

浩志は左手で男の中指を摑むと後ろにねじ曲げた。

男の絶叫と指の骨が折れる鈍《にぶ》い音がした。すかさず、金的にひざ蹴りをくらわし、崩れ落ちた顔面にとどめのひざ蹴りを入れた。今度は、鼻の骨が折れる音がした。だが、すでに男は気を失っており、声すらあげなかった。

敵を戦闘不能にする、戦場で鍛え上げられた技だ。

男たちは一瞬にして凍《こお》りついた。

だが、逆上した茶髪は、ポケットからナイフを出した。

「ざけんな、コノヤロウ！」

茶髪に倣《なら》い、男たちはそれぞれの武器を出した。ほとんどナイフだったが、斜め後ろに特殊警棒を持った男がいた。こうした武器は、敵に奪われないよう担《かつ》ぐように構えるのだが、この男は前に突き出して構えている。

浩志はいきなり斜め後ろに飛び、その男の右腕をねじ上げ肩の関節をはずすと、特殊警棒を奪った。そして警棒で男の後頭部を殴りつけ昏倒《こんとう》させた。

男たちは思わぬ反撃に唖然《あぜん》とし、動きが鈍った。しかし浩志は容赦《ようしゃ》なく次々と彼らの腕をへし折り、頭を殴って気絶させた。だが茶髪の男だけは、右手首を骨折させただけにした。

浩志は尻餅《しりもち》をついて呻《うめ》いているその男の髪を鷲摑みにし、無理矢理顔を上に向けた。

「かんべんしてくれ！」

茶髪は震《ふる》える声で言った。

「武器を持った奴は死んで行く。今度は殺すぞ」

浩志はあえてこの男を失神させなかった。全員気を失っては、助けを呼ぶこともできない。死にはしないが治療が遅れれば完治しない可能性もある。男たちにとって病院の横で襲撃したのは、不幸中の幸いと言ったところだろう。もっとも浩志はそれを計算に入れて、襲撃させたのだ。

浩志は和光荘に戻ると風呂に入り、斜めに敷いた布団に横になった。いつもながら、面倒事を背負い込む自分に溜め息をついた。自分に起こった災難のはじまりは、いつだったかぼんやりと考えているうちに、意識が遠のいた。

四

翌日、浩志は新宿駅から小田急線に乗った。

習慣として電車に乗る時は、乗降口のすぐ横の角に立つ。座席に座ると、窓から後頭部をさらけ出すことになるが、ここなら外から見えることはない。日本では狙撃される心配はないだろうが、習慣上窓の近くには座りたくない。

日本は年々凶悪犯罪が増加し、治安が悪くなっている。だが、ロケット弾が飛び交うことも地雷が爆発することもない。アメリカのように身を守るために一般市民が銃で武装することもない。ようは、平和なのだ。浩志でさえ一週間も日本にいれば傭兵としての緊張感は緩んでしまう。だが、身に迫る危険を臆病なまでに予見していつも行動する。

浩志は常々傭兵に限らず、兵士としての素養は臆病であるべきだと思っている。ここでいう臆病とは、恐怖心をちゃんと抱くということだ。恐怖心とうまく付き合い、それを克服できる者だけがプロの兵士として、戦場を生き抜くことができる。銃声や爆撃音に怯《おび》えない者はいない。物陰にひそむ狙撃手を恐れるのは当たり前のことで、恐れを知らない者は、死への想像力に欠けるか、精神的におかしくなったかどちらかだ。こうした連中は、得てして勇気があると思い込み、戦場では簡単に死んでいく。

浩志は成城学園前《せいじょうがくえんまえ》駅で降りると駅前の成城通りを南に向かった。教会前を過ぎ、だらだらと長い病院坂を下り世田谷通りに出た。そのまま陸橋を越えると住所は成城から喜多《きた》見《み》に変わり、道は多摩堤《たまつつみ》通りとなる。

道に沿って橋を渡り、野川を越えると、橋のたもとから川沿いの遊歩道を歩いた。左手にある鬱蒼《うっそう》とした林が大きな木陰を作り、汗がすっと引いた。次太夫堀《じだゆうぼり》公園という農村を再現した公園の林である。浩志は木陰に誘われるように公園に入った。蟬《せみ》が輪唱する散歩道に沿って歩くと、窓ガラスが割れ、ツタが絡まった一軒家が見えてきた。

この家には、かつて近所でも評判の仲の良い家族が住んでいた。だが、十五年前の二月、みぞれ降る寒い夜、家族はおぞましい力により、この世から消滅した。

一家の主人、都築和道の六十四歳になる母親が一階のバスルームにて入浴中、後頭部を鈍器のようなもので殴られた上、首を鋭利な刃物で切られた。彼女はバスタブにうつ伏せの状態で発見されたが、首の頸動脈を切られていたため、バスタブは血の海と化していた。

第二の被害者は和道の妻、沙耶子《さやこ》三十七歳、同じく一階のキッチンで水仕事中に、後ろから羽交《はが》い締めにされ扼殺《やくさつ》された後、改めて首を切られていた。

第三、第四の被害者は、双児の幼い姉妹で、二階の子供部屋で就寝中に殺された。二人とも心臓を刃物で刺され、その上で首を切られていた。傷口は、いずれも耳の下から反対側の耳の下までであり、深さは気管に達するほどだった。

最後の被害者は、都築和道、当時四十五歳で貿易会社を営んでいた。二階の書斎で二発の弾丸を頭部に受けた上、首を切られて死亡していた。なぜ、和道のみ、銃を使って殺されたのか、疑問だった。金品は何も取られておらず、強盗の線はすぐに否定された。怨恨《えんこん》か、性格異常者による通り魔的犯行かということで捜査は開始され、当時捜査一課に所属していた浩志も、何度もこの地を訪れ、聞き込み捜査をした。

犯人に関連する物証は、和道の胸部に残された二十二口径の弾丸のみで、髪の毛や指紋、足跡すら得られなかった。犯人の侵入経路は、風呂場脱衣所の窓からであり、脱出経路も同じであることが判明した。この窓は家の裏にあり、敷地の外からは見えない。ここから裏庭の飛び石伝いに垣根を越えれば、隣接する公園の木立の中に、人目を気にせず入ることができる。むろんその逆も成立する。セキュリティの契約はされていたが、いつも和道が就寝前に戸締まりを確認した上でセットしていたようだ。当日セキュリティは作動していなかった。

午後八時十分にこの家に荷物が届けられており、宅配便の運転手が沙耶子夫人を確認している。この時、夫人に変わった様子はなかったという。また、午後八時五十分ごろ、公園で犬の散歩をさせていた近所の男性が二発の銃声を聞いている。男性は銃声を車のバックファイヤーだと思い、警察に通報することはなかった。以上のことから、犯行は午後八時十分から五十分までというきわめて短時間で行なわれたものと断定された。

物証がないことから、捜査は難航するものと思われていたが、一月後、警視庁に届いた一通の手紙で、急展開することになった。

手紙はある週刊誌の文字を切り抜いて作られており、「犯人は捜査一課の刑事である。奴の銃を調べよ」と書かれていた。差出人不明ということもあり、当初悪質ないたずらと一笑されたが、内容がいつのまにかマスコミにリークされ、黙って見過ごすことはできなくなった。

マスコミの攻撃に恐れをなした警視庁は、一課の刑事全員の銃を調べ、身の潔白を証明することになった。だが、信じ難いことに浩志の銃が、犯人の残した弾丸と一致するというとんでもない結果が出た。正確には、ライフルマーク（線条痕）が合致したのである。通常銃身には螺旋《らせん》状の溝があり、弾は高速で回転しながら発射される。そのため、発射された弾には、人間の指紋のごとく個々の銃特有の螺旋状の傷がつくのだ。

浩志はその日のうちに容疑者とされ、連日厳しい取調べを受けた。

事件があった日、浩志は東五反田《ひがしごたんだ》で起こった殺人事件の聞き込みを五反田駅周辺で行なっていた。無論銃は、携帯していた。通常、刑事は二人一組で行動し、警視庁の刑事は事件を担当する所轄の刑事と組むことになっている。この日も片桐勝哉《かたぎりかつや》という浩志よりいくつか年下で気の好い品川《しながわ》署の刑事と一緒だった。だが、片桐は夕食後激しい腹痛に襲われ、救急車を呼ぶ事態になった。やむを得ず、浩志は単独で駅周辺の聞き込みを夜の十二時ごろまで続けた。一方片桐を乗せた救急車は赤信号で交差点を渡る途中、サイレンに気づかずに走って来た大型トレーラーと衝突し大破、炎上した。ストレッチャーに乗せられた片桐はおろか救急隊員ですら逃げ出すこともできないほどの大事故だった。相棒の死により、当日の捜査記録そのものの信憑《しんぴょう》性は失《う》せてしまった。

大型トレーラーの運転手は、事故直後逃走し、翌日港に止められたトレーラーにガソリンを撒《ま》いて火をつけ自殺している。目撃者はいない。警察では、事故の責任を感じての自殺と断定した。だが、浩志は事故そのものが仕組まれたもので、浩志を陥《おとしい》れるため片桐刑事は犠牲になったと思っている。

警察は当然のことながら物証にこだわる。証拠というものは、それがいかなる理由で存在するか客観的に検証する必要があるが、彼らは時として、犯人とされる人物との因果関係のみ重視する。つまり浩志の銃が、犯行に使われたものなら犯人を浩志としてみなすことになる。こうした偏《かたよ》った視点からの捜査は、多くの冤罪《えんざい》の原因となっている。事件を科学的かつ客観的に検証しようとする努力を怠る結果、容疑者の自供や第三者の目撃証言などが軽視、あるいは無視されることになる。浩志は当日、銃を携帯していたことから、銃がすり替えられたと主張したが信じてはもらえなかった。

近くの小枝でカラスが突然けたたましく鳴いた。縄張りを荒らす不届きなカラスに警告を発したのだろう。物思いにふけっていた浩志は、その声で我にかえった。公園を出ると都築邸の玄関口に回ってみた。門はチェーンで幾重にも縛られ、錆《さび》ついた南京錠がかけられていた。浩志はサングラスを外し、黙禱《もくとう》した。

この事件の時効は、すでに半年前に切れていた。この十五年間、事件は深く胸の傷として残り、ことあるごとに疼《うず》いた。浩志は日本に帰るたびにこの地を訪れ、あえてその傷が癒《い》えないようにしてきた。この痛みと自分を陥れた真犯人への復讐心を支えとし、今日まで生きてきた。正義だけでは十五年もの間、犯人を追うことはできなかった。だが、さすがに時効が切れた今となっては、何もかも空しいものとなってしまった。これまでと違い今日は、故人に対してただひたすら冥福を祈った。いつにもなく静かな気持ちになった。十五年にも及ぶ呪縛《じゅばく》から解放され、復讐心も燃え尽きたのだと、自らを納得させた。

五

浩志は新宿から山手線で池袋《いけぶくろ》まで行くと、地下鉄に乗り換え護国寺《ごこくじ》で降りた。地上に出ると八月の終わりというのに盛夏と変わらぬ強烈な日差しが照りつけた。それでも、蟬の声はアブラゼミからヒグラシに替わっており、季節の節目を感じる。

駅の近くで花を買うと、五分ほど歩き小さな寺の墓地に入った。大きな楠木《くすのき》が墓地に影を落とし、ここでもヒグラシが夏の終わりを告げていた。片隅のとりわけ小さな墓前に花を添え、長い間手を合わせた。この墓に眠っている高野信二《たかのしんじ》という人物に浩志は恩義があった。

浩志がまだ刑事のころ、高野は十一年上の先輩だった。十五年前に起きた都築家殺人事件で、浩志が容疑者にされた時、たった一人、彼の無実を信じて行動した人物でもあった。

事件当日、浩志が捜査していたのは、前年の暮れに五反田駅前の歓楽街にあるスナック店員藤本麻己《ふじもとまき》が、深夜、駅の反対側にある東急池上《いけがみ》線の高架下のトンネルで何者かに腹と胸を刺され死亡するという事件だった。

浩志は麻己の店から現場への経路を捜査していた。都築家殺人事件の犯行時刻と思われる午後八時から、九時まではもちろん、夜の十二時近くまで聞き込みをしていた。この時、浩志は相棒の片桐の死も知らずに単独で捜査を続けた。それが仇《あだ》となり、アリバイを証明できなかった。

開かれた諮問《しもん》会議で、浩志は執拗《しつよう》な尋問を受けた。

会議の陣頭に立った管理官の景山賢治《かげやまけんじ》の蛇《へび》のような顔が、今でも目に焼きついている。景山は浩志が、まるで犯人であるという前提で会議を進めた。浩志の警察への不信、憎悪はこの時始まったといっていい。

高野は浩志のアリバイを立証すべく、管轄外である五反田の事件の捜査に加わった。だが、捜査を開始して四ヶ月経っても犯人はおろか、アリバイを立証する目撃者すら見つけることはできなかった。特に歓楽街の住人は関わりを恐れてか、浩志の聞き込みを受けたにも拘《かか》わらず、記憶にないという者が何人もいた。そのうちの一人、麻己の勤めていたスナックの主人竹井《たけい》を高野はマークするようになった。麻己の身辺調査をするうちに被害者が竹井の愛人であったことや、金銭トラブルに巻き込まれていたことが分かったからだ。

さらに高野は事件後、竹井が廃車にしていた自家用車を埼玉県のスクラップ工場で見つけ、そのトランクから被害者の血痕と毛髪を発見した。これが決定的証拠となり、竹井を殺人容疑で逮捕した。竹井は、厳しい取調べを受けるうちに喜多見の事件当日、浩志が午後八時半ごろ聞き込みに現れたことを証言した。彼は警察と関わりたくない一心で、嘘をついていたのである。

無実が証明され、半年ぶりに浩志は拘置所から解放された。

竹井の供述が公表された翌日に拳銃保管庫の警務官が自殺をした。銃と弾は、毎日別々の保管庫で管理され、担当警務官によって直接受け渡しがされることになっている。勤務時間外の銃の保有を規制するとともに他人の使用を防ぐためだ。この警務官の死亡により、浩志の銃のすり替え疑惑が濃厚となった。

こうして浩志の冤罪は証明されたが、今さら元の状態に戻れるものではなかった。警察という組織に対する不信感は拭《ぬぐ》えるはずもなく、刑事を続けることは不可能だった。

だが予想もしない転機が訪れた。辞職を考え失意の日々を送っていた浩志の元に犯人を密告する手紙が送られてきたのだ。「犯人は日本人。フランスの外人部隊に逃走」。あまりに突飛な内容だったが、浩志を震撼《しんかん》させるには充分だった。浩志をおとしめる原因になった密告の手紙と同じ週刊誌を切り抜いて作られていたからだ。このことはマスコミで報道されなかったため、いたずらとはとても思えなかった。それに日本を逃げだしたいという気持ちもどこかにあった。浩志はすぐさま辞職し、一人フランスに向けて旅立った。浩志を見送った高野は餞別《せんべつ》に五十万を黙って渡してくれた。たたき上げの高野は、警部補止まりの刑事だった。少ない給料で貯めた貯金から工面してくれたに違いなかった。

その高野も四年前に癌《ガン》で亡くなってしまった。訃報《ふほう》を聞いたのは、その一年後、パスポートの更新で一時帰国した時だった。良き理解者であり、兄のような存在だっただけに、未だにその死は受け入れがたい。何度この墓を訪れても、納得ができなかった。だが、皮肉なことに、高野の霊前は心落ち着く場所でもあった。

浩志は墓の前で佇《たたず》んだまま動かなかった。これまでの十五年間を追想した。

外人部隊に入隊後、犯人らしき日本人を捜した。厳しい訓練の合間を縫って行なう捜査ははかどらず、二年近く経って、ようやく高原《たかはら》という人物が脱走していたことが分かった。だが、浩志は犯人は他にいるかもしれないという可能性を捨てきれず、任期が終了するまで、さらに三年部隊に留まった。脱走兵自体、珍しいことではなかったからだ。我慢強いというわけでもなかった。すでにこのころ、軍人としての生活が板につき、当初の意欲も薄れていた。それでも退役後、プロの傭兵として独立し、紛争地域に外人部隊出身の日本人を捜し求めた。外人部隊での五年間、脱走兵ばかりでなく、任期終了も含めると日本人は十一人もおり、裏が取れたのは五人、結局残り六人の行方を追うことになった。

外人部隊を出た者の多くは、イギリスなどの大手警備会社に再就職する。これらの会社は、紛争地域にある欧米の会社に傭兵を警備員として派遣する。当初浩志は、これらの会社を調べようとしたが、警備会社だけに、調査することは不可能だった。非効率だが、紛争地域で直接捜査する道を選んだ。アジア系の兵士でとりわけ日本人は少なく、戦地では目立つはずという期待もあった。名蔵《なぐら》という男をアフリカに、木島《きじま》という男を東南アジアに追い、またある時は、天童《てんどう》と名乗る中年をアラブ、自衛隊出身の田辺《たなべ》という男をコロンビアまで追った。木島と天童は事件が起きる前から日本を出国しており、アリバイがあった。だが残りの二名は接触できず、未だに消息は摑めていない。だが、どちらも激戦地だったためにその生死すら確認できず、追跡を断念した。その他、半年も追った男が中国人だったこともある。さらに浩志の外人部隊入隊と時を同じくして脱走した高原は、イラク紛争で二ヶ月前に死亡していたと、現地で聞かされた。第一の容疑者として追っていただけに落胆も大きかった。

死臭漂う戦地はいつの間にか浩志にとって生活の場となり、戦うことで復讐心を発散させてきた。いつしか犯人はすでに死んでいるのではないかと思うようになっていた。

浩志は追想が手向けどころか挫折《ざせつ》した自分への言い訳のような気がして、深い溜め息をついた。最後にもう一度、墓前に深く頭を下げると、ヒグラシの鳴き声を背に墓地を出た。

六

今回浩志が帰国したのは、時効により事件に一つのけじめがついたこともあるが、やはり戦いに倦《う》んできたからだ。何をするというわけでもなく、働かなくても困るわけでもない。これまで、傭兵として貯めた金が、二億近くあるからだ。浩志クラスの傭兵は、ギャラもサラリーマンの比ではない。ハイリスク、ハイリターン。貯まった金は、危険な任務に就いてきた証拠でもあった。

高野の墓参りをしたことで予定した行動はあっけなく終わってしまった。まだ日も高い。だが晩飯をどこでとるのかは、もう決めていた。

浩志は山手線を五反田駅で降りると八つ山通り、通称ソニー通りを品川方面に向かって歩いた。

隣の大崎《おおさき》駅が再開発により、見違えるようになったにも拘わらず、五反田は昔の姿を留めている。ずいぶん前、駅前の歓楽街が開発されると言われていたが、バブルの崩壊とともにそれも立ち消えになった。以来、整備が遅れているのだが、大崎駅周辺の開発は次第に五反田を飲み込む形で波及し、それなりに街の様子は変わった。

八つ山通り沿いのソニー本社近くに「須賀川《すかがわ》」という間口の小さな飲み屋がある。駅から離れていることもあるのだろう、この一帯は、まるで開発を食い止めている堤防のように昔と変わらない。

浩志は、「須賀川」の入口の準備中という札を見て、思わず安堵《あんど》の溜め息をついた。店の主人柳井《やない》は福島の須賀川出身で、同い年の妻、香苗《かなえ》と二人で店を切り盛りしている。口喧嘩《げんか》は絶えないが、夫婦仲は実にいい。柳井は酒の肴《さかな》として新鮮な魚介類にこだわり、ご飯ものを一切出さない。安くておいしいと、サラリーマンで連日にぎわう。この店は聞き込みで足を運ぶうちに、常連客になってしまった。

時計を改めて見たが、まだ四時半になったばかりだ。店は五時を過ぎないと暖簾《のれん》を出さない。そうかといって他所《よそ》で時間をつぶすつもりもない。試しに中を覗《のぞ》いてみた。

「まだ、早いよ！」

いきなり、カウンター越しに、柳井が怒鳴った。

「あらまあ、藤堂さんじゃないですか！」

香苗が店の奥から顔を出した。

「ほんとだ。藤堂さんだ」

柳井は、浩志と分かると顔をほころばせた。白髪頭をスポーツ刈りにし、ねじり鉢巻をした額に大粒の汗をかいていた。開店前の忙しさが窺え、さすがに気後《きおく》れした。

「まだ、早いか」

「何水くさいこと言ってるの。入っちゃってくださいな」

　小太りで童顔の香苗は笑いながら、招き猫のように手招きした。亭主と同じ五十四だが、十歳は若く見える。

　浩志は苦笑し、カウンターにのせてある椅子《いす》を自分でおろして座った。

「その顔じゃ、お昼もまだなんでしょ」

　柳井が手を休めることなく独特の語尾上がりのアクセントで聞いてきた。

「かあちゃん。とりあえずビール出してあげて」

「言われなくても、分かってますよ。ねえ」

　香苗はすでにビール瓶とグラスを持っていた。

「今、仕込みで忙しいから、とりあえず、これね」

　柳井は小鉢に山盛りのたらこの煮つけと、まかない用のご飯を出した。

「ありがたい」

「なんか食べたいものある？」

「まかせる」

「夏だから、いいものがなくてね。鰺《あじ》なんかどう」

「いいね。あとで蛤《はまぐり》を焼いてくれ」

　この店は、こぶし大の蛤を焼いてくれる。これが、また実にうまい。炭火で焼き、口が開いたら醬油《しょうゆ》をたらす、この単純な調理法に勝《まさ》る味わい方はないだろう。

「また、すぐに外国に行っちゃうの？」

日本に帰ると必ずここに来る。しかも、短い滞在期間でも暇を見つけては足を運ぶことが多い。

「いや、当分日本にいるつもりだ」

「それは、よかった。涼しくなったら魚もうまくなるからねえ」

柳井は浩志の今の職業を知らない。知っているのは、刑事を退職したことと日本にはあまりいないということだけだろう。

「はい、おまち」

開店前の忙しい時間にも拘わらず、鰺の刺身が出てきた。

ビールを飲み、刺身をつついていると、昼間の脱力感は抜けていった。

浩志には、執着するものがない。しかし、傭兵として戦地を何度も経験するうちに、死ぬ前においしいものを腹一杯食べたいという願望は常に抱くようになった。現代の軍隊は、戦時食といえども固形食や缶詰というものではない。どこの国でも、補給部隊には力を入れている。だが、それは正規部隊の話であって、傭兵が同じ待遇で迎えられるとは限らない。しかも、調理された食事でも見た目を裏切ることが多い。浩志はそうした経験から、自分で料理することを覚えた。その腕前は、傭兵仲間では有名だ。

「落ち着いた」

腹が満たされていくとすっかり気分が楽になった。これも、長年の習わしだ。時として自分でも、この現金さに呆《あき》れることもあるが、悪いことだとは思わない。以前、戦地でマジェール佐藤、通称〝大佐〟に言われたことがある。「飯を食っても、立ち直れない奴は、兵士には向かない」と。戦地では目の前の敵は倒さねばならない。それをくよくよ悩むようでは、兵士としては失格だ。これは、訓練してどうにかなるものではない、生まれ持った性格なのだ。訓練して殺人に慣れた者は、戦地から帰ると精神に破綻《はたん》を来《きた》す者が多い。浩志の強さはそこにある。確かに幾度かの死に遭遇して歪じた精神の暗黒面を拭うことはできないが、それに支配されることはない。むしろ、闇を支配するだけの力を持っている。〝大佐〟に言わせれば、浩志は生まれついての兵士なのだそうだ。それは、その力を持つ者だけに分かる感覚なのだろう。

「おやじさん、俺、暇なんだ」

額に汗を浮かべ包丁を握る柳井を見て、なんとなく口から言葉が出てきた。

「へえっ」

柳井はきょとんとしている。

「忙しい時、手伝おうか」

「冗談でしょ」

「本当だ。包丁も握れる」

「うちは、女房と二人、人を雇えるだけの儲《もう》けは、ないよ」

「給料はいらない」

柳井は浩志の真剣な眼差しに驚いた。

「だめだめ、危うく、その気になるところだった。危ない、危ない」

「だめか」

「藤堂さん。あんたは、こんなところでお茶を濁《にご》すような人じゃないでしょう」

柳井は商売柄、浩志がこれまで様々な困難と闘ってきたことぐらい聞かずとも承知しているのだろう。

「私があんたにできることは、うまい酒と肴を出すことだけ。頭悪いから、それしかできないけど、なんかあったら、いつでも来てくれ。金はないけど、腕と肴は惜しまないよ」

「そうだな」

飲み屋のおやじに諭《さと》されて、浩志は恥ずかしさに頭をかいた。だが、料理を作って出すということに興味があることは事実だ。いつか自分の店を持ちたいとも思っている。

久しぶりにくつろいだ気分になり、浩志は夜も更けたころ店を出た。ソニー通りでタクシー待ちをしていると、湿気を含んだ風が吹いてきた。案の定新大久保駅に着いたころ、大粒の雨が降ってきた。だが、叩《たた》きつける雨は、酒で火照《ほて》った肌を冷ますのにちょうどよかった。

死者からのメッセージ

一

　ロープをD型金具に巻きつけるように通し、右手でしっかりと握りしめた。傍《かたわ》らのフランス人の教官はいつもの厳《いか》つい表情を崩さない。だが少しでも手順を間違えたら、さらに恐ろしい顔に豹変することを、浩志は知っている。ラペリング（ロープ降下）訓練は、何回やっても好きにはなれない。高所恐怖症ではないが、飛び出す瞬間、胃が持ち上がり、尻から背中にかけて悪寒《おかん》が走る。これは生理的なものなので慣れるとは思っていなかったが、初めのころに比べたら、ずいぶんと楽になった。教官の姿を視野の端に留め、ビルの三階と同じ高さの降下口の端に回れ右をして立った。両足を踏ん張り、降下の姿勢に入った。途端に足下の土台が崩れて、まっ逆さまに落下した。

　落下する瞬間、これは夢なのだと自ら言い聞かせ、必死に目を覚ました。和光荘の見慣れた暗闇がそこにあった。煎餅《せんべい》布団から足がずり落ちたことで、降下訓練の夢は悲劇に終わったらしい。除隊して九年経つが、未だに外人部隊で訓練を受けていたころの夢をよく見る。刑事から、軍人に変わるという経験は、大脳のかなり深いところに衝撃的なイメージとしてスタックされているようだ。

昨日と同じように和光荘近くの食堂で朝飯を食べ、駅のキオスクで朝刊を買った。宿に戻ると部屋に入り、じっくりと新聞に目を通した。傭兵の悲しい習慣として常に戦地の情報には目を通しておきたい。特に気になるのは中東情勢だ。この地域には傭兵として何度も行っており、戦地で会った仲間やカメラマンなどはまだ何人かはいるはずだ。一面から目を通したが、目新しい記事はなかった。だが、最後に何気なく開いた三面に目が釘づけになった。

「二十九日深夜、東京都中野区和田《なかのくわだ》の会社員井上哲昭《いのうえてつあき》さん（四六）が自宅で何ものかに首を絞められた上に、喉元を切られ、死亡。中野署では、事件を強盗、怨恨の両面で捜査を始める」

三面の片隅に書かれた記事に写真はなく、文章も極端に短い。

浩志は慌《あわ》ててキオスクに行き、別の新聞を買った。やはり、見出しと数行の記事以外に新たな情報を得ることはできなかった。殺人事件としては、ありふれたものにも思えるが、首を絞められた上に、喉元を切られていることにひっかかりを感じた。新聞には詳《くわ》しい住所は書かれてなかったが、取りあえずタクシーを拾い中野方面に向かった。

タクシーを和田に近い鍋屋《なべや》横丁の商店街で降りた。開いている店はまだないが、中年の女性が一人店先を掃除している。試しに事件のことを聞いてみると、朝一番で見物に行ったそうだ。夜中にパトカーの音がうるさくて、よく眠れなかったとこぼしていた。

現場は商店街から三百メートルほど南に行ったところにある小さな一軒家だった。このあたりは、古いアパートや民家が多く、夜ともなれば人通りもない静かなところだ。殺害された井上氏の家は、立入禁止のテープがはり巡らされ、玄関には警官が立っていた。鑑識の作業はまだ続けられているとみえ、数台のパトカーと鑑識課のバンが止まっている。テレビのリポーターもすでに来ており、本番にそなえてコメントの練習をしていた。

野次馬は十数人、浩志はその中に隠れるように混じり、家の中を覗いた。ここは中野署の管轄とはいえ、知った顔がないとも言えない。警察関係者とは顔を合わせたくはなかった。

三十分ほど現場周辺をうろつき、野次馬たちから漏れ聞こえる情報から、被害者の素性が分かった。彼は鬼胴《きどう》巌《いわお》衆議院議員の専属運転手をしており、昨夜は、午後七時ごろ帰路についている。その後、近所のスナックでビールを二、三本飲んで十時前には店を出たと、同じくスナックで飲んでいた近所の男性が話していた。

家族は妻と大学生の息子が一人。妻は実の兄の病気見舞いに実家に帰っており、息子は大学の友達と飲み歩いていたそうだ。息子は、十二時ごろ帰宅し、二階の寝室で血まみれになっている父親を発見した。その際、家には鍵がかかっていたそうだ。これは、事件を知らされ、慌てて帰ってきた妻から、近所の主婦が聞きつけたもので、家の前でたむろしていた近所の住人の間ではすでにベーシックな情報となっていた。

野次馬というのは、ただ見るだけでなく最新の情報を得たがる。知った者同士が集まると、たちまち情報交換をする。刑事時代に彼らの話に耳をそばだてることはなかったが、事件の概要が瞬《また》く間に得られたことに正直いって驚いた。

玄関に鍵がかけてあったことから、侵入はともかく、逃走は二階のベランダから屋根を伝い、一階の室外機の上から、地上に降りたものと考えられる。これはプロの泥棒がよく使う手だ。恐らく室外機の上部は足跡を残さないようにきれいに拭き取られているはずだ。だが浩志は、十五年前の事件との類似性を気に掛けていた。今回の被害者の傷跡を見ないとなんとも言えないが、同じく首を絞められた上に切られている。また、事件が起きた時、どちらも雨が降っていたという偶然が元刑事の琴線《きんせん》に触れた。さらに、見逃せない点が新たに見つかった。

被害者が衆議院議員鬼胴巌の運転手だったことだ。十五年前に殺された都築氏は貿易会社の社長だったが、その株主として、鬼胴が名を連ねていたことを浩志は記憶していた。どちらも、鬼胴代議士が絡んでいる。だが野次馬に混じり現場の外から得られる情報はここまでだった。元刑事とはいえ、現場を直接見なければ正確な状況は摑めない。それになんと言っても鑑識の情報がなければ、事件の真相はおろか犯人に近づくことすらできない。

二

現場を後にした浩志は新宿まで出ると、都庁方面に向かって歩いた。だらだらと続く地下道を抜け、中央公園に入ると適当に空いているベンチに座った。昨夜と違い、気持ちよく晴れ、湿度が少ないせいか暑さも気にならない。都庁をバックにした眺めもすばらしくいい。

この公園は、浩志が学生時代、アベックの名所と言われていた。しかし、バブルがはじけたころから、一時浮浪者の名所に変わった。区の支援により、今でこそブルーシートのテントは激減したが、区の保護施設を抜け出した浮浪者が昔を懐かしむようにたむろしていることがある。今日もそれらしきグループが近くのベンチに座っている。

よれよれのスーツを着た一六五センチほどの小柄な男が、浩志の視界を遮《さえぎ》った。歳は三十前半といったところか。

「ちょっと聞きたいことがある。一緒に来てもらおうか？」

その傲慢《ごうまん》で高圧的な言葉を聞く前から、正体は分かっていた。

浩志は男が現場から尾行しているのに気づき、あえてつけさせた。犯人の侵入経路を調べるべく、野次馬と離れて被害者宅の裏口を調べた時にマークされたのだろう。

「おい、なんとか言えよ」

後ろから、別の男がいきなり浩志の右肩を摑んだ。

とっさに浩志は、その手をねじりながら前に引っ張った。男は、一九〇センチ近い大男だが、ベンチの上を軽々と一回転して背中から派手に落ちた。まともに腰を打ったらしく、呻き声をあげて起き上がることすらできない。突然襲われ、体に染み込んだ傭兵の本能が働いてしまった。

「きさま、公務執行妨害で逮捕する」

小柄な男が、大声で喚《わめ》いた。

「公務執行妨害？　笑わせるな」

「なんだと！　警察の者だ！」

男が慌てて出した警察手帳に浩志は苦笑した。

「職務質問に身分も明かさず、市民の体に触れていいと思っているのか」

「うるさい！　おまえは、今警官に暴力を振るったんだぞ！」

「おまえが、警官というなら、どこのだれなのか、まず名乗れ」

「なんだと！　警察手帳が目に入らなかったのか！」

「警察手帳の表を見せただけでは、身分を明らかにしたことにはならないのだぞ」

「むっ」

男は、浩志の正論に一瞬怯《ひる》んだ。

「俺は、今、犯人なのか、それとも参考人なのか。逮捕状を持っているわけじゃないだろ」

「公務執行妨害の現行犯だぞ、そんなものいるか！」

「おまえたちは、身分を名乗らず暴力を振るい、正当防衛を行使した市民を逮捕するのか」

男は黙ってしまった。浩志が言っていることがすべて正しいからだ。あえて、公務執行妨害で逮捕すれば、恥をかくのは彼らである。

「おまわりが、でけえ口たたくな！」

いつの間にかできた人垣から野次がとんできた。

「おまわりがその人を殴ったのを見てたぞ！」

「そうだ、そうだ。俺も見てたぞ！」

大半は浮浪者だが、この界隈の者が警察嫌いであることに変わりはない。

呻いていた男が、やっとの思いで立ち上がった。この男は、まだ若く二十代半ばといったところだ。怒りで顔を真っ赤にしている。

「刑事を続けたければ、頭を冷やせ」

浩志の言葉に二人は、互いの顔を見合わせた。

「私は、警視庁捜査一課、杉野大二《すぎのだいじ》。この男は、同じく捜査一課の山岸《やまぎし》だ。中野の事件で聞きたいことがある」

杉野は言葉遣いこそ改めたが、浩志に対する非礼を謝ろうとはしなかった。

彼らは日本の警察によくいるタイプだ。かつては彼らの側に自分もいたのかと思うと寒気がした。浩志は立ち上がると、呆然と立つ二人の間を抜け人垣に割って入った。

「どこへ行く！」

二人の刑事は慌てて野次馬を押しのけ、走り寄ってきた。浩志はかまわず黙って歩いた。

「止まれ！」

「本庁に行くんだろ」

「何？」

「協力してやると言っているんだ」

「きさま、何様のつもりだ！」

山岸がまた興奮して、今にも飛びかかろうとした。それを杉野が押さえた。

杉野はタクシーを捕まえるために、山岸を中央公園前の交差点に走らせた。

浩志は現場の情報を詳しく知りたかった。それも鑑識の情報だ。それには、警察関係者と接触する他ない。これまで古巣に近づくことを極力避けて来たが、この際、背に腹は代えられない。もっともこのまま杉野らと本庁に行けば、厳しく取り調べられ、何らかの容疑で逮捕される可能性もある。それに正当防衛とはいえ、刑事を投げ飛ばしている。ただで済むとは思っていない。だがあえて、ここで毒を食らっても、現場の情報を得たいという気持ちは抑えられなかった。

「本庁では、この事件は普通のヤマと違うと判断しているのか？」

「何？」

「民間人が殺された割には、大所帯だった」

初動捜査の段階で、警察はかなりの態勢で臨んでいることは分かっていた。それは、パトカーや鑑識の車の数を見れば一目瞭然だった。

「それがどうした」

「今回の事件に政治的なものを感じないのか？」

「バカな！　何を……」

否定したものの、杉野は動揺を隠せないようだ。

「犯人をただの異常者として、済ませるつもりはないのだろ？」

浩志の立て続けの質問に、杉野は困惑の表情を見せた。

「まさか、同業者じゃないよな」

杉野は独り言をいうようにつぶやいた。

浩志は自分の過去はいずれ分かると思ったが、あえて話そうとは思わなかった。

「あんた、職業は?」

「無職だ」

「じゃあ、聞くが、指にできた銃だこはどう説明するんだ」

見てくれと違い、杉野には観察力があるようだ。日本の警察官は銃だこができるほど、銃の練習はしない。警察でも特殊部隊SATか、あるいは陸上自衛隊の空挺部隊の隊員ならありうるかもしれない。

「指のたこのことか。ボウリングが好きだからそのせいだろう」

「ボウリングだと! バカにするな」

浩志は真っ赤な顔をしている杉野を尻目に、山岸の止めたタクシーが近づくと、助手席に勝手に乗り込んだ。

「置いていくぞ」

助手席に乗り込んだ浩志を惚《ほう》けた顔で見ていた杉野と山岸は、行儀の悪い子供のように先を争ってタクシーに乗り込んできた。

「警視庁」

浩志は後部座席で呆然とする二人を無視し、運転手に指示をした。さすがに桜田門《さくらだもん》まで誰も口をきくことはなかった。

タクシーを降りると、浩志は早く案内するよう顎《あご》で杉野を促《うなが》した。

「へんなまねはするなよ」

連れてくるんじゃなかったと、杉野は明らかに後悔しているようだ。

「後で新《しん》さんに会わせろ」

「新、さん？」

杉野は怪訝《けげん》な顔をした。

「検死官の新庄《しんじょう》さんだ。それとももう辞めちまったのか？」

新庄は鑑識課に所属する検死官室の室長である。しかも階級は警視であり、庁内でも新庄のことを新さんと気安く呼ぶ者はめったにいない。

「いや、まだ、いる。いや、いらっしゃるが……」

「連絡をとってくれ」

「あんたは……」

唖然とする杉野を残し、浩志は庁舎のエントランスに向かった。

三

浩志は取調室で足を組み、折り畳み椅子に深く腰掛けていた。

現役の刑事として働いていたころ、この部屋で取調べを受ける容疑者の気持ちを理解しようと思ったことはない。恐怖、憤《いきどお》り、絶望、様々な感情がこの部屋では生まれては消えていったに違いない。彼らに共通する思いは、この部屋を一刻も早く逃げ出したいということか、あるいは今の自分のように目の前の刑事を殴り倒してやりたい衝動にかられるか、どちらかだろう。

「いいかげんに名前ぐらい言ったらどうなんだ！」

山岸が浩志の正面に座り、机を叩いて怒鳴《どな》り散らしている。杉野が帰ってくるまでにあらかじめ浩志の素性を聞き出し、ポイントを稼ごうと思っているようだ。

「あんた元デカだろう。何をかぎ回っているんだ」

浩志は目の前の男が、本当に一課の刑事かいぶかしく思った。見張りを上司から命令されたのにベテランの振りをして、一丁前に尋問しているのだ。

「ときどきテレビに、元デカだといって偉そうにしているジャーナリストがいるが、そのたぐいじゃないのか？　事件のことで何か知っていることがあるんだろ」

山岸の稚拙《ちせつ》な質問に、浩志は腹が立つどころか噴《ふ》き出しそうになるのを必死で堪《こら》えた。

「一課の刑事をなめるなよ！」

山岸が大声を上げても浩志はそしらぬ振りをした。

扉が開いて、杉野と目つきの鋭い中年の男が入って来た。色黒でぜい肉はなく、身長は一八〇センチほどである。小柄な杉野が子供のように見える。

「かっ、係長」

山岸が慌てて立ち上がり、椅子をひっくり返した。

十四年前、一課の主任だった佐竹学《さたけまなぶ》が、とがった喉仏をごくりと動かし、呻くようにつぶやいた。

「とっ、藤堂。……生きていたのか」

喜多見で起きた殺人事件で、容疑者として拘束された浩志に対して、庁内では犯人として扱う者と、ごく少数だが擁護する者がいた。大半は日ごろの浩志の働きぶりもあって、すべての証拠がそろわない限り、犯人扱いするべきではないという中立的、良く言えば公平な意見が占めていた。しかし、開かれた諮問会議では、身内ともいうべき一課の管理官や係長が、浩志を犯人として立件すべく強く働きかけた。彼らは浩志が銃をすり替えられたといくら主張しても、決して耳を貸そうとはしなかった。その後マスコミの報道にも後押しされ、一ヶ月もすると浩志は正式に逮捕された。逮捕にいたって、大半の職員は息を潜《ひそ》め、異を唱《とな》える者はいなかったという。

半年後、先輩のベテラン刑事である高野が、浩志のアリバイを証明した。マスコミは手のひらを返したようにこぞって、誤認逮捕、冤罪事件として警察をバッシングした。

佐竹は初めこそ浩志の冤罪を主張していたが、大半の職員がそうであったように、浩志が逮捕されてから表立った行動はしなかった。浩志にとって、何もしなかった人間は、すべて裏切り者だった。

「山岸、外に出ろ」

「はあ?」

語尾を強く上げ、山岸はいかにもおもしろくないという表情をした。

「さっさと出てけ、この半端者が!」

屈辱に顔を紅潮させ、山岸は返事もしないで部屋を出ていった。

佐竹は大きく息を吐き、浩志の正面に座った。

浩志はくつろいだ姿勢は崩さずに、射るような視線を裏切り者である佐竹に向けた。それは一課のベテラン刑事を動揺させるには充分なほど冷たい視線だった。

「藤堂、久しぶりだな」

佐竹は、ポケットから煙草を出すと浩志に勧めた。

「煙草は、吸わん」

浩志は現役の刑事だったころ、すでに煙草を止《や》めていた。刑事という職業はとかくストレスが多い。それゆえ、煙草を吸い出すと際限がなくなるからだ。

「そっ、そうか、すまん」

佐竹は、慌てて煙草をしまった。

「今まで、どうしていたんだ」

答える代わりに浩志は大きな溜め息をついた。

「犯人を追って、フランスの外人部隊に入ったという噂は本当だったのか？」

「どうでもいい、そんなことは！」

浩志は質問に答えるのが煩《わずら》わしかった。それに現役時代八年上だったとはいえ、今さら先輩面する佐竹の態度にも腹が立った。

傍らの杉野は二人の会話を聞いて目を丸くしていた。一課の係長といえば、泣く子も黙る存在だ。事実佐竹の面構えは、マルボウ泣かせと異名《いみよう》をとるほど厳つい。それを浩志は面と向かって怒鳴り飛ばしたのだ。

「今朝、現場で、何をしていたんだ」

佐竹は自分の立場を失うまいとしてか、高圧的に尋ねた。

「俺に尋問するのは、止めろ。捜査に協力してやってもいい、だが、それは俺の欲しい情報をそっちが提供した上での話だ」

「何を言っているんだ。君は、今はただの民間人じゃないか！」

「ただの民間人か」

浩志は、ふんと鼻で笑った。

「いや、その……」

佐竹はいかにも役人ぶったことを言ったことに、さすがに後悔したようだ。

「係長？　偉くなったもんだ。帰るぞ」

浩志は席を立った。

「待ってくれ！」

佐竹はドアを塞《ふさ》ぐように浩志の前に立った。だが、浩志の気迫に押されたのか、ドアに背中をぶつけるまで後ずさりした。

「欲しい情報とは、なんだ」

佐竹は喘《あえ》ぐように尋ねた。

「まず、新さんに会わせろ」

「今度の事件と十五年前の事件が、同一犯の犯行だと思っているのか？」

「可能性はある」

「その根拠は？」

「あんたに話そうとは思わない」

二人は、互いの腹を探るように睨《にら》み合ったが、先に視線を外したのは佐竹だった。

「……分かった。新さんを呼ぶから、ここで待っていてくれ」

浩志は仕方なくまた席に着いた。

佐竹と杉野は、同時に部屋を出たが、五分ほどすると杉野が二人分の紙コップのコーヒーを持って現れた。

「先ほどは、山岸が大変失礼な態度をとったようで、すみませんでした」

杉野は佐竹から浩志の過去を聞かされたようで、改まった態度をとった。

「一課は、あんなバカでも入れるようになったのか」

「父親が警察庁のお偉いさんとかで」

そこで、言葉を切って杉野は語尾を濁した。日本の社会ではどこにでもありがちな話だ。

浩志は紙コップのコーヒーを一口飲み、あまりのまずさに顔をしかめた。

「あのう、藤堂さん、気を悪くしないでくださいね。どこで、銃の練習をされているのですか。相当練習を積まれたと思うのですが」

杉野は浩志の顔色を窺うように聞いてきた。相当気になっているようだ。

「そんなに銃だこが気になるのか」

「すみません。刑事根性とお笑いください」

かった。

浩志は吐き捨てるように言うと、腕を組んで目を閉じた。これ以上、答えるつもりはなかった。

「俺は、傭兵だ」

杉野もそれを悟ったらしく質問することを諦《あきら》めた。だが、沈黙は長く続かなかった。廊下に慌ただしい足音が響き、続いて勢いよくドアが開かれた。

「なっ、なるほど」

「藤堂！　生きていたか！」

部屋に飛び込むように入ってきた新庄秀雄《ひでお》は、浩志の手を、力強く握りしめた。身長は一七〇センチあるが、瘦せて少し猫背のため小柄に見える。眼鏡をかけて口ひげをたくわえているため、警官というより学者のような風貌だ。十五年前の事件で直接検死をしており、事件のことも熟知していた。当時、犯行の手口から性格異常者による通り魔的なものか、怨恨による犯行なのか判断は分かれた。新庄は殺害された双児の傷口がまるでコピーされたかのように同じであったことから、殺人を楽しむ性格異常者の犯行で、高度な技術を要求され、怒りに任せた場当たり的なものではないと確信していた。それだけに浩志は犯人ではないと強く主張し、彼のアリバイを証明すべく捜査をしていた高野刑事をバックアップしていた。浩志にとっても、数少ない支援者の一人だった。

「なんとか、生きてましたよ」

さすがに浩志もこの恩人の前では、顔が弛《ゆる》んだ。

「それじゃ、さっそく資料を見てもらおうか。佐竹君、かまわないだろ」

佐竹の答えも聞かずに、新庄は持ってきたブリーフケースから次々と資料を出しはじめた。

「新さん。私と杉野は、合同捜査本部の準備をするため、部屋に戻ります。今から一時間後に立ち上げのためのオリエンテーションを会議室で行ないます。それまでここで資料の整理をしていてください」

粋《いき》な計らいだった。最悪の場合、留置された上に追い返される可能性も考えていたため、意外な展開といえた。

新庄は何枚もの写真をグループ別に机の上に並べた。

一つは殺害現場の写真で、もう一つは、殺害された井上哲昭の拡大写真だ。

「まず、現場の写真だが、見ても分かるように室内はまったく荒らされた形跡はない。また、パジャマを着ているところから、被害者が就寝後に殺されたものと断定してかまわないだろう」

新庄によれば、現在まで現場から犯人の遺留品を見つけることはできなかったそうだ。殺された井上氏は争った様子もなく、ベッドで眠るように死んでいた。第一発見者の息子も父親に触れることなく、現場が荒らされることもなかった。

浩志は新庄の説明を受けながら、写真を一枚一枚丹念に見た。中でも被害者がベッドの上に大の字になり、首から血を流している写真に目を留めた。被害者のベッドは幅の狭いシングルのため、大きく拡げた両手はだらりとベッドから垂れ下がっていた。

「手首の下に、血溜まりができていますが」

「両手首の動脈も切断されていた」

これはニュースでは伝えられていないことだった。

浩志は次に拡大写真を見た。

「新さん、この顔の写真、これチアノーゼだと思いますが、死因は、失血死でしたよね」

チアノーゼとは、血液中の酸素不足で皮膚および粘膜が青みを帯びた状態である。チアノーゼが出ているということは、窒息死という可能性も当然出てくる。

「さすがだな。後で説明しようと思っていたが、この写真を見てチアノーゼと判断できる人間は、そうはいないぞ。死因は確かに失血によるショック死だ。これは、検死解剖をしてくれたK大弘前《ひろさき》教授の所見だが、犯人は被害者の首を絞めてはいるが心拍を停止させるにはいたっていない。つまり脳死に近い状態にしたのではないかということだ。当然、血圧がなければあれだけの血は流れない。犯人は首を絞め、被害者が無抵抗の状態になってから、首を切った。そして、体からさらに多くの血が流れるように手首を切り、腕をベッドの下に垂らした」

浩志は首をひねった。自分の描いていた犯人像とどこかが違う。そんな気がした。

「どう思うかね」

浩志は首の傷口の拡大写真を改めて見てみた。確かに十五年前の事件と同じように傷口は、耳のすぐ下から始まり反対側の耳の下にまで達している。

「犯人は、自分の行為に酔っているし、楽しんでもいる。首の傷口は十五年前と似ているが、今回は最後の血の一滴まで流すように手首まで切っている。現場も荒らされていない。それに血を飛散させず、きれいな血溜まりができているところに異常者にありがちな潔癖《けっぺき》性、あるいはポリシーとでも言うべきものすら感じられる。犯人は血を見ることにエクスタシーを感じる性格異常者というところですか」

「いい読みだ。とても、十五年間のブランクがあったとは、思えない。どこかで刑事でもしていたのかね」

新庄はその軽口とは裏腹に、浩志の見識を高く評価した。

浩志は、フランスやイギリスで軍の臨時講師をしていたことがあったため、そのコネを使い、それぞれの国の警察に研修や見学に何度も訪れていた。そのため、捜査方法のみならず、検死に関する最新の知識も得ていた。それは向学心というより、傭兵としての生活に馴染んでいく自分にどこかで歯止めをかけたかったからに過ぎない。

「この角度の写真も見てくれ」

新庄が差し出した写真は、被害者の右斜め上から撮《と》られたものだった。

「首の傷口に血を擦《こす》った跡がある」

傷口の左端から、かすかに二筋の血の跡が残っていた。

「これは、指の跡だ。どの指かは特定できないが、血の筋の間隔から、恐らく犯人の右手の人指し指と中指の跡だと思われる」

浩志は頭の中で現場を再現してみた。

「とすると、犯人はベッド脇に立ち、被害者の首から流れる血をすくい取るように右手で触ったのですか」

「多分そうだろう。だが、一体なんのためだと思う?」

「血を流すことが好きな変質者だとしたら、見るだけでは飽きたらず、触ってみたくなったのでしょう。問題は、手についた血をどうしたのか、ということですね」

「今のところ、血を拭った跡は、被害者宅からは発見されていない。それに、台所や洗面所で、血を洗った形跡もない」

「犯人は、血を拭った物を持ち帰ったのか。いずれにせよ。犯人は、性格異常者の線が強くなりましたね」

「犯人は、血を拭わなかったのかもしれない」

「拭わなかった?　まさか……」

「そうだ。犯人は、手についた血を舐《な》めたとも考えられる」

浩志は唸《うな》った。最後の仮説は、説得力があるだけにおぞましい。

「私は、明日また現場に行くつもりだが、君も付き合うかね」

「もちろんです」

四

翌朝、浩志はいつものように歩いて現場まで来た。別に金を惜しんでいるわけではないが、贅沢《ぜいたく》しようとも思わない。傭兵仲間には平和な街で散財し、ストレスを発散する者もいるが、浩志はそうした欲求がまったくない。おかげで、知らぬ間に銀行預金が増えてしまった。

現場である井上宅の玄関前に鑑識課の制服を着た、見覚えがある男が立っていた。

「藤堂さん。ご無沙汰《ぶさた》しています。木村《きむら》です」

木村は浩志が退職する当時、まだ学生気分が抜けない新人だった。それが今では鑑識課のベテランだ。変わらないのはソバカスが多く、少々出っ歯なところぐらいだ。

「新庄室長は、もう中にいらっしゃいます」

「藤堂君か、二階に上がってくれ」

待ちかねていたらしく、新庄は階段の上から声をかけてきた。

「藤堂さん、これを履《は》いて上がってください」

木村は用意したスリッパと、その上から履くビニールカバーをかいがいしく差し出した。鑑識の作業は、昨日終わっている。しかし、今回の事件に関して、科学捜査研究所の要請で、しばらく現場を保存することになった。

二階に上がり、狭い廊下の突き当たりに例の部屋はあった。家の造りに変わったところはない、高度成長期、大量に建てられた木造モルタルの住宅だ。

「死体がないだけで、他は事件当時のままにしてある。この家の住人は当分親戚《しんせき》の家にいるそうだ」

新庄は、あいさつもせず、独り言をいうように話しかけてきた。

「採取できた指紋は、この部屋だけで五、家全体では十一人分あった。この部屋のごみは、科捜研（科学捜査研究所）で分析中だ。だが、犯人の遺留品と思われる物は、現在まで発見されていない」

浩志は新庄の説明を聞きながら、絨毯《じゅうたん》に残っている血痕を見た。血痕は、ベッドの左右にあり、すでに赤黒くなっている。どちらの血痕も、測ったように同じ大きさをしていた。

浩志は木村からメジャーを借りて、絨毯の血痕の大きさを測ると、ベッドの上の血痕も調べた。

「首の動脈が切られた割には、血痕は飛び散っていないな」

現場写真でも確認していたが、血が噴き出して飛び散ったような形跡はない。

「被害者は首を絞められ、すでに脳死状態になっていたため、血圧が下がっていたのだろう」

血圧は低くとも心臓は停止していない。血液は、ゆっくりと確実に流れたに違いない。

浩志は現場写真を思い浮かべ、被害者がベッドに寝ている姿を想像した。

「首は、手で絞められたのですよね」

「首の上部が赤くなり、右の顎の下に親指と思われる圧痕《あっこん》があった。それから、左の顎の下にも四つの圧痕があった」

「四つの圧痕の大きさは、どうですか」

「顎に近い方が大きく、遠い方が小さかった」

大きい方は当然人差し指で、右顎の圧痕と合わせて考えれば、右手の痕ということになる。

「犯人は、右手だけで首を絞めたということですね」

「そうだ。恐らく左手で口を押さえ、右手で首の頸動脈を圧迫するように絞めたのだろう」

浩志はベッドの左上に移動し、実際に首を絞める仕種《しぐさ》をしてみた。

「スタンスがよすぎますね。怒りに任せた犯行じゃない」

浩志は納得すると、しゃがんで再び絨毯についた血痕を見た。

「絨毯の血痕ですが、どうしたら、左右同じような大きさにできるのですか」

「司法解剖で分かると思うが、もし、私の仮説どおりとしたら犯人はただの異常者ではない」

「ただの異常者ではない？」

「手首の傷口を調べた時に気がついたのだが、微妙に大きさと深さが違うのだ」

「はっ？」

同じにすることは不可能であり、むしろ不自然なのだが新庄の口ぶりには別の意味があるようだ。

「適当に左右の手首を切ったら、こんな血溜まりはできない」

「まさか、左右の手首の血圧や時間差を考えて、切り口を調整したなんて言わないでください」

「分からない。そんなことができたら、まさに神業《かみわざ》だ」

被害者の写真から十五年前の事件と首の傷口が酷似《こくじ》していることは分かったが、現場検証で犯人の手口がさらに高度であることも判明した。期待感とともに少なからず疑問も生じた。

「分からなくなっただろう」

新庄は浩志の表情を読み取ったようだ。

「私もそうだ。なんせ二つの事件に十五年のブランクがある。せめて前回の事件で犯人の指紋か毛髪が残されていればよかったのだが、今回、未確認の毛髪が見つかり、DNA鑑定ができたとしても、比べることもできない」

十五年前、DNA鑑定を捜査に適用する技術は確立されていなかった。そのため、当時そうした記録も残されなかった。しかも奇妙なことに捜査資料の大半を紛失するという不手際まで起こしている。何者かが事件を隠蔽《いんぺい》しようとしたに違いなかった。

「犯人は同じだ」

時効が切れたことで、犯人が新たな殺人を犯したに違いないと浩志は思った。手口が高度になっているのは、十五年という歳月で犯人がその技術を熟練させたと考えれば、矛盾はない。浩志は確信を深めた。

サポートプログラム

一

現場検証で、犯行の状況はほぼ摑むことができた。

十五年前の事件で犯人は、五人の被害者に対し、いずれも首を切る行為を最後に行なっている。殺害という儀式の仕上げだと考えると、今回の事件の場合も犯人は首を切っており、手口も酷似している。さらに身体から血を絞り出すように、手首まで切られていた。

この十五年の間、犯人は殺人の技術をさらに高めたに違いない。

新庄は科捜研からの詳しい検証結果が出次第、知らせると約束してくれた。その報告いかんで捜査を続けるべきかどうか決めるつもりだった。

浩志は新宿駅で乗り換え、山手線のホームに立った。すると、人ごみに混じり、右手にギプスを嵌《は》めたヤンキースタイルの少年がいることに気がついた。浩志が怪我を負わせた茶髪の男だ。茶髪も浩志に気がつき、恐る恐る近づいてきた。

「何をしている」

「あっ、あんたのことをずっと捜していたんだ」

少年の瞳に、何か切迫したものが感じられたが、浩志を恐れているわけではなさそうだ。

「ついてこい」

浩志は改札を出ると、駅前の地下駐車場に向かった。排気ガスを孕《はら》んだ駐車場は、深閑《しんかん》としていた。あたりに人気がないのを確認すると、浩志は振り返った。

「他の連中は、どうした」

「まだ二人、入院している」

「俺の言ったことを忘れたか」

「忘れてない。あんたに、謝ろうと思って」

「そんな玉か、おまえは」

茶髪は黙ってしまった。よくよく見れば、最初の印象より若そうだ。一代後半かと思っていたが、半《なか》ばかもしれない。話し方もどことなく幼さを感じさせる。

「頼みがあって、ずっと捜していたんだ」

「それで山手線のホームで、待ち伏せしていたのか」

「新大久保にひょっとしたら、あんたがまた来るんじゃないかと思って。だから山手線のホームに朝からいたんだ」

日本でトップクラスの乗降客数を誇る新宿駅で出くわすのは、至難の業《わざ》、奇跡ともいえる。だが、毎日朝から身じろぎもせず、この少年は待っていたという。

「だったら、新大久保駅で待ち伏せすればいいだろ」

浩志は、あえて冷たい視線を少年に投げかけた。

「あの町には、あんまり顔を出したくないんだ」

「まあいい。何の用だ」

「頼む。俺の話を聞いてくれ」

「その前に、名乗れ」

「すっ、すまない。河合哲也《かわいてつや》、です」

河合は、まともに人に謝ったことがないのだろう、不器用に腰を曲げた。

「俺たちはあんたに会って、分かったんだ。こんなことやってちゃだめだって」

「こんなことって？　レジ泥棒か」

「泥棒はやらない。俺たちは、店に因縁《いんねん》をつけて暴れ回ろうとしていただけだ」

この少年にとって暴力や恐喝は、罪に入らないらしい。

「目的は？」

「組にみかじめ料を払わせるため」

みかじめ料とは通称ショバ代、守料などのことで、暴力団の伝統的な財源の一つだ。

「今時、みかじめ料が、とれるのか？」

浩志は首をひねった。

平成四年に施行された「暴力団員による不当な行為の防止等に関する法律（通称、暴対法）」によって、みかじめ料を徴集する行為は、「暴力的要求行為」となり、規制の対象となっている。まして、暴力行為を行なえば、明らかに刑事処罰の対象となる。この規制法により、暴力団は、従来あった収入源が激減した。だが、毎月決まった収入が見込めるとあって、彼らには魅力ある財源であることに変わりなく、大都市の繁華街では、名を変え徴集されているのが現実だ。

「俺たちは店で暴れては姿を消す。そのうちまた店に顔を出すと組員が見つけて、俺たちを痛めつける芝居をするんだ。大抵の店は組に謝礼を払って、保安料として毎月金を払うようになるんだ」

組は、看板を出さずに警備会社として契約する。そのため、警察に通報する者もいない。しかも韓国人は、中国人と違って扱いやすいため、標的にしていたと河合は説明した。

「保安料だと」

「組の連中はセキュリティ契約と言っていたけど」

「笑わせるな」

浩志は鼻で笑ってみたものの、なるほどと納得した。先日の韓国料理店は、経営者も韓国人だ。新宿の周辺には韓国人街が点在しているが、彼らのバックには中国人街と違い、強力な暴力組織がない。そこに、暴力団がつけ入る隙《すき》があるといえる。逆に中国人街には、中国マフィアの影がある。かつて日本の暴力団と縄張り争いの手締めをするといって誘《おび》き寄せ、銃を乱射して暴力団幹部を殺害した事件があった。彼らの暴力は捉もなく、かつ凶暴だ。

「本当は、分かっていたんだ。いつかパクられるか、だれかに殺されるかって。だから、あんたにやられて改めて分かったんだ」

「バカかおまえは。それでどうするんだ」

「組から、抜けたいんだ」

「だったら、警察に行け」

「少年課の連中が組にナシつけてくれるのかよ」

「…………」

「きっとこの世界じゃ、有名なんだろう、あんたは。そうじゃなくても、その腕があれば、組長と話をつけることができるはずだ」

「バカ野郎！　俺はおまえらの用心棒じゃないぞ」

浩志の剣幕《けんまく》に河合は、首をすくめた。

浩志は、茶髪頭の河合を睨みつけた。河合は上目遣いながらも、決して浩志の視線から逃れることはなかった。

「他の連中も、おまえと一緒に抜けるのか」

「あいつらは悪仲間だけど、組の舎弟は俺だけだ。だけど、組の連中はそうは見てくれていない。俺だけが抜けることはできないんだ」

「仲間は、どう思っているんだ」

「俺と一緒だ。もう悪さをしようとは思っていない」

「俺に仕返しがしたいんじゃないのか」

「やられた時は、悔しくて腹が立ったけど、最後にあんたの目を見た時、ぞっとしたんだ。マジで、殺されるかと思った。だけど後で考えたら、あんたはわざと俺たちを痛めつけたんじゃないかと思えるようになったんだ」

この男はどうやらバカではなさそうだ。痛い目にあわせたかいがあったというものだ。

「俺は、クズが嫌いなだけだ」

「だけど」

「おまえらのようなチンピラはいくらでも相手にできる。だが、やくざは別だ。連中を敵に回せば、どうなるかおまえが一番よく知っているだろ。自分の尻ぐらい自分で拭きな」

浩志は冷たく突き放した。

河合は食い入るように見つめていたが、そのうち肩を落とし、俯《うつむ》いた。

「分かったよ」

しばらくして、顔を上げた河合の目に恨みは感じられなかった。むしろ清々《すがすが》しさすら感じた。こういう目をした奴が死んでいくのを戦場で何度も見てきた。河合は、半殺しの目にあうことを覚悟したに違いないと浩志は思った。

「奴らの頭だったら、最後までそれを押し通せ」

「ああ、分かったよ」

河合は軽く頭を下げると、振り返りもしないで地上出口に向かって歩き出した。

二

三十分後、河合は新宿のとあるマンションの一室にいた。一室といっても、二LDKの部屋を二つ繋《つな》げてある。広域暴力団御木浦《みきうら》組系の下部組織である石巻《いしまき》組の事務所である。今時の暴力団事務所は、組の看板は出さない。ここも看板はおろか表札すら出していない。入口の扉が鉄板で補強され、監視カメラが設置してある。明らかに他の部屋とは違っていた。その一番広いリビングの中央に、河合は正座させられていた。

河合の前に白いスーツを着た男が一人立っている。近くのソファーには、いかにもその筋の人間と分かる男たちが三人、観客然と座っている。部屋はステレオのボリュームが上げられ、音楽がただの騒音として鳴り響いていた。

「哲、おまえ、ヘタ打って、その上、組抜けたいちゅうことが、どういうことか分かっとるんかい」

「組を抜けた金は稼いで必ず返します。だから仲間には手を出さないでください。お願いします」

河合は床に手をついて頭を下げた。

「なめんな、哲。おまえに口きける資格があると思っとるんか！」

「お願いです。若頭！」

「どあほうが！」

若頭と呼ばれた男は、いきなり河合の顔を蹴り上げた。河合は仰向けに倒れたが、声は上げなかった。

「殺したろか、くそガキ！」

若頭は河合の骨折した右手を、ギプスの上から踏みつけた。

「ぎゃあ」

堪《たま》らず河合は絶叫したが、ステレオの音にかき消された。

ソファーに座っている男たちは、河合が苦しむ姿を見て腹を抱えて笑い出した。

「きゃーだと。組長が、奥の部屋でお休み中だ。うるさいわ、あほんだら！」

言葉も終わらないうちに、若頭は河合の脇腹を蹴った。

河合は死んだ海老《えび》のように丸まって動かなくなった。

「おやおや、今度は、だんまりかい。少しは声を出してもええで」

河合は同じ場所を蹴られたが、すでに気絶していた。

「どうした、こら！　神田《かんだ》川にでも浮かべたろか」

ピンポーン！　玄関のドアホンがステレオの騒音に割り込んだ。

「出んかい！　ぼけ」

若頭に睨《ね》めつけられ、ソファーに座っていた男たちが震え上がった。そのうちの一人が慌てて立ち上がり、ドアホンに応えた。

「お荷物です」

男はドアホンについているモニターに宅配便の運転手を確認すると、無造作に玄関へ向かおうとした。

「どあほっ、どこの荷物か確かめんかい！」

若頭になるだけのことはある。用心深い。

「すんません」

ごつい顔に精一杯の愛想笑いを浮かべて、男は謝った。

「おらあ、どこの荷物じゃ」

男は怒られた腹いせに、ドアホンに向かって怒鳴り返した。

「はい、大阪の御木浦様からのお荷物です」

「若頭、本家の親分からの荷物です」

「よし、受け取れ」

男は玄関のドアを開けた。

キャップ帽を目深に被り、俯いた運転手が荷物を抱えて立っていた。

運転手は、荷物を無言で渡すといきなり男の股間を蹴り上げた。顔を上げた運転手は、いつの間にか目だし帽を被っていた。

股間を蹴られた男は、荷物を抱えたまま泡を吹いて気絶した。

運転手は土足で部屋に上がると、無造作にジャケットからサイレンサーつきの銃を取り出し、次々に組員の足を撃ち抜いた。ソファーの二人と若頭を倒すのに、一秒とかからなかった。次に左手でポケットから特殊警棒を出すと、倒れた男たちを次々に殴りつけ、昏《こん》倒《とう》させた。男の早業にだれも呻き声すらあげることができなかった。男はそのまま別の部屋にも踏み込み、銃を撃ちまくった。抵抗できる者は、だれ一人いなかった。

最後に一番奥の組長の部屋に入った。

上半身裸で背中に見事な龍の入れ墨がある組長は、ソファーにうつ伏せになり、タンクトップに短パンという軽装の女にマッサージをさせていた。女は凶器を手にした男に気づいた途端、壁際に貼《は》りつくように後ずさりした。組長も異変に気がついたが、近くのテーブルから煙草をとり、火をつける余裕を見せた。

「どこの組のもんじゃ」

組長はゆっくりと身体を起こし、どすの利いた声を響かせた。

「もうだれも、いない。あなただけね」

目だし帽の男は、たどたどしい日本語で話した。

「てめえ！　クインドラゴンだな」

この組は新宿の利権をめぐって中国マフィア、クインドラゴンと争っていた。

「あなた、これからはおとなしくしていれば、命なくさない」

男が銃を構え組長に近づこうとした瞬間、壁際にいた女がいきなり男の銃を蹴り飛ばし、続いて左手の特殊警棒を蹴り飛ばした。強力な左右の回し蹴りに、男は低い声で呻いた。武器をなくした男はすぐに身構え、女の攻撃に備えた。

「そいつはムエタイの元チャンピオンだ。せいぜい頑張んな」

組長はそう言うと、ソファーの下から銃を取り出し、机の上に置いた。しかし、銃は置いたまま構える様子もなく、悠然と煙草を吸い、ゆっくりと鼻から煙を吐いた。

女は左右から強烈な蹴りを放ち、次第に男を部屋の隅に追い詰めた。防戦一方の男は部屋のコーナーに背中がついた瞬間、思わぬ行動に出た。いきなり左の壁を蹴り、身体を空中に躍らせると右手で女のこめかみを鷲掴みにし、ラグビーのトライをするようにそのまま床に倒れ込んだ。女は仰《の》け反《ぞ》るようにして倒され、後頭部をしたたか床で打ち気絶した。組長は、慌ててテーブルの銃を取り発砲したが、弾は銃の反動で大きく上に逸《そ》れた。

男は床を転がり、自分の銃を拾うと、組長の右腕を見事に撃ち抜いた。

「今度こそ、あなた一人になったね」

男はすばやく特殊警棒も拾い上げ、油断なく組長の銃を足で後方に蹴った。

「何が目的だ！」

「分かっているはず。中国人の店に、手を出さない。いいね、条件それだけ。簡単なこと」

男はきざに指を振って見せた。

「分かった」

組長は銃で撃たれた腕を押さえ、渋々答えた。

男はなにげに近づくと組長の首筋を特殊警棒で殴り、気絶させた。そして、再度各部屋を調べ、気絶していない組員がいないか調べた。

この日、事務所にいた組員は組長を入れて十二人いたが、女を除く全員、足や腕を撃ち抜かれ、その上、仕上げに頭を殴られ気絶させられた。恐らく再起には相当時間がかかるだろう。

最後に男は持ってきた荷物を開封した。中から銃やナイフがごろごろ出てきた。それらをソファーの下や机の中に隠した。すでに目だし帽は脱いでいた。もちろん、中国マフィアのヒットマンではなく浩志である。作業が終わると荷物の空箱と河合を担ぎ部屋を出た。

マンションの入口に作業服姿の男が二人待機しており、浩志から河合を受け取った。彼らは玄関前に止められている、脚立《きゃたつ》を天井に積んだ白いバンにすばやく少年を乗せた。最後に浩志が乗り込むと、何事もなかったかのようにバンは走り去った。

三

白いバンは、下北沢の迷路のような住宅街を抜けると、丸池屋《まるいけや》こと傭兵代理店の近くにある倉庫のような建物に入れられた。

「藤堂さん、お疲れ様でした」

運転していた男が労《ねぎら》いの言葉をかけると、浩志はバンの後部座席から降りた。

「この少年は、私が病院に連れていきます。ここからは、黒川《くろかわ》がご案内します」

新宿の石巻組を襲い、河合を救出できたのは、浩志をサポートしたチームがあればこそだった。電気工事会社の偽装がされた白いバンには、三人の男が乗っていた。全員作業服に身を包み、一人はマンションの出口を見張り、一人は車で待機し、後の一人は石巻組の電話回線を切断していた。彼らは、特殊な軍事訓練を受けたコマンドスタッフと呼ばれる傭兵代理店の社員であり、普段は丸池屋で働く生真面目な従業員の顔も持つ。

「藤堂さん、こちらです」

先ほど黒川と呼ばれた男が、車の前方から現れた。

「大したもんだ。まるで秘密基地だ」

浩志は倉庫の中を見渡し、感心した。表に有限会社世田谷電工という看板が掛けられ、電気工事専門の会社ということになっている。一階は二重構造の車庫で、奥にある隠し部屋から二軒隣の丸池屋まで、地下通路で出入りすることができた。

黒川に従い、地下の狭い通路を五メートルほど行くと右の壁に扉があった。扉の向こうは昇り階段で、スチール棚が壁一面に並ぶ広い部屋に出た。殺風景な部屋の真ん中に置かれた不似合いな赤いソファー。丸池屋の主人、池谷がぽつんと座っていた。もっとも今は、傭兵代理店の社長といった方がいいだろう。着ている物もいつもの事務服ではなく、黒いポロシャツを着て若々しく見える。この部屋がある建物は、外観は普通の住宅であり、丸池屋と世田谷電工の真ん中に位置する。一階はコンピュータなどを置いた作戦室と現在浩志らがいる資料室で、二階はスタッフの宿舎になっている。さらにこの建物と丸池屋の地下には、武器庫としての地下室があり、三つの建物は、地下通路で繋がっている。これらの建物はいずれも池谷が所有していた。

「どうやら、問題はなかったようですね。藤堂さん」

「迷惑をかけたな」

「何、うちの社員にとっても、よい経験になったでしょう」

「傭兵顔負けの働きをしてくれたよ」

正直言って、丸池屋のスタッフの手際よさに浩志は驚いていた。

「それにしても、藤堂さんがサポートプログラムを使用されるとは思いませんでしたよ。しかも戦地ではなく、この日本で」

池谷が経営している傭兵代理店は、世界中の代理店と契約を交わしている。彼らは相互に情報交換を行ない、現地に派遣した傭兵に武器弾薬を供給している。これらの代理店には必ずサポートプログラムがある。主に派遣された傭兵の要請により、発動される。例えば、戦地で兵力の不足が生じた場合、代理店は作戦を遂行できるだけの傭兵を送る。武器弾薬の場合は、戦地まで空輸することもある。サポートプログラムとは、任務を完遂させることを目的とした傭兵の援護システムである。契約社員である傭兵と武器を組織的に戦地に送る大手警備会社とは異なり、傭兵自身の要請によってきめ細かい対応がなされるため、このプログラムが整っている代理店は、任務を成功させる確率が高くなり、代理店としての株は上がることになる。特に、戦地に近いヨーロッパや、アフリカなどは、戦闘へリや大型輸送機まで備えているところがある。遠く戦地から離れた日本にある丸池屋の場合、まさか武器を海外に空輸することはできない。もっぱら傭兵を他の代理店やクライアントに紹介するに留まる。

「今回は、このプログラムの主旨に反したものですので、ペナルティーとなります。しかし、藤堂さんとは長いお付き合いですので、今回に限り特別サービスとします。それから、改めて確認しますが、人は殺していませんね」

「むろんだ。プログラム使用料は、好きなだけ請求してくれ」

「いえ、お約束どおり、うちのコマンドに一週間ただで訓練をしていただければ、料金は相殺《そうさい》します。社員はみな、藤堂さんのことを尊敬していますから、喜ぶことでしょう。ただし、組事務所に置いてきた武器の料金には、実費をいただきます。一丁三百USドルのトカレフが、五丁で千五百ドルです。アーミーナイフはまとめて百ドルで結構です。サイレンサーつきのベレッタのレンタル料は二百ドルで、弾丸はサービスいたします。銃は、ご使用になられたため、処分料として十万円いただきます」

武器は流通通貨で請求するところが、池谷のこだわりなのだろう。

「トカレフが三百USドルか、どうせ中国製のM五四だろ」

浩志は現場で本物のトカレフと確認しているが、池谷があまりに事務口調で淡々と説明するため皮肉った。

「とんでもない。M五四は、トカレフのコピーと言われていますが、あれは粗悪品で似て非なる物です。私共が扱うことは決してありません。三百USドルは、仕入れ値でちゃんとしたロシア製です。ご存じだと思いますが、闇市場ではこの十倍の値がつきます。もっとも警察に押収させるために置いておくなら、まがい物で充分でしたが」

浩志は今回の襲撃を暴力団同士の抗争と見せ掛け、襲撃後に組事務所で喧嘩があったと警察に通報しておいた。もちろん、持ち込んだ武器が発見されることを計算に入れた上でのことだ。

「それにしても、藤堂さんともあろうお方がチンピラ一人に情をかけられるとは」

池谷は大袈裟《おおげさ》に溜め息をついた。感情に左右されてはいけないというのが、傭兵の基本だ。皮肉の一つも言いたくなるのだろう。

「チンピラはだしだ。ちょっとした実戦訓練、まあ自主トレをしたまでだ」

「自主トレですか」

超Aクラスの傭兵ならありうると、池谷はしたり顔で頷《うなず》いた。

「それにしても、たった三十分で俺の希望の品を揃えて、よく出動できたな」

浩志は新宿の地下駐車場で河合を追い返した後、彼を尾行した。道すがら携帯で襲撃の時に使用した服装や銃、そして囮《おとり》となる武器の手配を池谷にした。この時すでに河合を助ける作戦はできていた。そして、組事務所の住所を池谷に連絡すると、二分後には組員の構成や、組の背後関係、それに現在の抗争状態といった情報を返答してきた。この情報に基づき、宅配便の発送元を決め、中国マフィアに扮したのである。さらに二十分後には電気工事の作業員に扮した、丸池屋のコマンドスタッフが装備を整えてやってきた。移動時間を考えるとわずか、三、四分で出動したことになる。彼らが、常に出動態勢であることがよく分かった。

「石巻組は、新宿の暴力団の中でも、抜きん出て凶悪化していましてね。まあ、中国マフィアとの抗争が原因かもしれませんが、大阪の本家筋でも手を焼いていたそうです。これを機にあの組は潰れるでしょうな」

「そうか、なら、本家からお礼まいりどころか、感謝されるかもしれんな」

「まあ、面子《メンツ》を潰されたと怒るでしょうが、内心ほっとするんじゃないでしょうか。もっとも、彼らが血眼《ちまなこ》になっても犯人を捜すことはできないでしょう」

「当然だ」

「それにしても、藤堂さん、今回、現場がここから近いから間に合いましたが、これからはお早めにご連絡ください」

「おいおい、サポートプログラムは、緊急時に対応したものだろう。あらかじめ連絡ができるならだれも苦労しないぞ」

池谷は痛いところをつかれ、首をすくめてみせた。平気を装っているが、戦闘がない日本で、かつてこのプログラムが使用されたことはなかった。開業以来の出来事だけに相当神経を使ったようだ。

「ところで、あの若者は、どうされるのですか?」

今度は浩志が首をすくめ、両手をあげた。

四

「うわー」

河合哲也は自分の叫び声で目を覚ました。しばらくの間、ベッドを囲む白いカーテンを呆然と眺めていたが、ベッドから降りようと体を起こした。

「痛てて」

骨折した脇腹に激痛が走ったらしく、哲也は体をくの字に曲げて呻き声をあげた。

カーテンが開かれ、精悍《せいかん》な顔だちの男が現れた。身長一八六センチ、体重も八〇キロ近くある。圧倒的な存在感に哲也は身じろいだ。傭兵代理店のコマンドスタッフ、瀬川里見《せがわさとみ》である。浩志に少年を病院に送ると言った男だ。

「動かない方がいい。肋骨が折れているから」

「あのう、ここはどこですか」

「渋谷《しぶや》の個人病院だ」

「どうして、俺はここにいるんですか？」

「何も、覚えていないのか？」

「はっ、はい」

「とりあえず、君は助けられたとだけ教えておこう」

「おじさんにですか」

「おじさん？　いや……」

しばらく間を置いて、ある人の許可を得ないと、何も教えることはできないと瀬川は答えた。

「そうですか」

哲也は、自分を救ってくれた人物がだれか分かったらしく、一人で頷いた。

「その人に、会いたいのですが」

「伝えとく。とにかく今は、怪我を治すことだ」

瀬川は、哲也の様子を確認すると病室を後にした。それと入れ代わるように、白髪の医師が現れた。

「気分は、どうかな。まず、名前を聞いておこうか。私は、ここの院長の森本《もりもと》です」

森本克之《かつゆき》は目元が優しく、目尻に刻まれた深い皺《しわ》が、五十八という年齢以上に老けた印象を与える。渋谷の松濤《しょうとう》にあるベッド数が二十しかない、病院というより、診療所といった方が似つかわしい森本病院の院長だ。

「河合哲也といいます」

哲也は素直に答え、軽く頭を下げた。

「年も聞いておこうか」

「十六です」

「いいね、若いって。体中に打撲《だぼく》による内出血があるが、大したことはない。それから、右手の骨折は、腫《は》れはひどいが、ギプスを替えただけですんだ。肋骨が二本折れているが、これもしばらくおとなしくしていれば、治るだろう」

「あのう、いつ退院できるんですか」

「そうだな。一週間というところかな」

「一週間ですか」

「若いから、もっと早いかもしれないな。ところで、ご両親の連絡先も教えてくれるかな」

「親は、いません」

哲也は、きっぱりと答えた。彼は二年前から家出を繰り返していた。だが、一年前家に帰ると両親は引っ越しをして行方《ゆくえ》すら分からなかった。以来孤児といえた。

哲也は森本に従い素直に治療を受けていたが、二日後、病院をこっそり抜け出した。行き先は新大久保の病院だった。哲也が組事務所に行った日には、まだ二人の仲間がこの病院に入院していた。

「テッ、テッちゃん」

哲也が、病室に顔を出すと、ジェイクと呼ばれていた大男が、まるで亡霊でも見たかのように驚いた。

「健司《けんじ》、気分はどうだ」

今は、英語名のニックネームで呼び合うこともない。浩志に叩きのめされたことにより、彼らも少しは大人になったようだ。

「俺は、大丈夫だけど、テッちゃんこそ、大丈夫かよ。みんな死んじまったんじゃないかって、心配してたんだぜ」

「大袈裟だな。ぴんぴんしてるぜ。一郎《いちろう》は、どうした」

「退院したけど……」

「そうか。よかった。帰ったのか？」

「ああ、結局あそこしか帰るとこないから」

哲也の仲間は皆両親の虐待《ぎゃくたい》から逃れ、児童養護施設で暮らしていた。

「人のこと心配してる場合かよ。どれだけ、俺たちが心配したか知らねえだろう」

「俺のことより、健司、携帯かしてくれ。俺のなくしちゃってさ」

「わりい、電池切れ」

「そうか。組の連中が皆にちょっかい出してんじゃねえかって、心配なんだ」

「何言っているんだ。テッちゃん。あの事件のこと何も知らないのか」

「事件って？」

「石巻組が、中国マフィアに襲われて潰されたことだよ。新聞やニュースで、凄《すご》かったんだぜ」

「マジかよ。いつのことだよ」

「一昨日だよ」

「詳しく、教えてくれ！」

森本病院では、哲也に何も教えなかった。治療を優先させるためだ。哲也の記憶は一昨日、石巻組の事務所で、気を失ったところから途絶えていた。

襲われた組員は全員病院送りとなった。しかも、通報で駆けつけた警察は、組事務所から大量の武器と麻薬を発見し、銃刀法違反と麻薬所持の現行犯で全員を逮捕し、組は壊滅した。浩志がばらまいた武器以外に、組事務所には武器ばかりか、麻薬まであった。

「大丈夫か。テッちゃん」

哲也はベッド脇の椅子にへたり込むように座った。

「俺は、そこにいたんだ」

「そこって、組事務所かよ」

哲也は組事務所でリンチを受けたことを健司に話した。

「それじゃ、気を失ってから記憶がないのかよ」

「ああ、さっき病院から抜け出してきたんだ」

「それって、ひょっとして警察病院じゃないの？」

事情を知らない健司は、不安げな表情を見せた。もっとも鼻のギプスのせいで、表情が変わったところでよく分からない。

「心配するなよ。健司、また来るから」

哲也は落ち着かない様子で病室を出た。

五

浩志は新大久保の病院の入口が見える路地で、新聞を読みながら哲也が出てくるのを気長に待った。

今日も午前中から丸池屋のコマンドスタッフに格闘技の特訓をしていた。例のサポートプログラムを使った謝礼代わりの訓練だ。場所は池谷が所有する偽装電気工事会社、世田谷電工の倉庫で行なった。実戦的な訓練をするため、スタッフの三人に防弾チョッキを着せアサルトライフルを持たせたフル装備の状態での格闘技を教えた。

フル装備では、動きが鈍くなる。逆に相手がフル装備の場合、素手はもちろん蹴りなどの打撃系の技は効果が薄い。銃底やナイフを使った急所攻撃、素手の場合は関節技など、実戦的な技を一通りこなしたころ、森本病院から哲也失踪の連絡が入った。ほっておこうかとも思ったが、行きがかり上、捜すことにした。怪我をおして抜け出すにはそれなりのわけがあることは予想できたし、思いのほか責任感が強いことも分かっている。だとしたら、仲間を心配して行動しているに違いないと浩志は思った。新大久保に来てみると案の定、病院に向かって必死に歩いている哲也を発見することができた。

路地で三十分ほど待っていると、青白い顔をした哲也が病院から出てきた。

浩志は哲也の前を塞ぐようにおもむろに立った。

「あっ……」

声を失い、呆然としている哲也の顔は情けないほどしまりがなかった。

「昼飯、食ったか」

「えっ、いえ」

浩志は何ごともなかったかのように歩きはじめた。足取りはゆっくりとしたものだったが、哲也は脇腹が相当痛むらしく脂汗《あぶらあせ》をかきながらついてくる。

大久保通りを渡り、小さな構えの店が軒を列《つら》ねる狭い路地に入った。浩志は飲み屋風の店を覗いた。

「まだ、やってるか？」

この店もそろそろ夜の仕込みのために一旦閉店するところだった。

「どうぞ」

どうやら間に合ったようだ。

「味噌《みそ》さば」

浩志はカウンター席に座るなり、メニューも見ないでいきなり注文した。この手の店は大抵味噌さばか、焼き魚定食をランチメニューに加えているものだ。

「そちらのお客さまは？」

哲也は浩志の注文の早さに唖然としていた。

「お客さん！　何にしますか？」

店じまいしたい店員は、いらだち気味に催促した。

「同じ物！」

慌てて答えた哲也は、店の中をきょろきょろと見渡し、メニューを確認するとポケットの小銭を数えた。

定食と言うだけあって、待つことなく料理は出てきた。

「あのう、俺、あんまり金持ってないですけど」

浩志は哲也を無視して、黙々と食べた。

「これ、食べていいですか」

「黙って、食え」

哲也は頷くと、食べ終わるまで一言も口をきかなかった。

浩志が勘定を済ませると、哲也は店先で神妙な顔をして立っていた。

「ごちそうさまでした」

哲也は頭を勢いよく下げて、脇腹の激痛に顔をゆがめた。

「あのう、石巻組から俺を救ってくれたのは、あんたですか」

「知らん」

浩志は突き放すように冷淡に言った。

「でも、あんたしか、いないじゃないですか。あんなことできるのは」

「一ついいことを教えてやろう」

「はい？」

「口は災いの元だ。早死にしたいのか」

「…………」

「あの病院で大人しくしていろ」

「でも、仲間に連絡しないと」

「まだ、懲《こ》りないのか」

「違うんだ。俺と違って、奴らは養護施設で暮らしているんだ。帰っていればいいけど、そうじゃなかったら、面倒みないと……」

「おまえは、人の世話を焼いている場合か。おまえらはいつまでもつるんでいるから、だめなんだ。死んだつもりで、一人で生きてみろ」

「でも、仲間の治療費や入院費を払わなきゃいけないんだ。もとは俺が悪いんだし、奴らの施設に迷惑かけたくないんだ」

「だったら、俺に払え」

「どっ、どうして」

「俺が立て替えといた」

「ええっ……。あのう」

「もういい、とっとと帰れ」

何か言おうとした哲也を遮り、浩志は表通りを目指して歩き出した。

「あのう、名前だけでも教えてください」

「藤堂だ」

浩志は通りに出るとタクシーを止め、運転手に金を渡すと、哲也を無理矢理押し込んだ。

哲也は走り出した車の窓を急いで開け、礼を言おうと浩志を捜した。だが、雑踏に紛れたのか浩志の姿はどこにもなかった。

闇の襲撃

一

　浩志は、また十五年前の事件現場に隣接する世田谷の次太夫堀公園にやって来た。

　公園の敷地内に民家園と呼ばれる場所がある。茅葺《かやぶ》きの古い農家を移築し、江戸時代の農村を再現した、さしずめ小さなテーマパークといったところだ。日祭日はにぎわいを見せるが、平日は閑散とし、鄙《ひな》びた趣《おもむき》がある。敷地内に茅葺きの家は四棟ほどあり、自由に見学することができる。そのうちの一軒に、浩志は上がり込んでいた。広間には囲炉裏《いろり》があり、勝手にお茶を飲むこともできる。その囲炉裏端に敷いてある茣蓙《ござ》の上に手まくらで横になっていた。

　昨日、鑑識の結果からも中野の殺人事件には有力な物証を得られなかったと、新庄から報告を受けていた。死体の近くから、家人のものではない毛髪が三種類と衣類の糸クズは見つかった。糸クズは、ありふれた綿糸でこれといった特徴はなく、犯人が特定、または、逮捕されるまでこれらの証拠は出番がないだろう。中野の事件は、当面警察に任せ、自分は原点の事件に戻ろうとここにやってきた。

何か、見落とした物はないだろうか。十五年間それればかり考えてきた。

「あのう、そろそろ、片づけますが」

入口の土間から、遠慮がちに係の女性が声をかけてきた。

ここは区立の公園で、民家園は午後四時半になると閉園してしまう。仕方なく公園の散歩道をぶらぶらと、事件現場だった都築邸の近くまでやってきた。まだ、日が暮れるには早い。今日は犯行があった時刻まで、ここにいるつもりだ。

まずは公園側から家を覗いてみた。前回来た時割れていたガラスは、修理されていた。次に表玄関を見るため、川沿いの遊歩道に出た。公園から家の玄関まで直線距離にして二十メートルほどだが、道を通ると二百メートルほど歩くことになる。川沿いの道から住宅街に通じる細い道を入っていくと右手に公園の林が広がり、やがて大きな竹林が見えてくる。その竹林に埋もれるように都築邸は建っている。家の前には畑が広がり、老人が一人黙々と農作業をしていた。ここが都内とは、とても思えないのどかな風景だ。

玄関には前回のような鍵や鎖はなかった。ひょっとするとこの数日の間に家の買い手が見つかったのかもしれない。

「あのう……」

先ほどまで農作業をしていた老人に声をかけられた。よくよく今日は人に声をかけられる。

「失礼ですが、もしや元刑事さんでは、ないでしょうか」

浩志は返事をしないで老人をじっと見た。年は七十の後半であろうか。小柄なせいもあるが、白髪に痩せた体は弱々しく、ひどく疲れた感じがする。

「間違っていたら、お許しください。もしや、藤堂さんではありませんか」

「そうですが」

驚きを隠し、浩志は素直に返事をした。

「やはり、そうですか。私は都築和道の父親で、都築雅彦《まさひこ》と申します」

さすがの浩志も言葉を失った。

都築和道といえば、殺人事件の被害者である。その父親である雅彦は事件があった二日前から肺炎のため、病院に入院していた。そのため、唯一あの惨事から免《まぬが》れることができたのだ。

「あなたのことは、噂でいろいろ聞いております。一度お会いしたいと願っておりました。近くにわび住まいがあります。よろしければ、お茶でも差し上げたいのですが」

老人は手を合わせ、まるで拝むように尋ねた。

「分かりました」

浩志にとって、親族から話を聞けるのは願ってもないチャンスだ。都築邸の前は道を挟んで百坪ほどの畑になっており、その隣にプレハブの小さな平家が建っていた。

「狭くて、申し訳ございません」

都築老人は倉庫のようなプレハブに浩志を招き入れた。

わび住まいとは、よく言ったものだ。六畳一間に二畳のキッチンがついているだけだ。奥は、農機具を入れる倉庫になっていた。

「驚かれましたか。お気づきのように、ここは、もともと農機具をしまうための倉庫でして、改築して、住めるようにしました。事件があってから、向かいの家に住む気にはなれませんでしたから」

部屋の真ん中に小さな卓袱台《ちゃぶだい》が置いてあり、老人は、その前に座布団を敷くと座るように勧めた。都築邸の前が畑のため、このプレハブの窓から、家がよく見える。まるでこのプレハブは、監視小屋だと浩志は思った。

「まだ、藤堂さんは捜査をされているのですね」

茶を勧めながら老人は、単刀直入に聞いてきた。

「自分がしていることが、捜査にあたるとは思っていませんが」

「今年の二月に、時効は切れてしまいました。それなのに、あなたはまだ私の家族のために働かれているのですね。ありがたいことです」

「いえ、これは自分のためにしていることです」

被害者に礼を言われて浩志は居心地の悪い思いをした。自分のしていることはあくまでも私怨によるものであり、被害者を思ってしていることではないからだ。まして、正義という大義もない。

「私は、忘れません、あの事件のことを。それと警察があなたに濡《ぬ》れ衣《ぎぬ》を着せ、捜査を怠ったため、真犯人を取り逃がしたことも」

老人は次第に感情的になってきた。

「数日前、あなたがあの家に向かって手を合わせるのを見て、私はまだ生きてみようと思いました」

やはりここは監視小屋だった。老人は日がな一日、ここから向かいの家を監視しているに違いない。

「十五年の歳月は、長かった。私は、さすがに疲れてしまい、あの家が荒れるにまかせていました。だが、他人のあなたが頑張っているのに、唯一の肉親である私が弱音を吐いて、恥ずかしいと思いました」

「都築さん、あの家の中を見せてもらえませんか」

「もちろんです。今度あなたに会えたら、私からお願いするつもりでした」

茶を飲み干すと老人は、浩志を屋敷に案内した。

二

浩志と都築老人は畑の前の道を渡り、屋敷の玄関に立った。屋敷は六十坪の敷地があり玄関は西向きで、公園に面した五坪の裏庭は東向きとなる。また、南側には二十坪の竹林に囲まれた庭があり、反対側の北側はフェンスに囲まれた隣家が所有する七十坪の栗畑がある。栗畑を挟んで民家はあるが、手入れが行き届いてない栗林は奔放に枝を伸ばし、畑というよりちょっとした森のようだ。都築邸はこの界隈では孤立した存在と言える。

「この家は、あの事件があった時から、時間が止まっています。警察が現場検証をして、多少物は動いていますが、私は何も動かしていません。さすがに掃除はしていますが」

浩志は当時現場検証には立ち会っていない。殺人事件に限らず、捜査はまず初動班が、現場検証をし、大半の刑事は捜査会議で事件の詳細を聞くことになる。

事件当日、夕方から降り出したけぶるような霧雨《きりさめ》は、夜半には叩きつけるようなみぞれになった。犯人は、裏庭の飛び石を利用したのかどこにも足跡はなく、完璧といっていいほど、物証は残されていなかった。

「スリッパをお履きください。足が汚れますから」

浩志は案内されるままに第一の殺人が行なわれた浴室に入った。当時の現場写真では、バスタブは血の海であったが、惨状の痕跡は何も残ってなかった。

「ここが、浴室です。妻はここで襲われ、首を切られたようです」

都築老人はまるで愛想のない不動産屋のように淡々と説明した。

十五年前の事件である、現場を見ても何にもならないと、きれいなバスタブを見て、浩志は内心溜め息をついた。

次に老人は廊下を進み、キッチンに案内した。

「嫁の沙耶子は、水仕事でもしていたのでしょう。犯人が背後から近づくのが分からなかったようです」

十四畳のリビングに四畳半のキッチンが繋がっている。キッチンは、廊下側にも出入口があり、犯人はそこから侵入したものと見られている。沙耶子夫人は甲状軟骨を折られ、首も切られていたが、傷口は大きく開いておらず、出血も大したことはなかった。甲状軟骨が折れるのは手や腕を使った扼殺の特徴で、ロープやひもを使った絞殺では、折れることはない。犯人は思いのほか夫人がもがいたため、長い時間首を絞め続け、心拍停止に至らしめたのだろう。結果、後で首を切ったところで、血圧がないため血が噴き出すことはなかった。また、傷口も死亡前後で、違ってくる。生前の傷口は、大きく開くが、死亡後は開かない。このような傷の状態を生活痕がないという。

「では、二階にご案内します」

浩志の様子を窺いながら、老人は二階に上がってすぐ右手の扉を開けた。

「ここが孫たちの部屋です。双児の女の子でした。どうです、かわいらしい部屋でしょう」

老人は打って変わって、生き生きとした表情を見せた。老人の目には、生前の孫の姿が映《うつ》っているのだろう。どこか遠くを見る視線は、熱を帯びているようで痛々しい。十畳の部屋は左右対称にベッドと白い家具が置かれている。南向きの窓にかかるカーテンも淡いピンクの花柄で、いかにも女の子の部屋といった愛らしさが感じられる。

二人のベッドの横には勉強机があり、その上にはチェックのかわいいバッグが置かれていた。名前が書かれているところから、どうやら幼稚園バッグのようだ。

老人は両手でそれを押し抱くように持ち上げた。

「知美《ともみ》も智恵《ちえ》も、まだ三歳でした。あの子たちは、幼稚園に行くのをそれは楽しみにしていました。毎日、毎日このバッグを肩に提げ……」

老人はこれまで淡々と説明してきたが、この部屋に入るとそれに耐えられなくなったようだ。溢《あふ》れる涙は頬を伝い老人はとうとうひざを折り、座り込んでしまった。この老人にとって孫の死が何よりつらいらしい。

浩志は胸のあたりがちりちりと痛んだ。被害者の立場は理解した上で、感情移入しない。現役時代に学んだことだが、捜査の鉄則と浩志は心得ている。被害者の感情までいちいち汲《く》んでいたら、精神は破綻してしまう。それでも、被害者の悲しみはレインコートの隙間から吹き込む雨のように、じわじわと体に染みることがある。

「出ますか」

「すみません。お見苦しいところをお見せしました」

老人は、ひとしきり涙を流すとよろよろと立ち上がり、浩志に促されるまま子供部屋を後にした。

子供部屋の向かいは和道と沙耶子夫人の寝室、その隣は老人の寝室となっているが、どちらも殺人事件との関わりはないようだ。最後に老人の寝室の向かいで、廊下の突き当たりにある部屋に入った。

「ここが、息子の書斎になっていました」

十二畳の角部屋で、入って右側の壁には天井までの本棚があり、奥の窓は東向きで公園に面している。鬱蒼《うつそう》とした木々が涼し気な影を作っているのがよく見える。北側にも窓があるが、和道は隣家から見えることを気にして、いつも雨戸を閉めていたらしい。東側の窓の下にりっぱな木製の机が置いてある。和道は二発の弾丸を受け、この机にうつ伏せの状態で発見された。

一発目の弾丸は和道の右頰から左頰を貫通し、窓ガラスを破って外に飛び出している。

二発目の弾丸は頭上から撃たれ、頭蓋骨を貫通し、胸骨に当たり止まっていた。ここでも止《とど》めとばかりに首を切られていた。

浩志は現場の写真を何度も見ており、その記憶は、十五年経った今でも鮮明に蘇《よみがえ》らせることができる。だが、現場写真は、あくまでも空間のコマ撮りに過ぎない。たとえ、部屋の平面図があったところで、状況をすべて読みとることは不可能だ。実際に現場を訪れ、距離感が初めて摑めた。現場写真とラップさせることにより、惨状は現実のものとして蘇った。

浩志は廊下に戻り、ゆっくりと部屋に入った。何度かそれを繰り返す。

「この場所は、十五年前もこんな感じでしたか」

部屋の入口から一メートルほどのところで、床のフローリングがきしんで音を立てた。

「さあ、私は気がつきませんでしたが」

多分和道氏は床のきしんだ音で犯人に気づき、振り返ったのだろう。もっとも報告書には床のきしみなど記載されていない。十五年も経ち床が以前より傷んだため気づいたのかもしれないが、恐らく当時の捜査ではだれも気がつかなかったのだろう。夜、物音一つしない状況であれば分かることだが、犯行時刻に合わせた念入りな現場検証を行なわなかったに違いない。もし、この場所から犯人が発砲したとしたら、椅子に座っていた和道までの距離は、およそ三メートル。至近距離とはいえ、とっさに撃ったことを考えれば、犯人は銃の扱いに慣れていると考えられる。

今も昔もここは静かな住宅街である。二発の銃声は響いたに違いない。それゆえ、犯人が危険を冒して二発の弾丸を撃ったことにはある推測が成り立つ。一発目は和道に気づかれ不用意に撃ったため、弾丸は頭部を貫通し、外に出てしまった。後で首を切っているから、単なる殺害目的なら、この一発で充分なはずだ。だが犯人は二発目を体内に残るように脳天から撃った。つまり現場に確実に証拠を残したかったからだ。体内であれば、弾には余計な傷はついたりせず、確実にライフルマークがとれる。犯人は最初から、浩志をおとしめるために、銃を使用したという説明がつく。

浩志にとって長年謎となっていた二発の銃痕の意味が、ようやく明確になった気がした。単に猟奇的なだけでない犯人の冷徹な意図を感じ取った。

「都築さん、ありがとうございました。大変参考になりました」

浩志は礼を言って外に出ると、すでに日は暮れていた。

三

玄関を出たところで老人はふと立ち止まり、何かを思い出したらしく、大きく頷くような仕種《しぐさ》をした。

「そういえば、藤堂さん。事件があった確か二週間後だと思うのですが、捜査一課の佐伯《さえき》さんという方がお見えになり、現場を見ていかれました。あの方は今どうされていますか」

「本庁の佐伯といいましたか？」

「はい、成城署ではなく、本庁の方だとおっしゃっていました。警察手帳もお出しになりましたし、成城署の刑事さんたちとは面識がありましたから」

当時警視庁の一課には、佐伯という人物はいなかった。

そのころの警察手帳は横開きの黒の手帳で、カバーに大きく分署の名前と警視庁の文字が刻印されており、平成十四年から仕様が変わった縦開きのものとは違う。

「お若い方でしたよ」

「あいつも退職し、今はもう警視庁にはいません」

あえて不審人物とは言わずにごまかした。老人の勘違いかもしれないからだ。

「そうですか。日曜日にも拘わらずお見えになり、若いのによく働く方だと思っていましたが」

「そのことをだれかに話しましたか？」

「えーっと、名前は忘れてしまいましたが、あなたが誤認逮捕された時、その報告にみえた刑事さんにお話ししました。たしか一課の課長さんだったと思いますが」

「課長ですか。名前は市村《いちむら》といいませんでしたか？」

「市村……さん、そうそう市村さんとおっしゃっていました。佐伯さんのことをお話ししたら、驚かれたようでした」

「市村は何か言いましたか？」

しばらく老人は首を傾《かし》げ、考え込んだ。

「すみません。ちょっと思い出せません。あの時、私は犯人が逮捕されたと聞かされて、興奮していたものですから」

「それでは、何か思い出すことがあったら、私に連絡してください」

浩志は持っている携帯の番号をメモし、老人に渡した。

思いのほか、収穫があった。老人の話を聞くうちに、もしかして犯人が刑事を装い、再び現場に現れたのではないかと思えたからだ。しかも、そのことを捜査一課の課長が知っていた。

十五年前、釈放された後でも浩志は捜査からはずされ、この事件について調べることはできなかった。本格的な捜査は、むしろ退職し犯人を追って国外に出てからだった。捜査の基本は現場からという言葉があるが、無実とはいえ、殺人犯にされたこともあり、これまで殺害現場を調査することはなかった。無論そんな権利もなかったが、十五年前にこのことを聞いていたら自《おの》ずとその後の生き方も変わったかもしれない。浩志は唇を噛《か》む思いであった。

たとえ老人の勘違いだとしても、捜査をしている刑事が単独で、検証が終わった現場を訪れるのは腑《ふ》に落ちない。本庁と成城署以外の刑事が関わることもないし、市村課長が老人の話を一課の刑事らに確認を取ったとは聞いたことがない。第一、もし犯人だとしたら、なぜ再び現場に現れたか。疑問は尽きない。浩志は腕を組みながら、また、川沿いの道に出た。このまま進めば、多摩堤通りに出られる。だが、あえて公園の中を通り、帰ることにした。

次太夫堀公園は、夕方の四時半に塀に囲まれた民家園が閉園するのみで、他はいつでも自由に出入りできる。都築邸の裏側と隣接している散歩道は、公園の中でも特に寂しい場所となり、街灯の間隔も広く、木々が生い茂る闇を隅々まで照らすことはない。

家の裏口を見ようと散歩道をはずれ、藪《やぶ》に一歩踏み入れた瞬間、空気が擦《こす》れるような破裂音がした。同時に背後から焼ごてで刺されたような衝撃を受け、左肩に激痛が走った。

浩志はその衝撃を利用するかのように、前方の藪に飛び込んだ。

プシュッ！　プシュッ！

浩志はすばやく藪から藪に身を移したが、執拗《しつよう》に音は追ってくる。何者かがサイレンサーつきの銃で撃っているのだ。

思い切って藪から散歩道を横切り、反対側の林を走り抜けた。

プシュッ！　プシュッ！

走りながら浩志は銃弾の数を数えた。すでに八発撃たれている。単発で撃っていることからハンドガン、銃弾の数から言ってもリボルバーではなくカートリッジタイプの銃だ。とすれば、弾倉は十五発前後あると考えた方がよい。弾が尽きるまでにはまだ間がある。

この公園のことを浩志は知り尽くしている。それに比べ、狙撃している者はそうではないらしい。いくら射撃の腕が良くても地理に疎《うと》く、暗い場所で動く標的を撃つことは困難だ。だが、執拗に撃ってくるところを見ると、明らかに殺害を目的としているようだ。

浩志はまた散歩道を横切り、反対側の竹林に走り込んだ。散歩道をこのまま進めば、地下トンネルになる。この公園は東西に細長く、公園の中ほどを多摩堤通りが分断するように通るため、地下トンネルで繋がっている。竹林には別の散歩道があり、多摩堤通りに出ることができる。しかし、この道は照明がなく夜歩く者はいない。それだけに足下がおぼつかないが、浩志は躓《つまず》きながらも一気に走った。

敵は竹林の道に入らず、並行する散歩道から狙撃してきた。照明があるため、狙撃しやすいと考えたのだろう。二つの道は確かにトンネルまでは、並行に走っているが、次第に段差が開き、一般道に出る竹林の道の方が高くなる。しかも、びっしりと生えた竹とそれを包み込む闇は絶好の防護壁となった。焦った敵はむやみに発砲し、弾を撃ち尽くした。その間に浩志は闇を突き抜け一般道に出た。目の前に赤いオープンカーが止まっていた。

アルファロメオ・スパイダーだ。運転席には女性が座っている。この道を六十メートル先に行かないと人通りのある多摩堤通りには出られない。浩志はためらうことなく、ドアを跨《また》ぎ助手席に座り込んだ。

四

運転席の女はあか抜けた白のスーツを着て、仄《ほの》かな香水の香りを漂わせていた。女は浩志の突拍子もない行動に、一瞬驚いたものの声を上げることはなかった。よほど肝の据わった女のようだ。

「あら、新種の強盗？　公園のトイレなんて使うもんじゃないわね」

女はいかにも災難にあったとばかりに眉根を寄せた。

「警察に通報してもかまわないが、できれば、このまま車を出してくれ」

面倒なことにはなるが、警察に通報された方が身の安全は確保できる。

浩志は後ろを振り返り、追っ手を確認した。まだ、男の姿は見えない。

「急いでいるの？」

「ああ」

女はちょっと首を傾げたが、浩志の横顔を見て思い直したらしく、シートベルトをするとエンジンをかけた。アルファロメオ・スパイダー独特のエンジン音が心地よく響き、体がシートに押しつけられるように車は滑り出した。スパイダーは二機種あるが、エンジン音からすると、二・二リットルバージョンではなく三・二リットルV型六気筒エンジンの方だろう。二百六十馬力の車を操るとは、よほどの車マニアなのだろう。

「どこに行きたいの？　私は、これから渋谷のお店に行かなくちゃいけないの。あまり寄り道したくないんだけど……」

どうやら、夜の商売をしているようだ。着ているもののセンスがいいし、化粧も濃くない。高級なクラブかバーにでも勤めているのだろう。

浩志は、右手で左肩を押さえているが、指の隙間から血が滲み出している。幸い弾丸は、左肩を貫通していた。Tシャツは、左半分がすでに赤く染まっていた。もっとも、この程度の銃創なら戦地で何度も経験しており、大した怪我だとは思わない。

「やだ。柄かと思ったら、怪我しているの！」

落ち着いた様子を見せていたが浩志の怪我に気がつくと、女はさすがに動揺したようだ。速度が落ちたため、後ろの車にクラクションを鳴らされ、女は車を路肩に停めた。

「迷惑ついでに、タオルか何かないかな。血を止めたいんだ」

「ダッシュボードにスカーフならあるけど……」

女の言葉も終わらないうちに、浩志はスカーフを取り出し、三角巾のように折ると、肩に巻きつけ最後にきつく縛った。女は浩志の手慣れた手つきに感心したのか、口笛のように口を鳴らした。

「車を出してくれ」

女は、落ち着きを取り戻したらしく、車の流れにすっとスパイダーを割り込ませた。

「本当に大丈夫」

「大したことはない。渋谷に行くなら、松濤に知り合いの病院がある。近くで降ろしてくれ」

「松濤？」

「ああ、松濤美術館の近くだ」

「私、文化村の近くでスナックやっているの。偶然ね」

文化村とは渋谷にある東急系列の複合文化施設である。松濤とは目と鼻の先だ。

「私は、森美香《もりみか》。名前、聞いていいかしら？」

「藤堂だ」

女は若く見えるが、年は三十半ばといったところだろう。その横顔は彫りが深く美しい。だが、明るい口調と裏腹にどことなく憂《うれ》いを感じる。

「病院の住所を教えてくれたら、そこまで送るわよ」

「住所は、知らない。美術館の前で降ろしてくれ」

「分かった。私もお店に遅れたくないから、そこで降ろすわよ」

美香はさばさばしていた。

「着いたら、教えてくれ」

浩志は目を閉じて深く座った。出血しているにも拘わらず全力で走ったせいで、貧血を起こしていた。こういう場合、安静にするのが一番だ。

だれが何のために狙ってきたのだろうか。世田谷の殺害現場を見に行った帰りに襲われたのは、偶然とは思えない。狙われるということは、犯人にとって時効が過ぎた事件を掘り起こすことに何らかの意味があることを示している。

「着いたわよ」

いつの間にか浩志は眠っていた。車は松濤美術館の脇に止められていた。ここから、森本病院まで歩いて二、三分で着く。

「助かった」

「本当に病院まで送らなくていい？」

「ここからは、すぐだ」

「分かった。そのスカーフは返さなくていいから、傷が治ったらお店に遊びに来て、お礼はその時にしてね」

ミスティックという店の名が刷られた名刺を美香は差し出した。

「ぜったいよ。来なかったら、スカーフ泥棒として、訴えてやるから」

美香は笑って見せた。笑うと右頬にかわいい笑くぼができる。

「そいつは、怖いな。それじゃ、ターキーの八年ものをキープしておいてくれ」

浩志はウイスキーならバーボンと決めていた。中でもワイルド・ターキーの野性味のある味が好きだ。しかも、十二年ものではなく荒削《あらけず》りな八年ものである。

「八年ものね、了解。それでは、ご来店、お待ちしております」

美香はふざけて両手をそろえてお辞儀した。

浩志は何も言わず右手を軽く上げそれに応えた。初対面なのになぜか心を許せた。

血はスカーフのおかげで殆《ほとん》ど止まっている。熱が出てきたのか、けだるさが襲ってきた。足が異常に重く感じたが、病院までの距離が短くて助かった。裏口のインターホンを鳴らした。

「はい、どちらさまですか」

院長の森本の声がした。彼は病院の横に家を構えている。日によって、夜間はインターホンが自宅に直接つながるようになっている。

「藤堂です」

「今、宿直の医者がいないのだ。すぐそっちに行く」

自宅から森本がサンダル履きで小走りにやってきた。

「すまん。すまん。哲也君も退院して患者がだれもいないもんでね」

笑顔で近づいてきたが、浩志の怪我に気づきその表情が一変した。

「待ってくれ！　すぐ開けるから」

森本は慌てて裏口のロックを解除すると診察室に飛び込み、電気をつけた。そして、浩志をベッドに寝かせ、スカーフとシャツをはさみで切り裂いた。

「これは、銃創じゃないか。弾は抜けているな。あぶない、あぶない。もう少し下だったら、動脈を損傷していたな」

森本は銃創を見ても驚かない。外科医としての腕は本物だ。しかもここは、傭兵代理店と専属契約をしているため、警察に通報される心配もない。

「しばらく、安静にしてもらうよ」

森本は傷の処置をすると深呼吸するようにゆっくりと息を吐いた。

浩志は傭兵代理店のありがたさを改めて知った。今回の件もそうだが、先日のサポートプログラムといい、表の社会では考えられないことだ。刑事時代、自分の職業がある意味で、まっとうでないと思っていた。しかし、刑事は飽くまでも表の商売。警察を避けるようになった今、自分はいつのまにか裏社会の人間になっていたことを改めて自覚した。

五

「院長、さっきあいつが退院したと聞きましたが、まだ世話になっていますか？」

「ああ哲也君か。彼は若いからね、四日前に退院したよ。まだギプスは取れないから、明日あたり、診察を受けにくるはずだが」

「それじゃ、哲也が来たら、ここに来るように伝えてください。お願いします」

浩志はそう言うと気を失うように寝てしまった。

翌日の昼近く、血相を変えた哲也が病室に転げるように入って来た。

「大丈夫ですか。藤堂さん」

「かすり傷だ」

久しぶりに見る哲也は、格好は以前のままだが、心配げな目にも、かつての暗さはない。

「今、どうしてる」

「俺？　まああかな。とりあえず、ちらし配りしている」

手首の経過は順調だが、肋骨の骨折はまだ、くしゃみをすると脂汗が出るほど痛いらしい。

「ちょっとはまともになったか」

浩志は珍しく笑顔を見せた。

「俺なんかのことよりさあ、何かあるんだろう」

「察しのいい奴だ。俺に手をかせ」

「やっぱりね」

哲也は左手で軽くガッツポーズをとった。やはり、体は大きくてもまだ十六歳の少年だ。仕種に子供っぽさを感じる。

「俺の代わりに、ある人物をボディーガードしてほしい」

「ボディーガード！」

哲也の顔に赤みがさし、目がいきいきとしてきた。

「俺を狙った奴が、その人も襲うかもしれない」

浩志は襲撃されたのが都築邸の近くだったため、念のため都築老人の安全を図りたかった。

「じゃあ、相手は銃を持っているのかよ」

「そうだ。もっとも、襲撃の確率は低いと俺は思っている。だが、まったくないとも言えない。だから、おまえに頼むんだ」

もし十五年前の事件に何らかの関わりがあるとしたら、犯人はあえて老人を襲うことはないだろう。警察に事件の掘り起こしを指示するようなものだからだ。

「そうか。ボディーガードね」

哲也は頼りにされていると思ったらしい、満面の笑みを浮かべた。

「笑っている場合じゃないぞ。へたすると死ぬぞ」

「じゃ。俺もなんか武器を持っていた方がいいのかな」

「相手は、プロの殺し屋だ。そのへんのチンピラとはわけが違う。怪しい奴を見たら、俺か警察に連絡して、逃げろ」

「ふーん。つまんねえーの」

「ボディーガードとは、そういうものだ。守るべき人物をいかに安全に脱出させるかが大事なんだ」

「なるほどね」

「先方には、もう連絡してある。いつでも来てくれと言っていた」

朝一番で、浩志は老人の安否をさりげなく確認し、元不良少年を一人面倒みてほしいと頼んだ。というのも、老人が教育者として、中学校の校長まで務めたという職歴を知っていたからだ。老人は二つ返事で快諾した。

「それから、相手は八十近い老人だ。ボディーガードをするというと心配するから、仕事を手伝うために人を送ったとだけ言っておいた。だから、おまえは仕事を手伝いながら、仕事その人を守るんだ。分かったな」

「分かった。俺スーツとか持ってないけど。どうしたらいいのかな」

「いつもの格好で、いいんだ。その方が怪しまれない。自然にそばに付き添う。それがボディーガードの極意だ」

「それって、格好いいじゃん」

哲也はあきらかに勘違いしているようだが、あえて浩志は、言わなかった。老人に会って事情を知った時の哲也のほうけた顔が目に浮かんだ。

「それから、報酬は俺が出す。一日、一万だ」

「一万か、まあまあだな」

「もっとも、そこからおまえたちの入院費は、さっ引くからな」

「うっ……」

哲也はうらめしそうな顔をして、小声で「鬼」と一言いった。

浩志は哲也のそぶりを無視して続けた。

「寝泊まりは、老人の家でしてくれ、食事も出してくれる」

「ちょっと待ってよ。ということは、二十四時間ってことじゃないの」

「ボディーガードなんだぞ。当たり前だ」

哲也は慌てて計算しはじめた。

「それって、時給五百円もないじゃん」

「文句があるのか」

浩志は目を細め、わずかに右眉を吊《つ》り上げた。言葉を使わなくても相手を威嚇《いかく》する手段は、いくらでも知っている。もっとも冗談半分だが。

「いえ、ありません。ただ、今時珍しいなあと思って」

哲也は精一杯の愛想笑いをしてみせた。


二時間後、哲也は身の回りの品をつめた小さなバッグを持ち、都築邸のチャイムを押していた。チャイムに反応してカラスが怪し気な鳴き声をあげ、哲也はその声に首をすくめた。

「河合さんかね」

しわがれた声が、哲也の背後からした。

「ひいー、はっ、はい」

この少年は見てくれと違い、かなり臆病なようだ。飛び上がらんばかりに驚いている。

「どうも、河合、哲也っす」

まだヤンキーの癖が抜けない少年を都築老人は温かい笑顔で迎えた。

「都築雅彦です。その家は、だれも住んではおらんよ」

「はあ、そうなんすか」

哲也は首を傾げたが、浩志にこの家は目印であると聞いたことを思い出し、納得した。

「まあ、ついてきなさい」

老人は哲也に背を向けると、すたすたと道の反対側に向かった。その足取りは軽く、どこか楽しげな感じさえする。

二人は例の平屋に入った。哲也は倉庫を改造した部屋が珍しいのか、きょろきょろと落ち着きがない。

卓袱台《ちゃぶだい》を挟んで二人は座り、老人は茶を勧めた。

「あのう、仕事って、何をしているのですか」

「ほれ、ここからも見えるだろう」

老人は小屋の前の畑を顎で指した。

「ほれって、畑のことですか」

「そう。農業だよ。藤堂さんから、何も聞いてこなかったのか？」

「仕事を手伝ってこいと……」

「そうか。それは、いい。何ごとも先入観がない方が、馴染みやすい」

「あのう、前の家はだれも住んでいないって聞いたけど、表札に都築って……書いてあったような。都築さんは、まさかここに住んでいるんじゃ、ないよね」

「ここに住んどるよ」

「そんな」

哲也はやっと状況が分かったらしく、全身から力が抜けたように肩を落とした。

「なんだ、ほんとに何も聞かないで来たのか」

老人は部屋の片隅に置いてある本棚から、黒いカバーのファイルを取り出した。

「いずれは分かることだし、隠し立てするつもりもない。ただ、私の口からは言いたくないから、これを見てくれ」

哲也はわけが分からず老人からファイルを受け取った。それは、都築家の殺人事件に関連した新聞や雑誌記事のスクラップブックだった。

「それを読んだからといって、私に同情する必要はない」

老人はそういうと静かに部屋から出ていった。

哲也は分厚いスクラップブックを貪《むさぼ》るように読んだ。どの記事にも凄惨な殺戮《さつりく》の様子が書かれており、ワルを自称してきた彼ですら、許されない犯罪に怒りに震えた。そして、同じくそこには浩志の誤認逮捕の記事が差し挟まれていた。哲也は思わず涙を流していた。

「都築さん、俺、何でも手伝いますよ」

哲也は部屋に戻ってきた老人に力強くそう言った。

六

浩志は病院のベッドで、ひたすら眠り続けた。長年の経験から負傷した時の治療法は、眠ることだと心得ている。戦場で傷ついた場合、必ずしも病院に運び込まれるとは限らない。特に傭兵の場合、置き去りにするのが戦場のルールだ。たとえ敵地であろうと負傷したら自力で身を隠し、傷ついた野獣のようにじっとしていることが重要だ。

「ほう、傭兵ともなると銃創の治癒能力も違うものなのか」

回診に訪れた森本が、傷口を見て驚いた。

入院してから四日経っていた。これまでの経験から、一日も入院すれば充分だが、宿に帰るのも面倒なので、森本に逆らわず大人しくしていた。だが、じっとしているのも限界に達していた。

夜を待って病院を抜け出すと、浩志は散歩がてら、森美香の店を探した。名刺の住所に従えば、「文化村」の近くらしい。渋谷東急本店裏の「文化村」は、コンサートホール、劇場、美術館、ミニ・シアターやカフェなどを備えた複合文化施設である。

美香の店は、文化村の北側に面した雑居ビルの地下にあった。松濤にある森本病院からは、歩いて七、八分の距離だ。間接照明に浮かぶ店の看板がなかなかしゃれている。狭い階段を降り、店のドアを開けた。

「いらっしゃいませ」

明るい女性の声が響いた。

ショートヘアーの小柄な女性がカウンターの手前に立っていた。歳は二十歳そこそこだろう、笑顔に嫌みがなく爽《さわ》やかな感じがする。

「あら、いらっしゃい」

続いてカウンターの奥から、落ち着いた美香の声が聞こえた。今日はペパーミントグリーンのスーツを着ている。

浩志は美香の前の椅子に座った。店はカウンター席が八つ、奥には四人掛けのアジアンテイストのテーブルと椅子が二セット置いてある。こぢんまりとしているが、天井が高く、空間を感じさせる。間接照明に照らされた家具のセンスもいい。なかなか居心地のいい店だ。客は奥のテーブル席にサラリーマンが二組と、カウンター席に若いカップルが一組だった。

「お飲物は何になさいますか？」

若い女性が灰皿を持って聞いてきた。浩志は軽く左手をあげ、灰皿を断った。

「沙也加《さやか》ちゃん。こちら藤堂さん」

「初めまして、沙也加です」

「藤堂さん、お飲物、ターキーでよろしいかしら？」

「あら、ママ、藤堂さんて、初めてじゃないのね」

「お馴染みさまよ。これからだけど」

「もう藤堂さんたら、いきなりママの前に座るんだから」

二人の会話はテンポがいい。年の差はあれ、どちらも美人で見ていて楽しくなる。

「ごめんなさい。この子ったら、いい男が現れるとすぐ口を出してくるんだから。最初はビールにしましょうか」

「そうだな。それから、何か適当に作ってくれ」

比較的粗食に慣れている浩志でも四日も病院食を食べたら、さすがに飽きてしまった。

「怪我は、もう大丈夫なの？」

沙也加が奥の厨房《ちゆうぼう》に消えると、美香は心配げに聞いてきた。

「だから、ここに来た」

「どう見てもそう見えないけど」

浩志の左肩は、かなり厳重に包帯が巻かれていた。

「病院ってところは、大袈裟に扱いたがるんだ」

「お酒、本当に飲んで大丈夫なの？」

美香はよく冷えたグラスにビールを注いだ。

「ずいぶんと商売っけがない店だな」

「そうよ。この店はお客さまと細くても長ーく付き合うのをモットーとしているの」

浩志は美香にもビールを勧め、グラスに注いでやった。

「これからもよろしくお願いします」

美香は自分のグラスを軽く浩志のグラスにあてると一気に飲み干した。

「おいしい」

いい飲みっぷりだ。美香は笑くぼを見せて微笑《ほほえ》んだ。

「お待たせしました」

沙也加がカウンターに料理を置いた。砂肝とピーマンを醬油と生姜《しょうが》で炒めたものだ。生姜の香りが醬油の香ばしさと相まって食欲をそそる。浩志はさっそく箸《はし》でつまみ、思わず唸った。

臭みもなく、ピーマンが砂肝を引き立てている。素材が素朴な分だけに味が生き生きとしている。戦場での生への執着は浩志の場合、いつも食べることだった。決して大食いではないが、何か食べたいものが心に浮かぶと、それを食べるまでは死んでたまるかと思うのだ。

「生き返った」

喉の渇きと胃が満たされた。

「ターキーをもらおうか」

美香は八年もののボトルを出してきた。忘れずに憶えていてくれたようだ。

「飲み方は、どうしますか？」

「ストレート」

浩志は人差し指と中指を見せた。もちろんダブルでという意味だ。

美香はストレートグラスにターキーを注ぐと、

「お酒は傷に悪いから、水分は沢山《たくさん》とってね」

少し上目遣いで、チェイサーを添えた。

ふと気づくとジャズがかかっていた。ボリュームを抑えられていたため、気づかなかった。浩志の好きなオールドジャズだ。ジュリー・ロンドン「クライミー　ア　リバー」、なんともせつない歌声がバーボンにはよく合う。

心地よい時間が流れた。

いつもならストレートで一気に飲む。野性味のあるバーボンが喉をちりちり刺激し、荒削りな香りが鼻孔を刺激するのが好きだ。だが、今日は美香の忠告を素直に聞き、喉を湿らせるように、ゆっくりと飲んだ。

「帰る」

グラスを空けると浩志は席を立った。居心地のいい場所には長居をしないことだ。

美香が店の外まで出てきた。

「また、来てね」

浩志は振り返らずに、右手を軽く上げて応えた。

七

翌日、浩志は退院すると、まっすぐ下北沢の丸池屋を訪れた。店主兼、傭兵代理店の社長である池谷はいつものように奥の応接室に浩志を招き入れた。

「今回は、災難でしたな。犯人の見当はついているのですか。もしや、暴力団のお礼参りじゃないでしょうね」

「俺を仕留めることはできなかったが、腕は確かだ。やくざのヒットマンじゃない。それに奴らは、サイレンサーを使わない」

「いずれにしても、やっかいなことになりましたね」

「今日ここに来たのも、そのことだ」

「また、サポートプログラムをお使いになりますか」

「当分使うつもりはない。だが、俺はここのプログラムの内容をよく知らない。詳しく教えてくれ」

サポートプログラムは、代理店によって内容が変わる。浩志は戦地に近い代理店のプログラムは熟知しているが、日本では必要性を感じなかったため、これまで聞くこともなかった。

「分かりました。日本は戦地ではありませんので、当社のプログラムは欧米の代理店に比べて、メニューの数が少ないことだけはご了承ください」

池谷はサポートプログラムが、大きく分けて三つあると説明した。

一つは、作戦中にアクシデントが発生した場合、コマンドスタッフの援助を受けるもので、ミッションと呼ばれている。これはどこの代理店でも用意されているものだ。

二つ目、これは東京に限ってのサービスだが、数ヶ所のＪＲの駅に隠された武器を使用することができ、「プレゼント」というコードネームがつけられている。

「ほう、どこの駅に隠してあるんだ」

これにはさすがに浩志も驚いた。欧米の代理店にもないシステムだ。

「現在、東京、品川、渋谷、新宿、池袋、上野《うえの》駅の六ヶ所で、構内のコインロッカーに保管してあります」

「コインロッカーか、なるほど。鍵はどうするんだ」

「決められたコンビニで、受け渡しをします。その際、パスワードを言っていただくことになります。パスワードは、毎週月曜に変わるので、あらかじめ当社にご確認ください」

「そのコンビニは、信頼できるのか」

「実をいうとそれぞれのコンビニは私がオーナーでして、店員はアルバイトを使わず、信頼できる者を置いています」

「金のかかる話だ」

「いいえ、駅の近くですのでそれなりに収益は上がっています」

どうやら池谷は、かなりの経営手腕も持ち合わせているようだ。

「それで、武器の種類は？」

「ロッカーには、ソ連製のトカレフと予備の弾丸、それにアーミーナイフと特殊警棒が入ったサブザックが預けてあります。もちろん、どの武器も製造番号は削ってあります」

「考えたな」

あえて無骨なトカレフにしたのは、発見された時、その出所が分からないようにするためだろう。旧ソ連軍から流出した武器は世界中、どこでも手に入る。しかも、故障が少なく威力もある。

「このプログラムは、都内で襲撃を受けた時や、襲撃を予知した時にお使いください」

コンビニで武器の受け渡しをしないで、あえてコインロッカーを使うのは尾行者を欺《あざむ》くためのものだ。便利なシステムといえた。

「分かった」

「最後のプログラムは、当店で直《じか》に武器をお選びになるか、発注されることです」

「武器庫があるとは、聞いていたが」

「では、ご案内しましょう」

池谷は応接室を出ると、隣の事務室に入った。女性スタッフが一人で帳簿つけをしていた。店に通じるドアと反対側の壁際に大きな金属製の扉があり、電子ロックがしてある。ちょっとした銀行の金庫のようだ。

池谷は扉の右横にあるセキュリティボックスにパスワードを入力し、最後にその下のスリットに手の平を入れ、ロックを解除した。

「これは、指紋と手の平の静脈を照合するものです。指紋だけでは信用できませんから」

扉を開けると、十畳ほどの倉庫になっており、スチールロッカーが整然と並べられていた。ロッカーには鞄やハンドバッグなど様々なものが隙間なく置かれている。

「ここは、お客さまからお預かりした品や、買い取ったブランド品などを置く、表の商売の心臓部です」

部屋の奥に進むと、池谷はポケットから電気プラグを出した。

「この一見、何の変哲もないプラグは、実は電子キーになっています」

池谷は得意げにプラグの先端を壁のコンセントに差し込んだ。すると床が自動的にスライドし、地下へ続く階段が現れた。階段は三メートルほどあり、やがてコンクリートの壁に突き当たった。どう見ても作りかけの階段にしか見えない。

池谷は壁にいくつも開いている穴の一つを覗き込んだ。するとゆっくりとコンクリートの壁が、動きはじめた。

「この穴は、網膜を検知するものです」

「まるで、秘密基地だな」

「そうです。我々にとってここは秘密軍事基地ですから」

戦地に近い代理店で浩志は武器を調達したことがあるが、武器庫のドアは、さほど厳重なものではなかった。もっとも代理店でなくても、町には武器商が軒を並べ、だれでも簡単に武器弾薬を手に入れることができる、そんな土地と比べることはできないが、まるでペンタゴンなみの警備システムには驚かされた。

「なんせ、我が社は、日本で唯一の傭兵代理店ですから」

コンクリートのドアが開くと自動的にライトがついた。

武器を見なれた浩志ですら、目を瞠《みは》った。

左右の壁にはショーケースが置かれ、右側は二十二口径から五十口径までのハンドガンがきれいに並べられている。その下にはそれらの未開封の箱と弾丸の箱が積まれていた。左側のショーケースには、警察の特殊部隊ＳＡＴや海上保安庁の特殊警備隊ＳＳＴが採用しているＭＰ５を始め、アメリカ軍特殊部隊の正式銃ＳＲ一六Ｍ四や、ロケットランチャーや対戦車バズーカまである。正面の棚には、防弾チョッキや、手榴弾はもちろんのこと、最新の暗視スコープなど、武器以外の装備もところ狭しと置かれていた。

「戦争でも始める気か」

「もちろん、これらの武器が使われないことが、一番ですが、傭兵代理店の格づけが高い当社としては、当たり前の装備です」

「いくらなんでも、ここまで必要ないだろ。趣味か？」

浩志は、実戦的な武器以外にもマニアックな武器があることに気がついていた。よくよく考えれば、武器をショーケースに陳列する必要などないはずだ。

「痛いところをつきますな。私は、自分では扱うことはできませんが、武器を集めることが好きなんですよ」

「だろうな。これだけの装備は、並の武器商でもかなわない」

ショーケースの隅にサブマシンガンの名機ウージーの初期生産モデルと、小型化し集弾率が悪いマイクロウージーが並べて置いてあるのを見て、浩志は呆れた。

「そうでしょうとも」

誉められたと池谷は手放しに喜んでいる。

一通り武器に目を通したが、十五年近く傭兵として過ごした浩志でさえ見たこともない武器がいくつもあった。

「今度、ゆっくり見せてもらおう。もっとも、日本じゃせいぜいベレッタと特殊警棒があれば充分だな。アーマライフルを使うこともないだろう」

「たしかに」

池谷は浩志の言葉に落胆した様子もなくにこにこしている。やはり大半の武器は趣味のコレクションなのだろう。

「サポートプログラムはこれで理解できた。今日は別の用件でも来た」

「なんでしょうか」

「俺に、適当な住処《すみか》を世話してほしい」

「住むところですか？」

池谷は首を傾げたものの、理由は聞かなかった。

「条件をお伺いしましょう」

八

二日後、浩志は傭兵代理店からの連絡を受け、再び下北沢を訪れた。

浩志が池谷に依頼した住居の条件は鉄筋のマンションの二階で、非常口に近い部屋であること。もちろんオートロックでセキュリティが完備されていることは言うまでもない。

部屋の広さは問わないがちゃんとしたキッチンがついていること。そして、場所は下北沢に近いことだ。これまで、新大久保の安宿に気ままに泊まっていたが、命を狙われた以上、人が簡単に出入りするところにいるわけにはいかない。下北に近いところとしたのは、丸池屋の武器庫が近くにあれば安心できるからだ。

コマンドスタッフである瀬川の案内で、賃貸マンションを見に行くことになった。場所は下北沢駅の北口を出て、線路沿いの道を新宿方向に歩いて八分ぐらいのところだった。

「新築のマンションじゃないか」

グレーのタイル張りの真新しい三階建てのマンションだった。入口はオートロックになっており、エントランスもこの界隈では珍しくゆとりがある。駐車場は地下にあり、低層マンションにも拘わらず、エレベーターがついていた。

「本日ご紹介する物件は、二階にあります」

瀬川は、不動産屋の営業マンを気取っているようだ。二階は八部屋あり、一番奥に目的の部屋はあった。部屋の近くに非常口があり、外から入ることはできない仕組みになっていた。

条件が満たされていることを確認すると瀬川は、部屋の鍵を開けた。

「部屋は、二ＬＤＫで、六十八平米あります」

「広すぎる。俺は四畳半一間でもかまわないんだ。第一こんな物件、家賃が高くて俺には払えそうにないな」

浩志は予想外の物件に、中に入ろうともしなかった。

「待ってください。藤堂さん。ご心配には及びません」

帰ろうとする浩志の前に瀬川は慌てて立った。

「家賃はいくらだ」

「一ヶ月、十二万円ではどうでしょうか」

「どうでしょうか？　いつから不動産屋になったんだ」

浩志は瀬川の口ぶりをいぶかしく思った。まるで価格の決定権があるかのようだ。

「すみません。実は、このマンションのオーナーから十二万で貸してもいいと承諾を得ています」

「ほおー、オーナーねえ」

浩志は腕組みをして瀬川を睨みつけた。この物件なら、一ヶ月に三十万以上するはずだ。

「オーナーって、池谷社長のことだろ」

池谷は先祖代々この地域に住んでおり、広範囲に土地を所有している。そればかりか、駅周辺のアパートやマンションも経営し、駅前のスーパーにも土地を貸すなど不動産でかなりの利益を得ていた。そのため、代々経営している質屋も裏稼業である傭兵代理店も趣味と言って過言ではない。

「実は、そうなんです。嘘はつくつもりはありませんでしたが、社長から口止めされていまして」

「この部屋を十二万と言われたら、だれだって気がつくぞ」

「そうですよね」

「俺は、テントや地べたに寝ることに慣れてきた。こんな広いところは落ち着かないな。もっと狭い部屋はないのか」

「それじゃ、部屋の中でテントを張ってはどうですか」

生真面目な瀬川にしては気の利いた答えだったが、浩志の冷たい視線を受けることになった。

「すみません。社長は、他にも物件をお持ちですが、藤堂さんの条件を満たすところはありません。それに、狭くなると電気コンロの狭いキッチンになってしまいます」

浩志は唸った。電気コンロで料理が作れないわけではない。長年戦地で暮らしてきたため、電化製品に馴染みがないだけだ。

「藤堂さん、とりあえず、中を見てください」

瀬川は渋る浩志の背中を押して無理矢理、部屋に案内した。

入口の部屋は六畳のフローリング、廊下を隔てて、洗面所とバスルームがついている。

その隣がトイレで廊下の突き当たりが十二畳のリビングと三畳のキッチン、そしてリビングの隣は、八畳の寝室になっており、ベッドまで置かれている。浩志はやはり広すぎると、溜め息をついたが、キッチンを見て気が変わった。食器棚や冷蔵庫が備えつけてあることもそうだが、何よりも気に入ったのは、コンロが三つ口で、隣に広々とした作業スペースがあることだ。しかも、イタリア製のオーブンまである。これならどんな料理も作れそうだ。

「棚の中も、ご覧ください。最低限の調理器具や食器も揃っています」

基本的に各部屋に家具は備えられていたが、まさか食器までついてくるとは思わなかった。

「ないのは、テレビぐらいのもので、こればかりは、最新の物を買われた方がいいということで、備えてありません」

浩志はテレビなどどうでもいいが、とにかくキッチンが気に入った。

「いいだろう」

「よかったあ。断られたらどうしようかと思っていました」

瀬川は大きく息を吐き、胸をなで下ろした。

「それから、寝室のクローゼットのご説明をします」

「見れば分かるだろう」

「いえ、隠し金庫がありますので」

瀬川はクローゼットを開けると、開口部の上に手を伸ばした。

「この裏にスイッチがあります」

瀬川が小さなスイッチを押すと、奥の壁が自動的にスライドして、三十センチ四方の金庫の扉が出現した。

「この金庫は、指紋センサーで開きます。ここに人指し指を当てて登録してください」

浩志が指をセンサーにかざすと、グリーンのライトが点灯した。

「指紋の登録は終わりました。マスターキーでリセットしない限り、他人は使用できません」

「分かった」

「では、部屋の鍵をお渡ししますので、ご自由にお使いください」

「おいおい、契約書はどうなっているんだ」

「えっ、いりますか？　そんなもの」

「契約条件とか、家賃の払込先とか、いろいろあるだろう」

「家賃なら、一月に一回、丸池屋にお持ちいただければ結構です。契約条件は特に聞いておりませんが、何もないと思います」

瀬川は元自衛官で、格闘技も武器もよく使いこなす。いざとなれば頼もしい男なのだが、普段の生活ではどうにも頼りない。

「分かった。後は直接池谷さんに尋ねよう」

「それから、社長から物件が決まったら、お祝いを渡すようにと言われていまして」

そういうと瀬川は地下駐車場に置いてある自分の車まで、何かを取りにいった。おおかた日本酒かワインのたぐいと思っていたが、渡されたものは予想に反し小さな箱だった。箱を開けると、新品のベレッタと予備の弾丸が入っていた。

「頭が、上がんなくなっちまうな」

さすがにここまで至れり尽くせりでは恐縮してしまう。

「それから、大したものではありませんが、これは私たちからの日ごろのお礼とお祝いです」

そういうと別の箱を差し出した。中を開けると特殊警棒とカスタムメイドのサバイバルナイフが入っていた。

「これは、いい」

ベレッタは普段持ち歩くことはできないが、特殊警棒ならいつも携帯することができる。

これまで暇を見ては瀬川を始めとした三人のコマンドスタッフに訓練をしてきた。彼らは浩志を師として尊敬してくれていた。その気持ちが嬉しかった。

瀬川が帰ると早速リビングのソファーに座ってみた。これで、足場は決まった。後は、反撃あるのみだ。浩志の復讐心は静かに燃え上がった。

捜査再開

一

練馬《ねりま》の光《ひかり》が丘《おか》を終点とし、都庁前で環状線になる都営大江戸《おおえど》線は、深いところでビルの七階相当の地下を走る。浩志は一般の地下鉄より、ひとまわり小さいこの電車に乗るのが初めてだった。椅子に座っている客が足でも組もうものなら、通路は半減してしまう。まして、両側の客が足を組めば、通行不能となり、傍若無人《ぼうじゃくぶじん》なハードルと化した足をまたいで通らなければならない。とかく東京という街はストレスが溜まりやすいが、この車両に乗るだけで腹が立ってくる。降りた後でも不快感はしばらく消えなかった。

「藤堂さん、この辺は詳しいんですか？」

「いいや」

浩志はできるだけ平静を装っているが、いつまでそれが持つか分からない。それは、地下鉄のせいだけではない。お供をするようについてきた警視庁の刑事、杉野のせいでもあった。もっとも、相棒のバカ者は連れてこなかっただけましと諦めている。

「市村さんに会いに行くと何が分かりますかねえ」

浩志は都築老人から捜査一課の課長が、偽刑事の存在を知っていたことを聞いた。だが、当時の捜査記録には、そういった記述はない。その真意を調べるべく、当の本人である市村豊《ゆたか》を捜したが、六年前に定年退職しており、住所も分からなかった。やむなく杉野に問い合わせたのだが、住所を教える代わりに一緒に行くことを条件に出されてしまった。

「黙ってついてくれば分かる」

「すみません」

浩志は邪険に扱うが杉野は素直についてくる。よほど捜査に行き詰まっているのだろう。

二人は光が丘公園の北東に面する一軒家に着いた。この家に市村は一人で住んでいるはずだ。

杉野はドアチャイムを鳴らした。何度か鳴らしたが応答がない。

「おかしいな。やっぱり留守かな」

事前に在宅の確認をするため、杉野は何度か市村に電話をかけたが繋がらなかった。試しにドアノブを回すとロックされておらず、簡単に開いた。

「不用心だな」

ドアの隙間から、杉野は中を覗き込んだ。そしてドアチャイムより大きな声で叫んだ。

「ごめんください！」

浩志はいつもの勘が働いた。

「杉野さん、あんた、刑事だから中を覗いて来てくれ」

浩志は現職の刑事を立てた。

とりあえず二人は玄関の中に入った。

空気が淀《よど》んでいる。人の出入りはなさそうだ。

杉野はまだ何の警戒心も抱いていない。靴を脱ぐとそのまま上がろうとした。

「スリッパは、履いていった方がいい」

「えっ」

靴下を履いているとはいえ、スリッパも履かないで上がったら、スタンプで押すように足型を残すことになる。いたずらに鑑識の作業を増やすだけだ。

「スリッパですか？」

「いいから、スリッパを履いて、さっさと確かめてこい！」

浩志の剣幕《けんまく》に驚いた杉野は慌ててスリッパを履くと、手前の部屋から調べはじめた。

浩志は杉野の態度に爆発寸前だった。玄関に入ってから、微かではあるが、卵の腐ったような臭いがすることに気づいていたからだ。

「大変です。来てください」

杉野は一番奥の部屋のドアを開けるやいなや、大声で叫んだ。ドアを開けた途端、猛烈な死臭が玄関まで津波のように押し寄せた。

浩志はスリッパを履き、廊下の端をゆっくり歩いた。スリッパを履いていても、犯人の痕跡を消す可能性がないともいえないからだ。

奥の部屋は、ダイニングキッチンだった。市村がパジャマ姿で頭と胸を撃たれて死んでいた。しかも、すでに死体にウジが湧いている。

杉野は鼻を押さえ、出入口に立ったまま呆然としていた。

「藤堂さんは、殺されていることが分かったのですか？」

「ああ、玄関に入った時からな」

「どっ、どうしてですか」

「死臭を嗅いだことないのか？」

「いえ、何度も、ありますが」

「玄関まで、臭っていたぞ」

「そんな」

浩志は杉野の指先を見た。案の定、ニコチンで黄色く変色していた。ヘビースモーカーの証拠だ。極度の喫煙は、嗅覚を著《いちじる》しく悪くするものだ。

「現場の臭いってのはな、大切なんだ。刑事をまともに務めたければ、煙草の量を減らすか、いっそのこと止めろ」

杉野は二の句もつげず、顔を伏せた。

現場にいち早く到着するのは、鑑識や検死官とは限らない。しかも警察関係者であろうと人が多く入ればそれだけ現場の維持が難しくなる。それゆえ、刑事だろうと最初に現場に入ったのなら、現場の記録を少しでも残すべきだ。ガソリンの臭いや都市ガスの臭い、または部屋の温度など、消え物の場合は後で検証することは難しい。そういったわずかな物証を逃さない姿勢こそ、事件の真相を追及する体質に繫がる。刑事が煙草の吸い過ぎで五感を鈍らせるなどもってのほかだ。

「すぐに応援を呼べ」

「はい！」

「いや、十分、時間をくれ」

浩志は、犯人の手口だけでも知りたいと思った。

「了解しました」

長年の部下のように杉野は返事をした。

二

浩志にとって、初動班と鑑識が来る前に捜査ができるのは願ってもないチャンスだ。しかし、現場や死体に触ることはできないので、外見だけで判断するしかない。

元捜査一課課長であった市村は、頭に一発、胸に二発の銃弾を受けていた。キッチンの壁に銃弾の痕らしき穴が一つ開いていた。高さは床からおよそ、一メートル四十センチ。近くで見ると穴の周りに血痕が付着していた。とすれば、体を貫通した弾が、この穴の中に残っているはずだ。

次に額の銃痕を調べた。一センチよりやや小さい、使用された弾丸は、三一八口径だろう。比較的穴が小さいことから、この傷口は弾の射入口であることが分かる。射出口であれば、弾は回転しながら肉をもぎ取るように出ていくため、傷口はより大きくなる。

胸の銃痕は、パジャマに邪魔され、よく見ることができないので諦めた。

「藤堂さん、何か分かりましたか？」

「犯人は、まず、正面から胸に一発撃ち、倒れたところを頭と胸に二発撃った。多分三十八口径の銃を使っている。しかもサイレンサーつきの奴だ」

市村は見たところ、身長が一七〇センチほどある。壁にめり込んだ弾の位置から考えて一発目は頭でない。もし座っていたとしたら、壁際に椅子を置かなければならない。四つある椅子はすべてテーブルにきちんと寄せてある。律儀に犯人が片づけたとは考えにくい。

「サイレンサーつきだと、どうして、そう思われるのですか」

「病気やものぐさなら別だが、被害者《ガイシャ》は、パジャマを着ている。撃たれたのは深夜から朝までの比較的騒音が少ない時間だろう。それにこの辺は、住宅が密集している。日中だったとしても三十八口径を三発も撃てば、だれでも気づくだろう」

「なるほど」

「あとは、鑑識と検死官の仕事だな。とにかくこの男は、ほぼ一週間前に殺されている」

「あのう、死体を触りもしないで、どうしてそんなこと分かるのですか？」

「警察大学で習わなかったのか」

浩志に聞かれても杉野は、首を傾げるばかりである。

「ウジの大きさだ。見てみろ！」

死体の傷口には、一センチ前後のウジがはい回っていた。わずかに開いた窓か、換気扇からハエが入ってきたのだろう。部屋はエアコンがつけっぱなしの状態だったため、夏とはいえ、さほど気温の上昇はなかったと思われる。とするとウジの成長具合からみて、ほぼ一週間経ったと浩志は判断した。

被害者の死亡時刻を推定するには様々な方法があり、ウジの場合、温度と湿度によって成長が変わるのでそれを逆算するのだ。こうした知識は警察大学で講義されるが、ほとんどの警官はそれらを判断するのは飽くまでも検死官や科捜研の仕事だと思っている。現代の警察において、効率化が優先された末、捜査は担当別に、分業化された。だが事件の解決に効率が上がる反面、未熟な刑事が育つ土壌を生み出している。

例えば徳島で起こった自衛官殺人事件などいい例だ。

一九九九年、徳島県阿南《あなん》市にある橋の下で自衛官の死体が見つかった。現場には自殺とするには不可解な証拠が多数残されていた。だが初動捜査で自殺と決め込んだ県警は、幾多の証拠に目をつぶり、その後遺族の必死の捜査で現れた目撃者や物証をことごとく否定した。目撃者はいずれも、自衛官が暴走族風の者に襲われていたと証言したにも拘わらず、県警はその証言ばかりか目撃者の人格まで否定した。

警察の説明によれば、死亡した自衛官は自殺するために車を猛スピードでガードレールに衝突させた。この時エアーバッグが開き、その衝撃で肋骨と胸骨を六ヶ所骨折し、大動脈も切断した。しかし、死にきれないと思った男性は、そのまま八・二キロ走行し、遂に橋から身を投げ死亡したとしている。この説明を聞いて、小学生でも自殺とは考えないだろう。まずエアーバッグが正常に動作し、その衝撃で瀕死《ひんし》の重傷を負うことはありえない。これではエアーバッグが凶器となり、車に装備する意味がなくなってしまう。次に大動脈を切断した時点で、人間はほぼ即死に近い状態になる。骨折も負っている。そんな状況でその後の行動をとることは不可能だ。遺体は橋の真下から、四・二メートル離れたところで発見されている。落下地点から計算して、時速十キロで橋の上から飛ばなければならない。しかも県警は助走もなしで後ろ向きに飛んだと発表した。これほどバカげた捜査報告をしたわけは、ひとつしかない。彼らが未熟ゆえ、己《おのれ》のミスと建前の正義を天秤《てんびん》にかけたからだ。

「応援を呼んでもいいぞ。俺は、先に帰る」

おおよその犯行状況が摑めれば、浩志には充分だった。あとは鑑識の報告を待つだけだ。

「あのお、どう説明したらいいのですか」

「自分で考えろ。いいか、ここには、おまえ一人で来たんだ。いいな！」

「はい」

「詳しいことが分かったら教えてくれ」

外に出ると、浩志は携帯で哲也を呼びだした。

「哲也、例の件、どうなった」

哲也は都築老人のもとに行く時、すでに新しい携帯を用意していた。やはり、これがないと不安になるらしい。

「すっげえ、大変だったよ。まだ、全部じゃないけど、薬莢《やっきょう》は六個も見つけたよ」

哲也は興奮した声で答えた。

「そうか。でかしたな。別に全部見つける必要はない。今からそっちに行く」

四日前、哲也に狙撃された状況を説明し、現場から薬莢と弾丸を回収するように指示していた。

一時間半後、浩志は次太夫堀公園にある茅葺き屋根の家の二階に哲也と二人で座っていた。この建物は民家園の中央にあり、昔は居酒屋だったそうだ。二階には、めったに人も上がってこないので、密談をするにはもってこいの場所といえた。

哲也はまず浩志の狙撃された場所の地図を広げた。

「よく見つけたな、こんな地図」

「じいちゃんが持ってたから、コンビニでコピーしたんだ」

「じいちゃん？」

「ああ、都築さんのこと、じいちゃんって呼んでいるんだ」

「ほう」

浩志は哲也が意外に老人とうまくやっていることに驚いた。いくら心を入れ替えたとはいえ元ヤンキーである。まともに老人を手伝い、農作業をするとは思っていなかった。

地図には、赤いペンで記号が何ヶ所もつけられていた。

「このペケ印にYは薬莢、Tは弾が見つかったところだよ。薬莢はさっき言ったように六個見つかったけど、弾は、まだ、二つしか見つかってないんだ」

哲也は浩志から襲撃の状況を聞き、犯人の行動を予想しながら捜したという。

浩志は驚きを隠せなかった。弾丸が一発でも見つかればいいと思っていたからだ。

哲也は小さなビニール袋を沢山取り出した。袋には、弾丸と薬莢が一つずつ入っており、それぞれ番号がついている。

「この袋の番号は、見つけたところを指しているんだ。ほら、例えば、この薬莢、ここに松の木があって、葉っぱに埋もれていたんだ。それから、軍手で拾ったから、俺の指紋もついてないよ」

哲也は得意げに説明した。

断片的ではあるが地図上の印を辿《たど》って行けば、おぼろげに浩志が襲撃された様子が分かる。警察が証拠品を記録した書類とまではいかないが、立派にその役割は果たしている。

驚きを越して感嘆ものだった。

「すばらしい。これは、おまえが考えたのか」

「じいちゃんにヒントもらったんだ」

「おい、まさか」

「言ってないよ。藤堂さんが撃たれたことなんか」

哲也は両手を大袈裟に上げ、得意げな表情をした。

「じいちゃんの仕事手伝わずに、弾、捜すことできないだろう」

「ああ」

「だから、中学校の時やった自由研究をやりたいって、じいちゃんに頼んだんだ」

それは小学校だろうと思ったが、浩志は話の腰を折るのを止めた。

「それで」

「公園のどんぐりの分布を調べたいって言ったら、じいちゃんが、地図を出してくれて、地図に種類とか書き込むといいぞって、教えてくれたんだ」

「なるほど」

やっぱりこいつはバカじゃないと浩志は改めて思った。

「おかげで、どんぐりの研究もする羽目になったんだ。でもさあ、どんぐりにもいろんな種類があることも分かったし、蝉の抜け殻もいっぱい見つけたから楽しかったよ」

哲也の目が生き生きしていた。彼はこの場所で、失っていた子供の時間を取り戻していた。よくよく見れば、大人びていた顔にどことなく幼さが見えるようになった。本来の十六歳という年齢に戻ったようだ。

「助かったぞ、哲也。この分は、時給を倍にした方がよさそうだな」

「やめてくれよ。その辺の大人みたいな口きくなよ。俺は、金めあてに働いているんじゃないんだ」

　哲也は膨《ふく》れっ面をした。

「そんなつもりはないが、悪かった」

　哲也の意外な言葉に驚き、浩志は素直に謝った。

「やっぱり、藤堂さんは、普通の大人と違うな」

「どうして」

「大人って、謝らないじゃん」

　浩志は複雑な心境になった。哲也のこれまでの環境が彼をストリートギャングにさせたのかもしれない。

「この作業は、もういい。都築さんに悪いからな」

「よかった。今、じいちゃんの仕事を手伝うのが面白くてしょうがないんだ」

　哲也は白い歯を見せて笑った。

　爽やかな春風のようなものが浩志の心に吹いた。だが、戦場を十四年間も流浪《るろう》し、人間らしさを捨てた者にとって、それは困惑を通り越し、迷惑でさえあった。

三

「いらっしゃいませ」

沙也加がいつもの明るい声で迎えてくれた。

浩志はミスティックに足繁《しげ》く通うつもりはないが、日が暮れるといつの間にか足が向くことがある。

「いらっしゃい」

美香がカウンターの向こうで微笑んでいる。笑顔の裏に秘められた悲しい匂いも、今では気にならなくなった。

「いつもの」

浩志は喉の渇きよりも早くアルコールにありつきたかった。

夕方、哲也から弾丸を受け取り、その足で鑑識課の木村に弾丸の犯罪歴を調べるように依頼した。もちろん入手経路は伏せた上である。警視庁を出てまっすぐ店に来たが、すでに八時近くになっていた。

「お腹すいてないの？」

「後でいい。アルコールが先だ」

今日は、捜査の糸口をまた摘《つ》まれてしまい、さすがに疲れを感じた。腹の虫より、いらだつ気持ちを収めたかった。

「それじゃ、あとで適当に作るけど、いい？」

「まかせる」

飲み方は特に言わなかったが、美香はショットグラスになみなみとターキーを注ぎ、チェイサーとガラスの小鉢に入ったナッツを添えた。

浩志はグラスの半分を、まずぐっと飲み込んだ。舌には載せず、喉に直接放り込む。喉が焼け、次に胃が燃えるように熱くなる。そして残りの半分を今度は口に含み、ゆっくりと飲み込んだ。バーボンの香りが口に広がり、鼻孔に抜ける。息を吐き空のグラスを前に出すと、美香が無言でターキーを注いだ。今度は、ちびりと嘗《な》めるように飲む。荒削りな味が、舌の上に心地よい刺激を残しながら、喉に滲むように流れていく。最後に残りを一気に飲み干した。昂《たかぶ》った精神は、バーボンの攻勢に耐えられず、あえなく降参した。

「どうかしたか」

美香が、浩志の顔を嬉しそうに見ていることに気がついた。

「あんまり、おいしそうに飲んでいるから、私も飲みたくなっちゃった」

「飲むか」

浩志はボトルを持った。

「いいの、我慢する。今日は車で帰るから」

そういうと美香は奥の厨房に消えた。この手の狭い店は、カウンターで簡単な料理を作るものだが、ここは別に厨房がある。こだわりがあるのだろう。数分後、美香は大盛りの焼うどんを持って現れた。

「はい、特製焼うどん」

見た目はどこの店でも出す、ごく普通の焼うどんと変わらない。だが、立ち上る湯気に連れ添う香りは、浩志の胃袋を鷲摑みにして離さなかった。早々に箸《はし》をつけた。一口頰張ると、カツオとニンニクの香りが口中に広がった。浩志は息つく暇もなく次々と口に運び、あっという間に平らげてしまった。

「驚いた。よっぽどお腹がすいていたのね」

「うまくて箸を休めることができなかった」

「あらっ、お上手」

「本当だ」

おべっかなど言うつもりはない。ただ、食に関することは、浩志の口を軽くすることは確かだ。

「麵は讃岐《さぬき》、豚肉は黒豚、隠し味に、カツオの出汁と高知産のニンニクを使ったの」

浩志は美香の説明に大きく頷いた。

「よかったら、他に何か出しましょうか」

「後でいい」

浩志はグラスを前に出した。すでに、昼間のことは頭から消滅していた。いかに鬱《うつ》の状態から早く脱却するか。この時間が短いほど、人はリズムを崩さずに生きていくことができる。

むかし、知り合いの傭兵から、生まれつきの兵士だと言われたことがある。戦争とはいえ、人を殺せば、少なからず精神にダメージを受ける。このダメージから抜けることができなければ、戦場で生きていくことはできない。兵士に自殺者が多いのも、そのためだ。

「はい、今度は、これを試してみて」

グラスを重ねたところで、美香はスルメを焼いてきた。

一口頬張ると、濃厚なスルメの味とそれを包むように芳醇《ほうじゅん》な酒の香りが口に広がった。

「どう。おいしいでしょう」

浩志が驚きの表情で頷くと、美香は嬉しそうに笑った。

「北海道産のスルメをみりんと酒に漬け込んでおいたの」

いわゆる酒戻しのスルメだが、スルメの質がよくなければ、戻してもここまで柔らかくはならない。このスルメはまるで生のイカのように肉厚で柔らかい。

「みりんは新潟の長期熟成本みりんよ」

「何年ものだ」

「五年よ」

料理好きの浩志ならではの質問だが、その外見とのギャップに美香はぷっと噴き出した。

「なるほど」

こんなものを出されては、酒が進まないわけにはいかない。

浩志はボトルが半分空いたところで、チェイサーのお代りをした。ほろ酔い気分を持続させるには、血液中のアルコール濃度を高くするべきではない。

「それでは、お先に失礼します」

沙也加が、いつの間にか帰り支度をして入口に立っていた。

「あの娘《こ》、電車で通っているから」

時計を見るとすでに十二時を過ぎていた。気がつくと浩志以外の客はいなかった。

思いのほか、長居をしてしまったようだ。

四

金曜日の夜、渋谷駅周辺はまだごった返しているはずだ。

「もうこんな時間か、帰る」

浩志は椅子を降りかけた。

「送っていくから」

カウンターにかけた浩志の右手を美香はさりげなく握りしめた。その手は、温かく柔らかい。微笑んでいるが、目は何かを訴えていた。例の憂いを含んで。

「甘えるとするか」

終電間近の井の頭線に乗る気にはなれない。まして、週末のこの時間、タクシーがつかまるとも思えない。

「よかった。ちょっと待ってて」

美香は簡単に戸締まりをすると浩志を店の外に連れ出した。近くの立体駐車場に例のアルファロメオが止められていた。

「そういえば、どこに住んでいるか聞いてなかったけど」

車に乗り込む時、遠慮がちに聞く美香の態度に、浩志はふといとおしさを覚えた。

「下北沢駅の近くだ」

「へえ、下北なんだ」

意外という響きだ。浩志が、下北沢のような人ごみの多い場所に住んでいるのが予想外だったのだろうか。

「近くに駐車場ある？」

「ああ、マンションの駐車場なら空いている」

「そこに、車置いて構わない？」

「ん？」

「下北に着いたら二人で飲み直さない？　私、下北って詳しいの。おいしいお店も沢山知っているわよ」

「いいね」

送ってもらえるなら、それぐらい構わないと浩志は思った。車をマンションの駐車場に置くと、二人は駅の北口にほど近い居酒屋に入った。

「この店は、魚がおいしいの」

腹が減っているわけではなかったが、美香の勧めるように刺身の盛り合わせを頼んだ。彼女の言うとおり、どの魚も鮮度がよくおいしかった。浩志はあまり酒を飲まなかったが、美香は、日本酒を冷やで何杯か注文した。

結局、美香は閉店までの一時間、駆けつけで三合も飲んだため、酔いが回ったようだ。店を出ると、浩志の右腕を抱きかかえるようにしがみついてきた。意外に豊満なボディーをしている。

「部屋に行ってもいい？」

ここで拒否する理由は何もない。浩志は無言でマンションまで歩くだけだ。やがて、間接照明に浮かぶタイル張りのマンションに二人は入った。部屋のドアを電子キーで開けると、自動的に照明がついた。

「ここに一人で住んでいるの？」

まるでモデルルームのようにきれいな部屋に贅沢な家具が置いてある。美香が驚くのも当然だった。

「ただの借家だ」

これは自分の趣味ではないと説明するのも煩《わずら》わしかった。

「シャワー借りていい？　煙草臭くて」

美香はそういうと浩志の指差す方向に進んだ。

浩志はグラスを出し、バーボンを注いだ。この酒には思い出がある。まだ、フランスの外人部隊にいたころ、同じ部隊にロベルトというイタリア系アメリカ人がいた。ある時、部隊が北アフリカの戦線にかり出され、野営地で一緒に飲み明かした。もちろんテントの中で、ばれないようにである。ロベルトはその時隠しもっていた八年もののターキーを出し、浩志もとっておきのブランデーを出した。一夜にして二人は無二の親友になり、その日から酒盛りは毎晩行なわれた。部隊は戦地を駆け巡り、作戦が終わる最終日に悲劇は起こった。

浩志たちの部隊は三班に分かれ、基地への帰途についた。ジャングルの中に続く道を歩いていたところ、二班がいきなり側面からゲリラに攻撃された。しんがりを務めていた浩志の班は、二班を救援すべく駆けつけたが、新手が背後から現れ激しい銃撃戦となった。部隊はあっという間に蹴散らされ、待ち伏せ攻撃、いわゆるキルゾーン（殲滅地帯《せんめつちたい》）に踏み込んだのだ。彼らの部隊は、あっという間に蹴散らされ、各自、己の才気で逃走する始末だった。その戦闘でロベルトは死亡した。死ぬ間際に、バーボンの味を忘れるなと笑ったことが記憶に残る。最後まで明るい男だった。「イタリア系のくせにバーボンが好きだなんて笑わせるな」。ロベルトを思い出した時、いつも心の中で、そう言ってやる。以来、飲む酒はバーボンと決めている。

「私にもちょうだい」

美香がバスタオルを胸に巻いて、シャワールームから出て来た。胸の谷間が眩《まぶ》しい。今にも豊満な胸がバスタオルの呪縛を破ろうとしている。いつもはスーツを着ているため分からないが、その体は意外に肉感的だ。化粧を落とし、もう一度薄化粧をしたようだ。店にいる時よりもかなり若く見える。

「それから、何か着るもの貸してくれる。悩殺しちゃうといけないから」

浩志は適当にシャツと短パンを取ってくると美香に渡した。

「シャワーを浴びてくる。酒は勝手にやってくれ」

こういう状況になるのは何年ぶりか、浩志はよく思い出せなかった。逮捕された時、付き合っていた女はいつの間にかいなくなっていた。この十五年間、女といえば、安全と思われるところで買う商売女だけだった。

浩志がシャワールームから出てくると、美香はソファーでくつろいでいた。

シャツの裾からのびる白い足が、艶《なまめ》かしく美しい。

「シャツだけ借りたわ」

美香はゆっくりと立ち上がり、浩志の首に両腕を絡ませた。

「あなたって、女に興味はないの？　それともじらしているだけ」

「興味はある」

浩志は美香の目をじっと覗き込んだ。憂いを含んだ瞳に吸い込まれるような錯覚を覚えた。どちらからともなく唇を求め、抱き合った。

美香がシャツを脱ぎながら、「傷は大丈夫？」と聞いてきた。どこまでも心優しい女だ。

「気にするな」

浩志も自分のシャツを脱いだ。

二人は互いに何度も求めあい、夜が明けるころ、まどろみについた。

五

野営テントで銃を抱え、浩志は眠っていた。夜間の見張りを交代したばかりで、うとうとしたところだ。闇に浮かぶ敵の幻影から解放されたこの時間が一番安らぎを覚える。不意に頭上で携帯電話が鳴り響いた。携帯電話があることにまず驚いたが、戦地に電話してくるとは、なんて非常識な奴だと腹が立った。手をのばして、携帯をなんとか耳にあてた。

「だれだ」

「藤堂さんですか。朝早くからすみません」

「うん?」

浩志は珍しく寝ぼけていた。

「すみません。鑑識の木村です。あの弾丸のことで、ご報告したいことがあるのですが」

「そうか」

弾丸という言葉で、やっと目が覚めた。隣に寝ている美香に気づき、ここが戦地でないことに安堵《あんど》を覚えるとともに、言いようのない違和感を覚えた。

「電話ではお伝えできないので、恐れ入りますがこちらにおこし願えませんか」

「どうした」

こちらとは警視庁なのだ、簡単に来いと言われても困る。

「お預かりした弾丸ですが、結果を直接お伝えすることは、私の責任範疇《はんちゅう》を越えています。一課の係長立ち会いのもとで、ご報告させてください。申し訳ございません」

木村はよくやってくれたが、やはり組織の人間だし、何よりもまだ若い。検死官の新庄のようなわけにはいかない。もし、結果が浩志の予想どおりのものなら、木村がうろたえるだろうことは、分かっていた。

「今から、そっちに行く」

時計を見るとすでに八時近かった。この一週間、生活のリズムが狂っていた。美香が初めて浩志の部屋を訪れて以来、毎晩泊まるようになったからだ。彼女は店を閉めると浩志の部屋を訪れ、朝起きると朝食を作ってくれる。浩志は朝食後トレーニングに出かけるが、彼女は家事をした後で、帰宅する。

「出かける」

「朝ご飯は？」

「いらない」

「試合でもあるの」

「国際試合が近いからな」

もちろん冗談だ。浩志はトレーニングのためボクシングジムに通っている。初めは、リハビリも兼ね、近くのスポーツジムに通うつもりだったが、体にある数えきれない傷跡や銃創痕を見られては、警察に通報されかねない。そこで、駅の近くにあるボクシングジムに通うことにした。

ジムのオーナーには、正直に傭兵として戦地に行っていたことを告げ、ボクシングのトレーニングが目的ではないことまで言ったが、入門を快諾してくれた。もっとも、いつでもスパーリングする自信はあったが、当分はスポーツ機具での筋力トレーニングに励むことにした。

浩志の美香に対する接し方は、ベッドの外では冷淡だ。傭兵の持つ精神の暗黒面が、親密な関係になることを拒んでいた。それでも、彼女はかいがいしく飯の支度や洗濯をしてくれる。

「お昼は？」

浩志は、もう答えなかった。さっき冗談を言ったことも後悔していた。

美香はそれを察したのか、寂しげな表情をするとまたベッドに沈み込んだ。

なんとなく、電車に乗る気分にはならなかった。浩志は紙袋を一つだけ持ち、茶沢通りでタクシーを拾うと桜田門に向かった。

かつて通い慣れた警視庁ビルは、今では敷居の高いところとなった。タクシーを降りると、ホテルのドアボーイよろしく鑑識の木村が駆け寄ってきた。

「申し訳ございません」

木村は深々と頭を下げた。

「気にするな」

何も聞かず浩志は木村の肩を叩き、案内を促した。

エントランスに入ったところで今度は杉野が現れた。木村と同じく、待っていたようだ。

「藤堂さん、まずいですよ。あの弾。光が丘の事件も係長から追及されましたが、藤堂さんのことは、ばらしてませんから」

杉野は木村にも聞かれないように、小声で話した。

「また、取調室か」

「いえ、六階の小会議室です」

会議室に入ると、佐竹が一人で待ち構えていた。

「藤堂君、正直言って鑑識課からの報告に驚いている。納得できるように説明してくれ」

「また、俺を逮捕するのか」

「バカな。しかし、警察の体質は、知っているだろう。完全に白と分かるまでは、黒でも白でもないことを」

「白さえ黒にすることもな」

浩志の皮肉に佐竹は、ぴくりと頬を痙攣《けいれん》させた。そして木村を目顔で促し、二枚の写真を封筒から出させた。

「これが一週間前、光が丘で元警官市村が殺された現場に残されていた弾丸の写真だ」

佐竹は会議室の机の上に写真を置いた。

「そして、これは君が木村に渡した弾丸の写真だ」

同じく佐竹はもう一枚の写真を前の写真の下に並べた。

「この二つのライフルマークは、完全に一致した」

佐竹は、写真の横を手の平で叩いた。

「やっぱりな」

「やっぱり？　木村に渡す前から、分かっていたのか」

「確信はなかったがな」

「どこで、あの弾を手に入れたんだ」

「その前に、この件は、だれが知っている」

「鑑識課の主任と、ここにいる者だけだ」

「そいつは、だれだ」

「石坂《いしざか》、石坂太一《たいち》だ」

「知らないな。信用できるのか？」

「大丈夫だ。口止めしてある」

佐竹は真顔で頷いた。

「腹をくくったな」

佐竹は十五年前の過《あやま》ちを繰り返したくなかった。弾丸のことを一課の課長にも管理官にも話してない。それればかりか、浩志のことすら話してはいない。キャリア組で十五年前の事件を知らない連中に話したくないのと同時に、無用な圧力がかかるのを避けたのだろう。

浩志は持ってきた紙袋から、哲也が採取した弾丸と薬莢を取り出し、位置を示した地図を添えて、机の上に広げた。

「これは」

会議室の空気がぴんと張り詰めた。というのも浩志が木村に渡していた弾丸は、たったの一個だったからだ。

「今から一週間前、市村が殺される前に、俺はここで襲撃された」

浩志は人差し指で地図を叩いた。

「この地図は、いったいどこなんだ」

「次太夫堀公園、都築邸の裏だ」

若い二人は首を傾げたが、佐竹は目をむいた。

「なんだって、あの喜多見の一家殺人事件があった場所か？」

他の二人もようやく郡築という名前と殺人事件が一致したらしく、驚いた様子で互いに顔を見合わせた。

「十五年前の事件は、まだ終わっていない」

浩志の言葉は、三人に重くのしかかった。

六

佐竹は眉間に皺《しわ》を寄せ、自問するように聞き返してきた。

「まだ、終わっていない？」

「一連の事件と喜多見殺人事件は、関係している」

「バカな。あの事件は、十五年も前のことだぞ」

「被害者の父親を訪ねた直後、俺が襲撃された。そして、事件の秘密を知っている市村が殺されたことは、単なる偶然なのか」

「藤堂君、君の話は、唐突だ。第一、君は襲撃されたことを証明できるのか」

浩志は、溜め息をつくとおもむろにTシャツを脱ぎはじめた。

「なっ、なんだ。何のつもりだ」

佐竹は、浩志が頭に来て暴れると思ったらしく、慌てて後ろに飛び退《の》いた。

「これを見ろ」

三人の男たちは、固唾《かたず》を飲んだ。

浩志の左肩には、塞がったばかりの真新しい銃創痕があった。もっとも鍛え上げられた体には他にも無数の銃創痕や傷跡があった。傭兵にとって、これらの傷は勲章のようなものだが、佐竹らにはリアリティーのある地獄図とでも映ったに違いない。

「分かったか」

浩志は、傷口を見て呆然としている佐竹を現実に引き戻してやった。

「じゅ、銃で撃たれたのか」

「後ろから、サイレンサーつきの奴でな」

「悪かった。藤堂君、シャツを着てくれ」

浩志がTシャツを着ると、気恥ずかしげに佐竹は、椅子を勧めた。

「すまないが、最初から詳しく、話を聞かせてくれないか」

浩志は襲撃の経緯を話すとともに、都築老人から聞いた佐伯と名乗る刑事のことを話した。

「佐伯なんて奴は、確かにいなかったな」

佐竹は自分の名前に似ているせいか、憮然《ぶぜん》とした表情をした。

「しかも、そのことを市村さんは、捜査会議では一言も言わなかったな」

「現場のトップが、情報を隠蔽《いんぺい》して、捜査会議も何もないだろう」

「そう言わんでくれ」

「まあ、いい。俺は、市村がだれかに口止めされたんじゃないかと思っている」

「確かに、そうかもしれない。あるいは君が誤認とはいえ逮捕されていたから、混乱を防ぐため話さなかったのかもしれない。もっとも、君の容疑が晴れた時点で、公開すべきだったと思うが」

「政治的圧力が、掛かったんじゃないか。容疑が晴れた後でも、俺は捜査には戻れなかったぞ」

「あのころ私は主任だったが、そんな感じはなかった。確かに君が捜査からはずされたことはおかしいと思ったが、当時、君が捜査に戻れる精神状態ではないと、だれもが思っていたからなあ」

「よけいなお世話だ」

「すまん」

「だれに偽刑事の件を話して、口止めされたかだな」

「口止めねえ。うーん。もしそうだとしたら、それはだれだろう」

佐竹は腕を組んで天井を見上げた。沈黙が続くまま浩志は答えを待った。

「係長が、当時の課長だとしたら、どなたに相談されますか」

沈黙のプレッシャーに負けたのか、杉野が質問をした。

「部長にいきなり相談はしないな。まずは、管理官か課長補佐というところじゃないのか」

「だろうな」

当然とばかりに浩志が相槌《あいづち》をうった。

「おい、杉野。当時の名簿を持ってこい」

五分後、杉野は汗を拭きながら、職員名簿を持って現れた。

佐竹は老眼鏡をかけ名簿をめくり、目的のページを浩志に見せた。

「管理官は、そうそう、景山賢治さんだ。課長補佐は、横井克美《よこいかつみ》さんだった」

二人ともキャリア組で、浩志も記憶していた。しかも景山は諮問会議で音頭をとっていた奴だ。忘れるはずがない。

「横井課長補佐は、今の部長だ。管理官だった景山さんは、確か十四年前に辞職されている」

「俺が辞めた年か」

「そういえば、景山管理官は君を糾弾《きゅうだん》する急先鋒だったたな」

「今は、どうしている」

「小さな商社の社長をしているはずだ」

「どんな」

「なんでも、日本からリサイクルの産業廃棄物を東南アジアに輸出し、それらの国々から、鉄鉱石を輸入して利鞘《りざや》を稼ぐ貿易商社だと聞いたことがある」

「東南アジア貿易か。引っかかるな」

十五年前殺された都築和道も東南アジアを中心とした貿易会社の社長をしていた。しかも、輸出が禁止されている武器に転用できる電子部品を数多く扱っていたことも浩志は知っている。これは、刑事時代に得た情報ではなく、七年前にインドネシアの武器商と接触した時に偶然得た裏情報だ。したがって警察は未だにこの事実を知らないはずだ。

「景山を調べる必要があるな」

「確かに、そうかもしれない」

辞職したとはいえ、元の上司を調べるのは気が進まないらしい。佐竹は歯切れの悪い返事をした。

「とりあえず、君が襲われた状況をもう一度詳しく教えてくれ」

浩志は机の地図を引き寄せ、都築邸からの足取りと、襲撃された状況を説明した。

「奴は、合わせて十五発撃っている。公園にはまだ弾が残っているはずだ」

「よし、早速鑑識を現場に向かわせよう」

「だめだ、敵にこっちの動きを読まれるぞ」

「撃った奴は、知られることを承知で撃ちまくっている節があるが」

「それは、俺を甘く見ている証拠だ。敵は俺がここまで警察に食い込んでいるとは思っていまい。いいか、俺のいう敵とは襲撃犯のことじゃない。奴のバックにいる人間だ。俺が追い求めていた犯人もその手先に過ぎない。しかも、敵は内外にいるとみていい」

浩志は十五年前の事件と今回の事件を照合し、単独犯による猟奇的殺人事件ではなく、かなり大きな組織による計画的犯行であり、その裏に国家レベルの陰謀があることを確信しはじめていた。事件の特異性は、その隠れ蓑《みの》に過ぎなかったのである。

「内外って、警視庁の中か？」

「それは、分からない。だが、権力を持った人間が必ず背後にいるはずだ」

浩志の頭の中に、鬼胴代議士の名前が浮かんだ。

「俺の暗殺に失敗したことで、今度は逆に俺を囮《おとり》にして、事件の捜査に関与する者を見極めることもありうる」

「なるほど、内側から圧力をかけて事件そのものを潰すということも考えられるな。分かった。それじゃ木村、早退するふりをして、一人で現場に行ってくれ」

木村は、浩志と佐竹に会釈をすると部屋を出ていった。

「どうだろうか。藤堂君、杉野と二人で景山の身辺を洗ってみてくれないか」

「断る。足手まといだ」

浩志は杉野と市村邸に訪れた時のことを思い出し、うんざりした。

「藤堂さん、ご迷惑は重々承知の上で、よろしくお願いします」

杉野は深々と頭を下げた。

「君は、警視庁の犯罪捜査支援室のことを知っているか。これは刑事部に置かれ、主に統計学や心理学、医学などの科学捜査員らを配置して各捜査課の捜査支援を行なっているものだが」

「ＦＢＩを参考にして、二〇〇三年にできたと、聞いている」

浩志は警察を憎みながらも、常に警察機構の情報に関心があった。現代はインターネットで世界中から情報を得ることができる。海外にいながら浦島太郎になることはなかった。

「専門分野であれば、民間人の起用も可能だ。捜査全般のエキスパートとして、君をその相談役に推薦したいのだが」

「バカを言え。俺はどんな形にせよ。ここに戻るつもりはない」

佐竹が浩志の能力を評価していることは分かるが、警察にしっぽを振るつもりは微塵《みじん》もない。

「ただの民間人のままじゃあ、正式の捜査はできないぞ。第一、逮捕権もない」

「少なくとも政治的圧力で捜査をうやむやにされることはない」

佐竹は二の句がつげず、渋面《じゅうめん》になった。

「それなら、せめて杉野を自分の部下のように使ってくれ」

佐竹はどんな形にせよ、警察の正義を守りたいらしい。

「今度は、部下ときたか」

「警察手帳があった方がいい場合もあるぞ」

確かに聞き込み捜査で、警察手帳は絶大な威力を発揮することもある。

「分かった。だが、朝から晩までというのはご免だ」

手持ちのカードは多い方がいい。利用されることを承知で浩志は了解した。

七

「藤堂さん、今ビルに入ったのが、副社長の中村茂樹《なかむらしげき》、年齢は三十九歳です」

身長一八〇センチ、腹は出ているが体格はがっしりとしている。オールバックに太い眉毛、鋭い目つきは一般人には見えない。

「ずいぶんと悪党面《づら》しているじゃないか」

「そうなんですよ。私もピンときましてね。調べたら、やっぱり前科がありました」

「どうせ、恐喝のたぐいだろう」

「正解です。奴は元武闘派政治団体の構成員でして、企業相手の恐喝で二度捕まっています」

「企業ゴロか。叩かなくても、埃《ほこり》が出たな」

浩志と杉野は朝早くから、神保町《じんぼうちょう》交差点近くのビルを見張っていた。二人はこのビルの真正面に位置するシアトル生まれのカフェにいた。

杉野は、使い込んだ鞄を持ち、いつもの折り目のないスーツ姿。浩志は、Tシャツに麻のカジュアルスーツを着ている。端《はた》から見れば、営業成績の悪いセールスマンが金持ちに土地か車を勧めているという感じだ。ここならうまいコーヒーが飲め、何時間いようがお代りさえすれば、文句は言われない。

景山の会社は「株式会社景山インターナショナル」という名で、従業員は十人ほどのこぢんまりとした貿易商社だ。目の前の古びた雑居ビルの五階にある。

昼を過ぎても社長の景山は現れなかった。二人はコーヒーのお代りとサンドイッチを買って、昼飯を済ませた。

コーヒーをさらに二杯お代りしたところで、雑居ビルの前に黒塗りのベンツが止まった。

「藤堂さん、元管理官の景山賢治の登場です」

「分かっている」

ベンツから運転手が飛び出し、後部ドアを開けた。

運転手に見向きもしないで恰幅のいい中年男が、ビルの中に消えた。時刻はすでに午後二時を過ぎている、いわゆる社長出勤という奴だ。

「羽振りよさそうじゃないか」

体型からして、すでに五十を過ぎているようにみえる。

「あれで四十八ですよ。贅沢しすぎているんですよ。きっと」

「………」

浩志の脳裏に十五年前、さんざん諮問委員会で攻められた時の冷徹な景山の顔が浮かんだ。警察への不信と憎しみは、あの時が原点だった。

「取りあえず、あいつを追い詰めればいいんだ」

「追い詰める？」

「奴が動き出すようにな」

「どうするんですか？」

「叩けば、白か黒か、すぐ分かる」

浩志はサングラスをかけた。途端にちょっと危なげな人間に見える。

「俺が出て来たら、後をつけろ」

浩志は呆然と見送る杉野を残し、向かいの雑居ビルに入った。

狭くて機械油の臭いがするエレベーターを五階で降りた。廊下の片隅に人目をはばかるように受付用内線電話が置かれている。入口には、社名も書かれていない。景山の会社が外部との交渉を断っていることがよく分かる。受話器をとり、受付と書かれた番号を押してみた。

「はい、受付です」

コンピュータのような、そっけない女の声が聞こえた。

「社長は、いるか」

「はい？　どちらさまですか」

「昔の知り合いだ」

「名前をお伺いしないとお取次ぎできませんが」

声のトーンが高くなり、ヒステリックな人間の声に変わった。

「警視庁時代の知り合いが会いに来たと言え」

浩志は、景山に会うまで名乗るつもりなど毛頭ない。

「少々、お待ちください」

警視庁という言葉に反応し、女は慌てて保留にした。昔ながらの「エリーゼのために」

が流れ、しばらくすると電話が切れた。

それが合図だったかのように、副社長の中村が二人の男を従え現れた。部下らしき二人は、浩志と体型が似ており、いずれも二十代後半。凶悪な面構えは中村にひけをとらない。

「どちらさまでしょうか」

元武闘派の企業ゴロだったというだけあって、押しの利いた男だ。

「だれだおまえは」

「副社長の中村です。なんでも社長の警視庁時代のお知り合いだとか」

中村は浩志の乱暴な口調に眉を吊り上げたものの、警視庁時代という言葉に警戒して低姿勢だ。

「おまえには用はない」

わざと中村を無視し、浩志は退屈そうな素振りをしてみせた。

「せめて、名前を聞かせてもらえませんかねえ」

腰に手をあて中村はいらだちを隠そうとしない。こういう連中は目を合わせて張り合うよりも、無視されることにむしろ腹を立てる。明らかに格下に見られたと思うからだ。

「景山に、おもしろい話を持って来てやったんだ。さっさと案内しろ」

「そういわれても、困るんだよ、こっちは。あんた、警官じゃないんだろう。いきがるんじゃねえぞ。社長に何の用だ！」

何度も修羅場を経験してきた男らしく腹から響く声は、なかなかのものだ。並の人間なら足がすくむところだが、浩志は平然と無視をした。

「分かんねえようだな。おまえたち、お客さんをエレベーターまで、送ってやれ。やさしくな」

後ろの男たちがずいっと前に出た。一人は、ドーベルマン、もう一人はイグアナを連想させる面構えだ。二人はいきなり浩志の両側から腕を摑み、後ろに押した。息の合った動きは、場慣れしたものだ。

浩志は右手をすばやく左に回転させ、ドーベルマン顔の腕を振りほどくと指でそいつの両目をついた。そのまま右手を手刀にし、体を回転させながらイグアナ顔の肘を打ちつけ姿勢を崩すと、振りほどいた左手で強烈な喉輪を食らわした。イグアナ男は大きく仰け反り、壁に後頭部をしたたかに打ちつけ気絶した。さらに両目を押さえ、中腰になっている最初の男の首筋にかかと落としを食らわせ、昏倒させた。浩志の流れるような動きに無駄はなく、戦場で鍛えられた技は冴《さ》えている。

中村はあっという間の出来事に声を出すこともできなかった。手下の二人は政治団体を辞める時に、特に腕の立つ男を引き抜いて連れてきた。その男たちが瞬《まばた》きする間に気絶させられたのだ。開いた口が塞がらないのも当然だった。

浩志は中村の右手を後ろ手にねじ上げ、ジャケットのポケットから特殊警棒を取り出すとその先端を中村の後頭部に当てた。

「撃つな！」

中村は警棒を銃と勘違いした。浩志の思惑どおりだ。

「あいさつはこれくらいでいいだろう。案内しろ」

浩志はねじ上げた腕をさらに締め上げた。

「いてて、こんなまねをして、ただで済むと思っているのか、てめえ」

中村は月並な悪党の台詞《セリフ》を吐いた。

後頭部に当てた警棒を浩志はさらに強く押した。

「うっ、分かった。案内する」

中村は中央の通路を通り、一番奥の部屋の扉をノックした。

「社長、すいません。先ほどの客がどうしても会いたいと言うもんで、お連れしました」

「なんだと、役立たずが。だれだか知らないが、追い返せ！」

えらそうな口調とは裏腹に、どたばたとドアの鍵が締められる音がした。

浩志は中村を横に押しやると、警棒をポケットに収め、ドアを蹴破った。

「だっ、だれだ。おまえは。いきなり訪ねてきて、失敬じゃないか」

景山は大きな肘掛け椅子に腰掛けていた。煙草に火をつけ、平静を装うつもりらしいが、手が震えなかなか火がつかない。

浩志はつかつかと近寄り、右手でその煙草をはねとばした。

景山の目に恐怖が走った。

「俺のことを忘れたのか。管理官」

浩志はサングラスを外した。

景山は目を細めて浩志を見た。

「藤堂、藤堂なのか」

驚きのあまり、景山は椅子からずり落ちそうになった。

「ひっ、久しぶりじゃないか。何の用だ」

「なに、遅ればせながら諮問会議の礼を言いに来ただけさ。管理官」

「止めてくれ、管理官と呼ぶのは」

「あの時は、ずいぶんと俺のことをたててくれたな」

「あれは十五年も前のことだ。それに、上からの命令で動いていただけだ」

「だれの命令だ」

「わっ、忘れてしまった」

「もうろくしたのか。まあいい。それに俺が聞きたいのは最近の話だ」

「最近？」

景山の目が一瞬泳いだ。

「どうして、俺を襲った」

「何のことだ」

「知らないとは、言わせないぞ」

浩志は景山を脅しながら、机の上をそれとなく調べた。デスクの上の書類入れに、封筒が数通あることに気がついた。すべての封筒に貿易会社らしく外国の消印がある。

「ヒットマンは、おまえの部下か！」

浩志は怒った振りをして椅子を蹴り、わざと景山を床に落とした。景山が腰を打って呻《うめ》いている隙に、封筒の一つを抜き取り、上着のポケットに入れた。

「止めてくれ、警察を呼ぶぞ！」

景山は悲鳴に近い声を出した。

「呼んでみろ。おまえたちの裏の稼業をばらすだけだ」

「なっ、何のことだ」

浩志は答える代わりに、薄く笑った。鎌をかけるなら勿体《もったい》ぶるに限る。

「いったい、何を知っているというんだ」

「さあな」

景山は口を閉ざし、必死に何か考えているようだ。その態度は、明らかに裏の稼業をしていますと言っているようなものだ。

「今日は、これで帰ってやる」

部屋を出ると、中村が通路を塞ぐ形で立っていた。

「どけ。俺を襲った代償は大きいぞ」

「何のことか知らないが、うちの社員を潰したツケは払ってもらうぞ」

本領発揮といったところか、中村は不敵に笑って見せた。

「今日は、ほんのあいさつだ。つまらん意地をはるな」

「なんだと！」

浩志は無言で中村の金的を蹴り上げ、悶絶する中村を廊下の隅に転がすと部屋を出ていった。

マカティの急襲

一

浩志は雑居ビルを出ると九段下《くだんした》まで歩いて、交差点近くの喫茶店に入った。遅れて杉野が店に入ってくると、浩志に背を向ける形で後ろの席に座った。

「尾行は、ありませんでした」

「そうらしいな」

「動きませんでしたね」

「ちょっと、あいさつが丁寧過ぎた」

中村の手下を当分復帰できないほど痛めつけてしまったことを浩志は少々後悔した。他にも手下がいると思ったが、相手を買い被っていたようだ。敵を戦闘不能にしなければ、自分が殺される。戦場で鍛えた技は、時として過度に反応する。

「それにしてもいきなり会社に乗り込んだのでは、相手に動きを知らせることにはなりませんか」

「それが目的だ。俺が目立つように嗅ぎまわれば敵は必ず動く」

浩志は、景山の会社で盗んだ封筒のことを杉野に言うつもりはなかった。

「確かにそうかもしれませんが」

「俺が表で動けば、あんたらは隠密に行動ができるだろう」

「藤堂さんは、自ら犠牲になるつもりですか」

「十五年前の俺とは違う」

「確かに」

「奴らは、動揺していた。動きだすのに時間はかからないだろう」

「なるほど」

「杉野、俺が今知りたい情報はあの会社の過去五年間の売り上げと、その内訳だ。税務署から資料は取り寄せられないか」

「今の段階では難しいと思います。いかんせん、我々の捜査は警視庁の特別捜査として認められたものではありませんし、捜査自体正式なものではありませんから」

「分かった。それはこっちで調べる。俺の勘では景山のバックに政治家がいるような気がする。それが、だれなのか調べてくれ」

「分かりました」

二人は別々に店を出た。

浩志は下北の丸池屋に向かった。

いつものように池谷は浩志を奥の応接室に招き入れた。

「どうですか、新しいお住まいの住み心地は」

「広すぎて不便だ」

「また、そんなへそ曲がりなことを」

池谷は自慢の物件を紹介しただけに、膨れっ面をしてみせた。

「気を悪くするな、正直に言ったまでだ」

「その正直というのもいけませんな。本当に傭兵というのは、セールストークというものを知らないから」

「口先で商売はしないからな」

「ところで、本日は何かご入り用な物でもありますか」

「情報だ」

「どのような」

「ある会社の納税報告だ」

「分かりました。土屋《つちや》君を呼びましょう」

唯一の女性スタッフである土屋友恵《ともえ》は、小柄なため二十五という年齢より若く見える。表向きは丸池屋の経理事務として働くが、裏では様々な情報を収集する優秀なプログラマーとしての顔も持つ。彼女にかかれば、世界中の国防情報が手に入れられるそうだ。

「神保町にある景山インターナショナルという会社の納税報告を知りたい」

「税務署の資料ですね。何期分、ご入り用ですか？」

友恵は表情も変えずに答えた。よほど自信があるのだろう。

「最新のものを含めて、五年分欲しい」

「どれくらい時間がかかるかな」

池谷が横から尋ねると、友恵はあらっという顔をした。

「社長、藤堂さんにお茶も出してないのですか」

「後で頼もうかと思っていたのだが」

「コーヒーでいいですか？　藤堂さん」

「ん？　ああ」

浩志は、マイペースなこの手の女は苦手だ。

「友恵君、そんなことは、後で……」

池谷の言葉も終わらないうちに、友恵は部屋をさっさと出ていってしまった。

「すみません。仕事はできるのですが、どうも不調法で。後でよく言い聞かせますから」

池谷も扱いは困っているようだ。

五分ほどすると、いれたてのコーヒーが入ったマグカップをトレーにのせて友恵は部屋に戻ってきた。

「友恵君、先ほどの質問なのだが、データを入手するのにどれくらい時間がかかるのかね」

さすがに池谷もいらだちの表情を見せた。

「はい。コーヒーをいれる時間程度と考えていただければ、結構です」

そういうと友恵は、トレーの下に隠すように持っていた書類の束を浩志に差し出した。

「五年分でいいんですよね」

浩志は驚きを隠し、書類にざっと目を通した。間違いなく景山の会社の五年分の納税報告書が揃っていた。

「気に入った！」

書類にではなく、友恵の仕事ぶりに対して浩志は満足した。

「それじゃ、ついでにこれも調べてくれ」

浩志は、懐から例の封筒を取り出した。

二

杉野は時間を見つけては神保町にある例のカフェで張り込みをしていた。バッグに望遠レンズをつけたデジタルカメラを隠し、景山の会社があるビルに出入りする者をすべて撮影していた。

杉野の目の前に新しいコーヒーが置かれた。

隣の席にコーヒーカップを持った浩志が座った。

「あっ、ありがとうございます。係長に聞いたのですか」

「こっちだってな」

そういうと浩志は書類の束を机の上に出した。

「目を通してみろ」

杉野は書類をめくり、瞠目《どうもく》した。

「これは、景山の会社の納税書類じゃないですか。どこで手に入れたのですか」

「くだらんことを聞くな」

「すみません」

「数字が作られたものだと専門家は言っている」

書類を手に入れたついでに、浩志は友恵にその内容を検証させ、さらに景山の会社の設立時からの資料も追加し、その経営状態を調べさせた。

「会社設立当時から、売り上げは大して伸びていない。十四年もの間、利益ばかりか、社員の給料も、ほとんど変わっていない」

「なるほど、表向きに作られた数字だということですね」

「税金も納めているし、政治献金までしている。どこから見ても優良企業だそうだ。だが、これほど人をバカにした書類もないそうだ」

「おかしいとは、だれも思わないのですかねえ」

「自由民権党に献金している会社を疑う役人がいると思うか？」

「なるほど」

「おまえの方で分かったことはあるか」

「あの会社が自由民権党に献金していることは、私も掴みました。これは飽くまで噂ですが、景山は衆議院議員の鬼胴巌に個人献金していると政治記者の間では評判になっています。もっともこの場合、献金ではなく、賄賂《わいろ》ですが」

「そんなところだと思った。これを見ろ」

浩志は書類の束から、付箋《ふせん》がつけられたページを開いた。

「景山インターナショナルが設立された時、鬼胴は株主として出資している。だが、二年後持ち株をすべて、今の副社長である中村に譲渡し、この会社との関係はなくなっている」

「なるほど、鬼胴は二十年前若くして、防衛庁の次官になり、その三年後退官し、衆議院に初当選しています。以来防衛族のトップになっています。景山の会社が設立時、つまり十四年前というと鬼胴が防衛庁長官の時です。しかもその翌年に、長官に再任されていますから、会社から手を引いたのは再任されるため、身ぎれいに見せようとしたのですね」

杉野も鬼胴の身辺をかなり調査したようだ。

「だが、未だに賄賂をもらって強く結びついているのが実情だろう。景山の背後に鬼胴がいるとすると、まともに捜査すれば、十五年前と同じことになるぞ」

「私や係長にも、政治的圧力がかかるのでしょうか」

「間違いない。俺に考えがある。おまえはしばらく捜査からはずれろ」

「私にも手伝わせてください」

「今の鬼胴は自由民権党の実力者だ。まともにぶつかっても勝てる相手じゃない。光が丘の市村のようになりたいのか」

市村の死体を思い浮かべたのであろう、杉野はうつろな表情になった。

「俺が景山を揺さぶる。それは鬼胴にまで必ず波及する。勝負はそれからだ」

「どうやって、景山を揺さぶるのですか。教えてください」

「刑事のおまえに教えられるか」

浩志の頭にはすでに作戦は出来上がっていた。それは、傭兵でなければできないものであり、法治国家で安穏《あんのん》としている刑事に出番などない。

「そうですよね……」

浩志が非合法な方法を用いるだろうということを杉野も理解したらしく、曖昧《あいまい》に頷いてみせた。

「俺の指示を待っていろ」

「分かりました。本当に待機しているだけでいいですか」

「くどい」

「この戦いに勝算はありますか」

「勝算だと？　それを聞いてどうする」

勝算という言葉を政治家はよく使う。戦地の状況も知らない政治家が、勝利を前提に図面上の作戦を作らせ、経験不足の兵隊を大量に投入する。彼らはいずれも勝利という言葉を叩き込まれて戦地に行く。だが勝てると思って戦場に出る者は弱い。反撃を受けるとパニックを起こす。作戦上、彼らは敗者になることを教えられていないからだ。

「皮算用などしないことだ」

杉野は、がっくりと肩を落とした。

「おまえは失う物が多すぎるんだ。しがらみに縛られた人間は、恐怖も大きくなる。恐怖に勝つには、それを捨て去ることだ」

だが、浩志のようにすべてを捨てた、というよりなくしてしまった人間にだれしもなれるわけではない。

「私には、できそうもありません」

「当たり前だ。ただ、自分が死んだ後のことを考えるな。それができれば、恐怖と上手く付き合えるようになる。恐怖は克服するよりも上手く付き合うことだ」

「恐怖と上手く付き合う？」

「怯《おび》えを隠すことはない。むしろ、怯えていることを正しく認識することだ」

杉野は浩志の言葉を反芻《はんすう》し、何度も頷いた。

「恐怖を克服できると思うのは、間違いだ。それができると思う奴は早死にする」

浩志は、狙撃された戦友のことを思い出した。敵の弾幕をものともせずに一番先に突撃する男だった。銃弾の方から避けてくれるとうそぶいていたが、ある時、浩志の目の前で頭に銃弾を受け、脳漿《のうしょう》をまき散らして死んだ。後に恐怖を克服するため、ドラッグをやっていたことが分かった。

「そう、早死にするもんさ」

三

浩志は丸池屋の応接室にいた。池谷とは十年近い付き合いだが、短期間でこれほど頻繁に足を運んだことは、これまでなかった。

「今日は、どのようなご用件でいらっしゃいましたか」

「今日本にいる傭兵がだれか知りたい」

「それは、ちょっと困りました。ご存じのように傭兵代理店は、クライアントの求めに応じ、当社に登録されたトップクラスの傭兵を派遣する業務をしております。その傭兵の方々のプライバシーを守る義務が当社にはあります」

「俺は有能な傭兵を雇いたいだけだ」

「藤堂さんが、クライアントになられるのですね」

「そうだ」

「何名、ご入り用なのですか」

「あと二人だ」

「あと？」

「俺以外にな」

「藤堂さん、傭兵代理店としてプライバシーに立ち入ることはこれまで避けてきましたが、私は、藤堂さんのことが心配でなりません。何か危険なことをされるんじゃないですか？」

「傭兵に危険は付き物だ」

「確かに」

「俺の知っている名前を挙げるから、それで答えてくれ」

「仕方がありませんね。お尋ねください」

池谷は渋々応じた。

「浅岡辰也《あさおかたつや》」

「いません」

「宮坂大伍《みやさかだいご》」

「いません」

「田中俊信《たなかとしのぶ》」

「いません」

「なんだ。みんな中東に行ったままか」

浩志は今まで海外の戦地で会ったことがある日本人の傭兵の名前を次々と挙げた。もちろん、いずれも腕利き揃いだ。だが、ここ数年の中東情勢は、傭兵の需要を一気に高めていた。

「そんなところです。多分藤堂さんがご存じのA、Bクラスの傭兵は現在日本にいませんね」

「それじゃ。寺脇京介《てらわききょうすけ》」

「大丈夫です」

「傭兵バカか」

寺脇京介はまだ三十四と若いが、高校を卒業するとすぐにアフガニスタンに行き、反タリバーンの北部同盟に義勇兵として入隊した経験を持つ。その後タリバーン政権崩壊後にフリーの傭兵となった。経験は十六年とそこそこあるが、フランスの外人部隊出身の浩志と比べるとランクは下がり、丸池屋の査定ではCランクになる。ずいぶん前になるが戦地に向かうのに、日本から迷彩服を着て行ったため、空港で逮捕されたことがある。傭兵とは正規軍ではない、それゆえ目立つことを避けるべきなのに、京介はまるでテロリストのような格好をしていたため、不審人物として捕らえられたのだ。以来、仲間からは、傭兵バカとかクレイジー京介と呼ばれている。

「仕方ない、京介でいい。あと一人、欲しい」

「社長、私がお手伝いしてもよろしいでしょうか」

池谷の後ろに立っていた瀬川が、口を挟んだ。

「瀬川はああ言っていますが、残念ながら今回の仕事はサポートプログラムの規定に入りませんので、うちのスタッフは使えないことになっております」

「当たり前だ。事前に作戦遂行が困難と想定するバカもいないだろう。だったら俺の意に沿う傭兵を紹介してくれ」

「そうですが、先ほど申し上げたように現在腕利きの傭兵は出払っておりまして」

「在庫切れか」

「社長、ご紹介できないのはこちらの落ち度だと思うのですが、違いますか」

瀬川は池谷の側に寄り、口調を強めた。この会社の人間はみな浩志の生い立ちを知っており、未だに殺人事件の捜査をしていることも知っている。そしてなにより、不屈の精神を持った彼を尊敬していた。

「瀬川の言うとおりですな。ご紹介できない以上、うちのスタッフをお使いください」

「助かる。仕事はフィリピンでやる。武器は現地で調達するつもりだ」

「やはり、先日、土屋君に調べさせた件ですね」

「そうだ。書類だけじゃ、あてにならない。それに、景山の商売が、武器だけか調べておきたい」

景山から失敬した封筒には、税関の申請書類と製品リストが入っていた。友恵に調べさせたところ、製品リストは、偽造されていることが分かった。輸出されている製品は、いずれも電子機器で、製造元は自衛隊とも取引がある企業だった。さらに、税関のデータベースから、輸出先は、すべてフィリピンの企業だと分かった。景山は恐らく鬼胴のコネクションを使い、武器になるような何らかの電子機器を仕入れ、それを一旦フィリピンの企業に売り、そこから輸出禁止国に高値でさばいているに違いない。武器マーケットに詳しい〝大佐〟によれば、フィリピン、マレーシアを中心として東南アジアには、武器密輸ルートは無数にあるという。

「それでは、フィリピンの代理店に連絡しておきましょう。あの国は情勢が不安定なだけあって、武器はなんでも揃いますよ」

「作戦は現地で説明する。四日後にマカティのパーラマンションで落ち合うように手配してくれ。報酬は一人、三百万でいいか」

「とんでもない。私はそんなお金はいりません」

瀬川は手を振って否定した。

「瀬川君、これはビジネスだ。口を出さないでくれ」

池谷は瀬川を下がらせた。

「すみません。それでは三百万でお受けいたします。交通費と武器の費用は、報酬に含めて結構です」

「込みというなら、四百万出そう」

「いえ、すべて込みで結構です。それに寺脇さんなら、二百万でも充分過ぎますよ」

寺脇は金がなくて、今は中華レストランの厨房でアルバイトをしている。基本的に寺脇クラスの傭兵は、現地採用の仕事にありつくのがやっとというのが現状だ。傭兵代理店からの仕事をもらうには、少なくともBランク以上にならないといけない。二百万もあれば武器と交通費を除いても百五十万は残る。彼にとっても充分過ぎる額だ。

「それから、今回戦地ではないので、パスポートはこちらで用意します」

「そうだな。その方がいいだろう」

もちろんこれは偽造パスポートのことである。


浩志は自分のマンションに戻る道すがら、美香の顔を思い浮かべた。明日の一番で発つため、準備をしたら店に顔を出しておこうと思った。彼女とはもう二週間以上付き合っているが、未だに素性を明かしてはいない。隠すつもりはない。しかし、フィリピンに行くことも言うつもりはなかった。時刻は、すでに六時を過ぎている。荷物をまとめてから、晩飯がてら行くには都合がいい。

マンションのエントランスに着き、鍵を出した。タッチパネルでもオートロックは開くが、浩志はいつもマスターキーで解除する。それはいつもと変わらない動作だったが、うまく入らなかった。浩志は不吉なものを感じた。これまでこうした経験は何度かあった。

戦地でいつもと同じ行動をしているつもりでも、時として単純なミスを犯すことがある。そしてその後には、必ず悪いことが起きた。いわゆる第六感というものだろう。死地を何度も経験するうちにこの勘は揺るぎないものになった。

アフリカのある国で、反政府軍の基地を襲撃する作戦に参加した時のことである。作戦開始三十分前に、ジャングルブーツのひもが切れた。丈夫なひもが切れることなどめったにない。この時も背筋に冷たいものを感じた。各部隊は作戦開始十分前には、攻撃位置についた。だが、その五分後迫撃砲の嵐に襲われた。作戦は敵に漏れており、各部隊が配置についたのを狙って攻撃されたのだ。所属の傭兵部隊は、最前線にいたため、ものの五分で壊滅した。浩志も足を負傷し、三日間もジャングルをさまよい基地に帰った。

脳裏にあの時の爆風と閃光がよぎった。一旦階段を上がりかけたが思い直し、一階の管理人室にある掃除用モップを無断で拝借した。再び階段を上がり、用心深く廊下を進んだ。慎重にドアロックを外すと、ノブにモップを引っかけ、ドアを少し開けた。

何も起こらなかった。

〈気のせいか〉

浩志は、自分の臆病ぶりに呆れた。だが、用心のためそのままモップを引いて扉を開けた。

閃光が走った。

爆風が押し寄せ、背中から壁に叩きつけられた。

気がつくと、あたりに煙が充満し、スプリンクラーが作動していた。臆病者の自分にまた救われた。ずぶ濡れになりながら部屋に入り、隠し金庫からベレッタと予備弾丸を取り出すと、ショルダーバッグに入れて、マンションを後にした。

〈銃の次は、ブービートラップか〉

浩志は、攻撃する人間に自分と同じ臭いを感じた。

四

翌日、フィリピン航空の機上に浩志の姿があった。日本を発つ前に、捜査一課の佐竹と連絡をとり、爆破現場の始末を任せておいた。コンロの締め忘れで部屋にガスが充満し、廊下を掃除していた管理人の煙草に引火した爆発事故として処理されたはずだ。マンションのオーナーが池谷であることは、住人の口裏合わせにも役立った。唯一の被害者となっている管理人も森本病院に偽装入院させてある。敵の慌てぶりが目に見えるようだ。浩志の死体はおろか、その行方すら当分追うことはできないからだ。

マニラまでの三時間、昨日の疲れを癒すためファーストクラスを取った。フィリピン航空の乗り心地はいい。とりわけスチュワーデスのサービスは申し分ない。もっとも浩志は離陸直後から眠っているため、その恩恵に与《あずか》ることはなかった。

着陸の一時間前に目を覚ますと、食事をとり、コーヒーを頼んだ。体調はいい。多少打撲の痛みは残るが、それも大したことはない。あの時、まともにドアを開けていたら、間違いなく死んでいただろう。

飛行機は、予定より二十分遅れの十三時五十分にマニラ空港についた。飛行機から降りた途端、南国特有の熱気と濃密な湿気で体中の汗腺が開いた。この分だとスコールが来るのも時間の問題だろう。フィリピンでは、六月から十月が雨期で毎日のようにスコールが降る。この時期の湿度と温度は、高温多湿の夏を知る日本人でさえ参らせる。特にマニラの中心街は立ちこめるスモッグが不快指数をさらに高めることになる。

浩志は空港からマカティにあるパーラマンションに向かった。名前はマンションだが、部屋数が四十四という小さな三つ星のホテルである。日本人はあまり使わないが、キッチンやリビングを完備しており、長期滞在に向いている。

マカティはフィリピンが威信をかけて開発している商業都市で、高層ビルが立ち並び、治安もいい。いわゆる経済特区だが、反面ショッピングセンターなど人が集まる場所では、厳重なボディーチェックをされることがある。

部屋に荷物を置いた早々、武器の輸出先の企業を見に行くことにした。パーラマンションからは歩いて、十分ほどだ。急ぐわけでもないので、途中新聞を買ってのんびり歩いた。目指す場所は十五階建てのオフィスビルで、一階のロビーには一流ホテルのようなラウンジがあった。

豪奢《ごうしゃ》な玄関を通りエレベーターホールに行こうとしたが、浩志はすばやくラウンジのソファーに座り、新聞を広げた。エレベーターから降りて来た数人のビジネスマンの中に知った顔があったからだ。男は傍《かたわ》らのフィリピン人と話し込んでおり、浩志に気づいた様子はない。

〈揺さぶりに反応したか〉

景山インターナショナル副社長の中村だった。中村とフィリピン人が、ビルの前で立ち話をしているとシルバーのベンツがその前に止まった。二人が乗り込むと、ベンツは西に向かって走り出した。

浩志はビルの前で客待ちをしていたタクシーにすばやく乗り込んだ。運転手は派手な柄シャツを着た若いマレー系フィリピン人だ。

「あのシルバーのベンツを追ってくれ、ボーナスをはずむぞ」

「オーケー、旦那」

フィリピンのタクシーは金次第で、いくらでもスピードを出す。温和で、のんびりしている国民性の彼らも、車に乗るとその気性は一変する。だれもがよく警笛をならし、交差点では我先に車を突っ込む。信号待ちの交差点で、二車線のところを三台車が並ぶことさ

ぎるだけだ。

を降りてまで、喧嘩をするところを見たことがない。彼らはお互い罵声《ばせい》を浴びせて通り過

えある。そのため、車をぶつけたり、擦ったりするのは日常茶飯事だ。だが、不思議と車

タクシーの運転手は二百メートルほどあった差を一気に縮め、ベンツのすぐ後ろにつけた。

「おい、あんまり近づけるな。車を一、二台入れるんだ」

「へい、旦那。まるでポリスみたいだね」

「俺は私立探偵だ。協力してくれ」

フィリピン人は、極度に公務員を嫌う人間が多いため、浩志はあえて私立探偵だと名乗った。

「あのベンツに悪い奴が乗っているんだね」

「そうだ」

「だいたいこの国で、ベンツに乗っている奴は悪人に決まっているんだ」

「おしゃべりは、その辺でいい。見失うな」

「大丈夫。俺の腕を信用してくれ」

この国は、陽気でおしゃべりな人間が多い。運転手は鼻歌を歌いはじめた。

「ベンツは、ポートエリアに行くよ。きっと」

運転手の言うようにベンツは市街地を抜け、マニラ湾のポートエリアに入り、岸壁に並ぶ倉庫の前で止まった。

「右折して、止めろ！」

タクシーを飛び出し、浩志は建物の陰から様子を窺った。中村とフィリピン人は、あたりを気にすることもなく、倉庫の中に入って行った。まさかつけられているとは夢にも思ってないのだろう。場所を確認すると浩志はタクシーに戻った。

「どうする。旦那」

「夜も働く気があるか」

「また、ここに来るのかい？」

「そうだ。料金は倍払おう」

「旦那、こう見えても俺は正義感が人一倍強いんだ。だけど、夜中に働いたら、かみさんに叱られるから三倍にしてくれよ」

「ずいぶん、ふっかけるな。俺はもう場所を憶えたから、別のタクシーを頼むことにする」

「分かったよ。旦那。二倍で手を打つよ」

「マカティのメディカルセンターに行ってくれ」

「具合でも悪いのか」

「近くに知り合いが住んでいるだけだ」

タクシーをユーターンさせ、マカティ市街に戻った。車の量は増えるが、不思議とこの街では整然として見える。タクシーはアヤラ・アベニューのメディカルセンターの前で止まった。

「夜の八時にパーラマンションに迎えに来てくれ。名前を聞いておこう」

「アレックスです」

「アレックス。フロントから岩城《いわき》と呼び出してくれ」

もちろん、偽造パスポートの名前である。

「オケー。ミスター・イワキ」

「遅れたら、チップはないぞ」

「殺生《せっしょう》な」

フィリピン人の時間感覚はラテン系だ。念をおしておくに越したことはない。

メディカルセンターの隣に二十階建てのオフィスビルがある。このビルの十六階にフィリピンの傭兵代理店がある。ロビーの案内板を見るとアントニオ・セキュリティと書かれたプレートがあった。多くの傭兵代理店がそうであるように、この会社も表向きは警備会社の看板を出している。そういう意味でも、池谷の会社は異色といえよう。

十六階のフロアーに降りると、真新しいカーペットが敷かれた廊下が延びていた。フィリピンでよくありがちな冷えすぎる空調ではなく、ほどよく快適だ。一フロアーに二十前後の会社が入っている。業種もまちまちだが、非常口に一番近いところに代理店のオフィスはあった。

何年か前に丸池屋が窓口となり、この代理店の仕事を引き受けたことがある。大統領選挙までの二ヶ月間、政府高官を護衛するという契約だった。契約金が高く待遇もよかったが、四度も襲撃を受け、護衛官が死亡するという危険な仕事だった。幸いクライアントの高官は無傷で、任務終了後ボーナスまで出た。国の財産をたった数％の特権階級が握るという特異な国柄ゆえの話だった。

ドアをノックするとメスチーソ（混血）の美人秘書が笑顔で迎えてくれた。この会社の社員は八名いるが、社長以外すべて女性でとびきりの美人というのを売り物にしている。クライアント向けのサービスを重視していると社長のアントニオは言うが、他にも商売をしているのではないかと疑いたくなる。

「ミスター藤堂、元気そうだね」

奥の部屋に案内されると代理店の社長、アントニオ・E・ガルシアの手厚い抱擁を受けた。アントニオは、五十一歳というが贅肉をたっぷり腹の周りにつけ頭も少々薄いため、六十近くに見える。だが、スペイン系特有の彫りの深い顔と陽気な性格で若い女性にもてるらしい。

「いつの間に、こんな立派なオフィスに引っ越したんだ」

「マニラじゃ、商売できないからね。今はなんでもマカティ。だれでもマカティ。口を開けばマカティ。朝から晩までマカティさ」

アントニオはいかにも陽気なフィリピン人らしく、ジェスチャーをまじえ、戯《ふざ》けながらしゃべりまくった。

「分かった。分かった」

「ところで、ミスター池谷に聞いたけど、今度はあなたがクライアントなんだってね。驚いたよ」

「ああ個人的なことだ」

「武器がいるそうだね」

「とりあえず、AKM（突撃銃）とベレッタを三丁ずつ、アップル（アメリカ製手榴弾M六七）十二個、ハンドフリーのインカム三個、それからバンを一台用意してくれ」

「他に何かご入りようなものは、ありませんか」

「ポートエリアに倉庫を持っている会社の情報だ」

浩志はあらかじめ東南アジアの闇の武器ルートに関する情報を、〝大佐〟ことマジェール佐藤から得ていた。だが、フィリピンでの景山の裏取引までは大佐も知らなかった。

「ポートエリアの倉庫？」

笑顔は崩していないが、アントニオの目は笑っていなかった。どこの国の傭兵代理店も裏社会に通じている。アントニオは、裏事情に詳しいばかりでなく自らフィリピンの武器シンジケートに関係を持つ。

「心配するな。あんたに迷惑をかけるつもりはない」

五

「ミスター岩城、ミスターアレックスが、いらっしゃいました」

フロントから連絡が入った。時計を見ると、八時半になっていた。たったの三十分遅れとは、大したものである。少々脅しただけのことはあった。

「旦那、途中渋滞していて、時間どおり来れなかったよ」

この時間に渋滞などない。これはフィリピン人の口癖である。その他に家を出る時にハプニングが起こったとか、言い訳は色々あるが、彼らが遅刻に対して素直に謝ることは稀《まれ》だ。

「まあいい。昼間行った倉庫に行ってくれ」

タクシーは再びポートエリアに向かった。倉庫街の入口に港が見渡せるおしゃれなカフェレストランがあった。

「ここで待っていろ。一時間以内に戻ってくる」

日本なら倉庫の近くで一時間後にまた来るように頼むのだが、この国でそんなことをしたら、待ちぼうけを食らう。

「これで何か飲んでろ」

浩志は行きのタクシー料金とチップの他に、二十ドル余分に渡した。

「なんだ。ここに来ることが分かっていたら、もっとおしゃれをしてきたのに」

アレックスはだらしなく開けたシャツのボタンをとめ、手櫛《てぐし》で髪型を直すと、意気揚々と店に入っていった。

このレストランから例の倉庫までは、六百メートルほどの距離だ。浩志は、足音もたてずに走った。人気のない倉庫の周りを一周してみる。表は大きなシャッターと出入口があり、裏にも出口が一つある。どの扉も鍵が掛かっていた。

隣接した倉庫が左右にあり、左手の倉庫は角地で、非常階段が外から続いている。浩志はその階段を上がった。階段はメンテナンス用で、屋根まで続いていた。屋根伝いに目的の倉庫まで行くと、明かり取りの天窓があった。天窓の汚れを指で落とし、覗いてみた。光量の足りない裸電球が、自動小銃を持った男をぼんやり照らし出している。人数は、確認できる範囲で三人。奥には、事務所らしいスペースが見える。磨《す》りガラスに人のシルエットは見えるが、中までは見えない。他にも警備している人数がいると考えた方がよさそうだ。やはり、この倉庫には、通常の貿易品でないものが置いてあるに違いない。浩志は三十分ほど粘り、警備をしている人数を五人まで数えることができたが、天窓から得られる情報はこれ以上ないと判断した。


三日後、予定どおり瀬川と京介はパーラマンションのラウンジに別々に現れた。

「ご無沙汰しています」

浩志を見つけた京介が先に席を立った。身長は一六六センチと小柄だが、胸板が厚く体重も浩志よりも重い。瀬川も遅れて席を立ち、静かにお辞儀をした。身長が一八六センチある瀬川が京介と並ぶと頭一つ違う。二人は互いに作戦の仲間であると認識はしていたが、クライアントからの紹介なしで面識を持つことを避けていたようだ。

「京介、こっちは、瀬川だ」

「瀬川、そうか思い出した。どこかで見たことがあると思ったら、丸池屋だ」

瀬川は元陸上自衛隊の空挺部隊に所属していた。四年前自衛隊を退官し、丸池屋に入ったのだが、そのいきさつを本人も雇い主の池谷も話そうとはしない。

「二人の部屋は、すでに用意してある。チェックインしたら俺の部屋に来てくれ」

浩志は二人をラウンジに残し、さっさと自分の部屋に戻った。

二人は待つこともなく、やってきた。

「作戦は、明日決行する。まず、今回の作戦の背景を説明する」

景山と取引がある企業を調べてみると、現地の経理事務所が名義を貸しているだけのダミー会社だった。中村と一緒にいたフィリピン人が経理事務所のオーナーで、フィリピンマフィアの幹部だった。これは、アントニオに調べさせて分かったことである。

「その経理事務所が税関への申告書類を作成して、実態を偽証している」

「それでは、実際に取引している会社は、どこにあるのですか」

「ダミー会社が所有する倉庫が実態だった。そこを調べたら契約者は中村になっていた」

「それでは、取引先と思っていたところは、景山の会社だったのですか」

「そういうことだ。景山は、ダミー会社を通じて貿易禁止国に武器を転売しているようだ」

「それで、彼らが扱っている物は何ですか」

瀬川らしく、質問の順序がいい。

「日本からは、ミサイルの誘導装置に使われる電子機器を海外に輸出しているらしい。問題は日本に何を輸入しているかだ」

税関資料から、輸出している電子機器の企業についてはあらかじめ調べてきた。書類はすべて偽装されており、この二、三ヶ月で取引されているものは、誘導装置ではなく音響装置になっていた。

「輸入品は、拳銃や手榴弾なんかじゃないですかね」

　京介は横から口を出した。

「どっちも、日本の闇社会じゃすでに行き渡っている。今さら売ったところで大した儲けにならない」

「電子機器を中東や北朝鮮に売るだけでも、かなりの利益になるはずです。輸出だけということは考えられませんか？」

「確かに、武器になる電子機器は高く売れるが、いつでも売れるとは限らない。奴らは貪欲《どんよく》だ。日本で継続的に売れて、高利が得られるものがあると考えた方がいい。一昨日、北朝鮮の貨物船から何か倉庫に運び込んでいた」

「北朝鮮の貨物船ですか」

「日本政府の経済封鎖により、北朝鮮籍の船は、貿易港はおろか近海の密輸ルートからも閉め出しを喰らっているからな。北朝鮮からだとすると、麻薬、あるいは偽《にせ》紙幣ということも考えられる」

「それを確かめると……」

「今回の作戦はまさにそれだ。現場は夜間でもかなり厳重に警備されている。調べるにしても不意打ちを喰らわせて、強行突破するしかないだろう。麻薬か偽紙幣が見つかれば、証拠を押さえ、倉庫を破壊する」

「作戦の準備は？」

京介の目が輝いて来た。根っから戦うことが好きなのだ。

「手はずは整っている。俺たちは、ピナトゥ火山を研究しにきた日本の地質学者ということになっている。明日、全員チェックアウトする」

フィリピンの傭兵代理店から武器だけでなく、情報のサポートも得ている。襲撃から国外脱出に至るまで、浩志の計画にぬかりはなかった。

「最後に質問してもいいですか？」

「何だ。京介」

「今回のアタックは、戦場と同じと考えていいですか？」

殺しはありか、ということである。

「武器を持った奴は死んでいく。ただそれだけの話だ」

浩志は冷然と答えた。京介はにやりと笑ったが、瀬川は一瞬困惑の表情を見せた。

六

翌日、ホテル前に止められているグレーのバンに浩志たちは荷物を積み込んだ。このバンは、アントニオが手配したレンタカーだ。作戦終了後、空港に乗り捨てて返すことになっている。あらかじめ注文した武器は木箱に入れられ、すでに積み込まれていた。ホテルには、研究者らしくスコップとアルミケースを前日持ち込んでいる。それらを最後に積み込むと彼らは、ホテルを後にした。

「これから、夜までどうしますか」

京介がまだ日が高いことを心配した。

「事前の作戦がある」

浩志は平然と答えた。

「他に作戦があるのですか？」

聞いてないとばかりに京介は不服顔になった。

「中村を誘拐する」

「誘拐ですか。それは、今まで経験してないな」

「今まで、奴の動きが不規則で二の足を踏んでいた。だが、奴は今日の午後ゴルフに行くことになっている。クラブ・イントラムロスに四時に予約が入っていることが確認できた。夕涼みのゴルフだ。人間も少ないはずだ」

出発直前に傭兵代理店のアントニオから連絡があった。

「そいつは、いい。いくらなんでも、ホテルから誘拐するわけにはいきませんからね。やっぱり法を犯すようなまねはしたくないですから」

京介の言葉に思わず浩志は噴き出したが、瀬川はその頭の構造を疑ったようだ。

クラブ・イントラムロスは、ミニコースでマニラ市内にある。「イントラムロス」とは植民地時代の城壁の内側を示す。旧市街の中にコースがあり、手軽に回れ設備も整っているために、海外のビジネスマンや観光客に人気がある。もっともフィリピン人でゴルフをするのは、金持ちか軍人に限られており、彼らはマニラ近郊のコースに行くので自ずとこのコースは、外国人観光客が目立つことになる。

浩志は駐車場に残り、後の二人はクラブにチェックインしてラウンジに陣取った。二人ともコーヒーを飲み、新聞を読んでいるが、実はインカムで、見張りをする浩志からの指示を待っていた。

「来たぞ」

連絡を受け、二人は更衣室に向かった。

中村はいつもの手下を二人連れチェックインすると、ゴルフバッグを抱え更衣室に入ってきた。彼らは、更衣室に隠れていた京介と瀬川に瞬く間に気絶させられた。すかさず外で待機していた浩志が、作業服を着てクリーニング用の大きなカーゴを押して現れた。中村を縛りあげ、その中に押し込むと、業務用の通路から外のバンに運び込んだ。まるで汚れたシーツでも回収するように、作業は淡々と進められた。

「なかなかいいコースでしたね」

京介はゴルフをしたことがないくせに感心してみせた。この男はどこまで冗談なのか分からないところがある。一方、瀬川は背中にびっしょり汗をかいて硬い表情をしていた。

「余興は、終わった。晩飯にするか」

中村は睡眠薬で眠らせてあるが、バンに残したまま外で食事を摂ることはできない。そこでケンタッキーフライドチキンをテイクアウトして食べることにした。もちろんマクドナルドや地元最大手のジョリビーもあるが、ハンバーガーより、とり肉を食べた方が戦闘前の食事として向いているからである。


闇に呑み込まれたポートエリアに人影はない。時刻は二十二時を回った。

倉庫街に通じる道路は浩志たちが立てた工事中の看板で、封鎖されている。

浩志は表のシャッター脇にある入口にプラスチック爆弾を仕掛けると、最終確認をとるべくインカムのスイッチを入れた。特殊部隊が使用する小型でハンドフリーのインカムだ。

「京介、敵の位置は」

京介は倉庫のほぼ中央にある天窓に陣取り、照準を合わせながら見張りをしている。

「入口近くの事務室に男が一人、中央にテーブルがあり、男が四人、トランプをしていましたが、一人抜けてどこかに行きました。ここからはそれ以上確認できません」

倉庫の中は、大小の木箱が積み上げられ、さながら迷路のようになっている。天窓からは荷物に囲まれ、テーブルが置かれた小部屋のようなスペースと、磨りガラスで囲まれた事務室が見えるのみで、全容を見渡すことはできない。

「瀬川、配置についたか」

「位置につきました」

瀬川はすでに裏口のノブにプラスチック爆弾を仕掛け待機していた。倉庫は東西に出入口があり、西側は表のシャッターとその脇の入口、裏出口は東側にある。

「京介、やれ」

京介は天窓越しにトランプをしている男の一人を狙撃した。男の額に赤い穴が開き、椅子ごと勢いよく倒れていった。それを合図に表と裏の扉が爆破され、浩志と瀬川が突入した。中で武装していた男たちは、不意をつかれたものの、果敢に応戦してきた。しかも、荷物の陰からわらわらと敵が現れ、人数は倍近くになった。

「京介。さっさと降りてこい！」

京介は狙撃後、天窓を吹き飛ばし、ラペリングロープで降下することになっていた。だが、肝心の起爆装置が作動せずまごついていた。

「どうした。京介！」

京介が降下するポイントは倉庫の中央で、表と裏出口から侵入した浩志と瀬川に応戦している敵の背後をつく形になる。

「今、行きます！」

　爆破を諦めた京介は、ロープを確認すると体を宙に躍らせた。勢いよく天窓を突き破り、発砲しながら降下した。だが、床まで残り四メートルほどのところでロープが切れて京介は背中から落ちた。天窓の割れたガラスでロープが切れたのだ。映画で特殊部隊が窓を派手に割り、降下するシーンがよくあるが、あれは現実としては考えにくい。鋭利なガラスの破片はロープを切断するだけでなく、降下した者を殺すこともあるからだ。

「京介、応答しろ！」

　落下する京介を見て、浩志は作戦の失敗を覚悟した。膠着《こうちゃく》状態になり、地元の警官に包囲されては元も子もない。アップルを使って早急な打開をする必要に迫られた。

「大丈夫です！」

　京介の叫ぶような声が聞こえると、倉庫の中央から激しい銃撃が始まった。京介は運が良かった。積み上げられた荷物がクッションになり、大した怪我もしなかった。

「瀬川、左回りに攻撃しろ」

　浩志は、表の入口近くにある事務室から応戦する男の胸に銃撃を浴びせて倒すと、倉庫を右回りに進んだ。敵は、浩志と瀬川に挟撃され、背後も京介につかれたため、あっという間に壊滅した。

「残党がいないか調べろ！」

浩志の指示で瀬川と京介が捜索し、六つの死体と三人の重傷者を確認した。

「時間がないぞ、捜査開始！」

浩志たちは手分けして倉庫の荷物を調べはじめた。一見迷路の壁のように積み上げられた荷物は、調べてみると種類ごとに分けられているようだ。浩志は表に近い場所を調べたが、荷札はすべて日本からの荷物で、やはり、武器に転用できる電子機器だった。

中央は京介が担当したが、量的には少なく、大半はハンドガンと弾薬だった。フィリピンは申請さえすれば、一般市民でも簡単に銃を持つことができる社会だ。恐らく市場でだぶついた銃を安く仕入れたのだろう。

「藤堂さん、こっちに来てください」

裏口に近い荷物を調べていた瀬川が北朝鮮の物と思われる木箱を見つけた。中には白い粉が入った袋が大量に入っており、パッケージには赤いライオンのマークがつけられている。赤いライオンマークは、本来ラオスで作られた上等のヘロインの印だが、これは北朝鮮で精製された偽物だ。

「輸入品はやっぱりこれだったのか。京介、中村を連れて来い。瀬川、写真を撮れ」

浩志は二人に指示を出すと倉庫内の事務所を調べた。書類にざっと目を通すとそのうちの何冊かを懐《ふところ》に入れた。

京介が中村を引きずるように連れてきた。猿ぐつわと目隠しだけはまだされている。三人はポケットから目だし帽を取りだし、それを被ると中村を自由にしてやった。

「何なんだ。ここはどこだ」

死体が転がる惨状を見るなり、中村は一オクターブ高い声を出して騒ぎ出した。

「ここは、うちの倉庫じゃないか」

やっと状況を飲み込んだのか、へなへなと尻餅《しりもち》をついた。

浩志はその足下にベレッタを放り投げた。

「おまえは、もうおしまいだ。自分の始末は自分でつけろ」

中村は聞き覚えのある声に首をひねった。

「さっさとしろ。中村」

「きっさま、藤堂だな。その声は藤堂だな」

目だし帽を被ったまま浩志は、両手を上げて、肩をすくめて見せた。

「殺してやる！」

中村はベレッタを拾い上げ、浩志めがけて引き金を引いた。白煙を上げ薬莢が飛び散り、中村は弾がなくなるまで撃ち尽くしたが、浩志を倒すことはできなかった。

「残念だったな。中村」

浩志が合図すると、あっけにとられている中村から、京介は銃を取り上げ、鳩尾《みぞおち》を殴りつけ、失神させた。指に硝煙反応を残すために中村にわざと空砲を撃たせたのだ。これで、銃撃戦に中村も加わったことになる。

「ヘロインは、無傷で残しておく。電子機器は破壊する」

電子機器は警察に押収された後で横流しされる可能性もある。それが結果的にテロリストなどに行き着くことは避けたかった。

浩志は瀬川からAKMとアップル（手榴弾）を預かると中村を担がせ、先に倉庫の外に出させた。

「京介、後始末だ」

二人はC4（プラスチック爆弾）を電子機器が入った荷物のほぼ中央に仕掛け、小さな無線起爆装置をセットした。その荷物の上に、各自の武器と弾薬を置いた。ベレッタ以外の武器は、ここで始末するつもりだ。

二人が倉庫から出ると、バンに乗っているはずの瀬川が一人で立っていた。きまり悪そうな表情で顔をわずかに横に振った。

浩志はすぐさま銃を構えた。異変に気がついた京介も遅れて銃を構えた。

瀬川の背後にある倉庫の陰から男が二人現れた。

「アントニオ！」

一人は傭兵代理店のアントニオだった。

「ミスター藤堂、作戦は成功したようだね」

「何のまねだ」

「私に銃を向けるのを止めてくれないか、ミスター藤堂。あなたの恐ろしさを私は充分知っているからね。とりあえず、私の友人トニー・サントスを紹介するよ」

アントニオと一緒にいる男は、インドネシア系のでっぷりと太った中年だ。上等なスーツを着て、浩志に銃を向けられても平然としている。

「銃を降ろしてくれ、あなたのためにもなる」

サントスはそういうと、右手を上げてみせた。すると左右の倉庫の陰から自動小銃を持った男が二十人ほど現れた。

「ミスター藤堂、勘違いしないでくれ。私は傭兵代理店の経営者として、ルールは守るつもりだ。それにあなたは私に迷惑はかけないと約束したはずだ」

「理由を聞こうか」

いくら浩志でも、この場を切り抜けられるものではない。とはいえ銃を降ろすつもりもない。

「分かった。そのままでいいから聞いてくれ。あなたも知っているように私は傭兵代理店の経営の他に、武器シンジケートに関わっている。頼まれた景山のことを調べていたら、この倉庫にある電子機器は友人のサントスに渡る荷物だということが分かったんだ。だから壊されては困るんだ」

アントニオは精一杯の笑顔を作って見せた。

「あの電子機器さえ渡してくれたら、我々は君たちに危害は加えない。望みどおりに中村も引き渡そう」

サントスも笑ってみせたが、彼らがみすみす武器の取引先を潰されるのを黙って見ているとは思えない。

「銃を向ける奴を信用できると思うか」

「それはお互い様だろ。中村は私が注文した製品を急に日本から送ることができなくなったといってきた。おかげで私は大損をしてしまった。中村をどうしようと私の知ったことじゃない。だからせめて倉庫にある品物だけでも私に渡してくれ。あんたとまともにやりあうつもりはない。アントニオに色々聞かされたからね」

どうやら浩志に揺さぶられた景山が危機感をつのらせ、密輸を見合わせようとしたようだ。取引をキャンセルされたサントスも中村にはそうとう頭にきているらしい。

「信用してもらいたいのなら態度で示せ」

サントスが右手を横に振ると男たちは再び闇に消えていった。

「アントニオ。こっちに来い」

「分かった。喜んで人質になるよ。ミスター藤堂」

京介は手早くアントニオのボディーチェックをすると銃を突きつけた。

浩志は手下たちの気配が完全になくなったことを確認すると、銃を降ろし、起爆スイッチをサントスに渡した。

「契約成立だ。景山が盗まれたと気がつかないように、電子機器の代わりに適当な機械を持ち込んで私が代わって爆破しておく」

サントスは取引済みの武器でも、盗み出すことは不本意らしい。

「よかった。ミスター藤堂。約束どおり、後で警察の信頼がおける人物に連絡する。責任をもってね」

アントニオが握手を求めてきた。浩志がそれに応じると彼に抱きつかれ、頬にキスをされた。憎めない男だ。


浩志はバンの助手席に座り、瀬川が運転していた。サントスはちゃっかり電子機器の代わりになる旧式のミサイルの部品をすでに用意していた。よくよく聞けば、盗んだ電子部品の代金は、まだ払ってないらしい。サントスにとっても、悪い話ではなかったようだ。

「中村は、藤堂さんのことが分かったようですが生かしておいてよかったのですか」

京介は、倉庫に銃と一緒に置き去りにしてきた中村が気になるらしい。

「俺は、覆面をしていた。中村も俺のことを言ったところで、証明できないだろう。第一あれだけのヘロインと武器、それに死体があれば、この国を生きては出られない」

浩志らは偽造パスポートを使い、入国の記録さえ残っていない。地元の警察に捕まるようなことはない。

「なるほど。それもそうですね」

京介は納得したようだ。

浩志は、落ち着いて運転している瀬川を見て一人頷いた。昼間はびっしょりと汗をかいていたのに、今は殆ど汗をかいていない。その横顔からも精神的な問題点は感じられない。いくら特殊な訓練を積んでも実戦経験のない兵士は、役に立たない。標的を撃つのと生身の人間を撃つのとでは、精神に及ぼす影響が比べ物にならないからだ。実戦で使えるかどうかは最初の戦闘で分かる。瀬川は間違いなく本物のコマンドになった。

「腹減った。まだ開いている店ありますかね」

京介が後ろでまたのんきなことを言っている。

バンは暗い海岸通りをまっすぐ空港へと向かった。

七

「フィリピン発！　日本の貿易会社で大量のヘロイン発見される！」

浩志たちが帰国した翌日、各紙夕刊に、事件は外電として大きく取り上げられた。内容は、「ヘロインの密輸をしていた日本の貿易会社、景山インターナショナルの倉庫が、何ものかに襲撃される。その際、副社長の中村と武装した現地社員が応戦したが、六人が射殺され、残りの社員も瀕死の重傷を負った。現地警察に拘束された中村は、事件に対して黙秘をしている。倉庫から大量のヘロインが見つかったことから、警察では、ヘロインの取引で何らかのトラブルがあったのではないかとみている」と伝えた。

マスコミは、景山インターナショナルに殺到した。社長の景山は、現在の登記簿謄本を公開し、堂々と会見を行なった。フィリピンのダミー会社は、中村が勝手に作ったもので、登記すらされていない、自分こそ被害者だと景山はぬけぬけと説明した。マスコミ各社は激しく質問を浴びせたが、景山は、知らぬ存ぜぬを通した。

「景山という男は、なかなかのたぬきですなあ」

丸池屋の応接室で、浩志と池谷は報道番組を見ていた。

「今はな」

浩志は落ち着いている。

「今回の襲撃は、まだほんの序の口だ。黒幕が顔を出すまで攻撃を続けるつもりだ」

「もし、藤堂さんの考えているように、黒幕が代議士の鬼胴巌だとすると、今回の襲撃で大きな資金源を失ったことになります。来年の総選挙を控えて、かなりの窮地に立たされることになりましたなあ」

「今は奴の潜んでいる山にぼやを起こしたに過ぎない。だが、三、四日したらぼやじゃ済まなくなる」

浩志はにやりと笑った。

三日後、浩志は警視庁の会議室にいた。例によって、顔ぶれは捜査一課の佐竹と杉野だけだ。佐竹は刑事部部長の横井はおろか直属の上司にも浩志との捜査報告は一切していない。十五年前の事件で景山がクロと判断されたからといって、他の者がシロとは限らないからだ。

「この書類は、コピーだがフィリピンの倉庫にあったものだ。写真は、その書類に記載されている電子機器だ。これで景山の会社が提出している税関の書類が偽装だと分かる」

杉野と佐竹は、渡された書類を受け取ると食い入るように見た。書類の中に数枚、付箋の張られたものがあった。

「これは、すごい。係長見てください」

杉野は興奮して声をあげた。書類には、景山の直筆サインがあったからだ。だが佐竹は頷いたものの浮かない顔をしている。

「藤堂君、この書類をどうやって手にいれたのだね」

「それは、言えない」

「フィリピンの事件は、君が起こしたんじゃないのか」

杉野が目を丸くして、驚いた。

「この書類を検察に回したところで、景山を逮捕することはできない。そう言いたいのだろう」

「出所が確認できない以上、証拠として採用されることはない」

「そんなことは、分かっている。だが、フィリピン警察の証拠と合わせれば状況証拠として確定的なものになる。捜査員を向こうに行かせるのだろう」

「大量のヘロインが発見されているからな」

「向こうに行ったら、麻薬捜査課のフェルナンデス警視を訪ねるといい。今回の捜査のトップだ」

フィリピンの傭兵代理店の社長、アントニオが連絡した警察関係者はフェルナンデスのことで、彼らは旧知の仲だった。今回の事件は、武器の密輸よりも麻薬捜査を中心にしているため、麻薬捜査課が指揮をとっている。もっともこれは武器商のサントスも絡んでおり、麻薬捜査を中心にすることにより、武器の捜査を形骸《けいがい》化するためだった。

「そこまで、手配しているのか」

さすがに佐竹は驚いたようだ。浩志の機動力は、日本の警察を遥《はる》かに凌《しの》いでいた。

「俺はまだ警察をあてにしない」

「どういう意味だ」

「この証拠が採用されたからといって、まだ揉《も》み消される可能性があるからだ」

「確かに、そうかもしれない」

佐竹は渋い顔をして頷いた。景山という藪《やぶ》を突き、出てきた蛇が鬼胴代議士だった場合、藪を突いた人間が手を噛まれて終わる可能性もあるからだ。

「この書類のコピーと証拠の写真は、マスコミ各社に送るように手配してある」

「なんだって」

「フィリピンから匿名《とくめい》で、大手新聞社とテレビ局の報道部に明日届くようになっている。それと同時に、景山の会社の創業期からの登記簿謄本と決算報告書のコピーも、送ることにした」

浩志は、サントスが関係する書類を処分する条件で、アントニオに協力させていた。

「マスコミか。大変な騒ぎになるぞ」

「当たり前だ。創業期の謄本には、鬼胴の名前が出ているからな」

「確かに、マスコミが騒げば、捜査に圧力がかかりにくくなる」

杉野はなるほどと頷いたが、佐竹は腕組みをして難しい表情をみせた。

「藤堂君、どういう手段で手に入れたか、今さら聞くのはよそう。だが、いくら捜査のためとはいえ、日本で非合法な手段を使うようなら、我々は協力できなくなることは憶えておいてくれ」

佐竹は、フィリピンでの事件を浩志の仕事だと確信しているようだ。

「銃撃のあった倉庫は中村の名義になっている。とりあえず、フィリピンに行けば、中村はパクれるぞ。もっともあっちで極刑になるだろうがな」

浩志は渋面を崩さない佐竹の肩を叩くと会議室を後にした。


翌日の夕刊は予想どおり、どの新聞も一面、景山の会社と鬼胴代議士の黒い関係を見出しにしたものだった。さらに次の日の朝刊は電子機器や書類の写真を掲載し、景山の武器不正輸出は決定的なものとされた。

「鬼胴代議士がとうとう出て来ましたね。あーあ、みっともない、逆切れしちゃって、何もカメラマンを殴らなくてもいいのに」

池谷は応接室でテレビを見ながら、マスコミに追い回される代議士の狼狽《ろうばい》ぶりを笑った。

「野党は、マスコミから資料を入手したようだな。これで、鬼胴が国会で喚問されるのは時間の問題だ」

浩志は未だに池谷のところに居候《いそうろう》している。事件が収まるまで、ここに居るつもりだった。

「これで、この男の政治生命は終わったも同じでしょう」

「さて、久しぶりに外の空気を吸ってくるか」

報道番組にも飽きて、浩志は大きな欠伸《あくび》をした。

「藤堂さん、うちの者をだれかつけましょう」

「いや、いい」

池谷の再三の申し出を断った。追い詰めたとはいえ、マスコミが騒ぎ立てている最中にヒットマンを送り込むとは思えなかったからだ。浩志は一人で外出すると、久しぶりに渋谷のミスティックに行った。時間が早いせいか、まだ客は一人もいなかった。

「藤堂さん！　ママ、藤堂さん」

沙也加がはしゃいで大声を出した。

「心配したんだから」

美香がカウンターの奥で涙ぐんでいた。

浩志はあえて美香には連絡しなかった。兵士としての闘争心を失いたくなかったからだ。

「いつもので、いい？」

浩志が頷くと、

「何かおいしいもの作らなきゃ」

美香は嬉しそうにターキーをグラス一杯に満たし、厨房に消えた。

「ああん、ママったらずるい。私がつくってあげたいのに」

沙也加が恨めしそうに浩志を見た。

浩志はいつものように一杯目のグラスを煽《あお》るように飲み干し、手酌で二杯目をグラスに満たした。今度は味わいながらゆっくりと飲んだ。バーボンの香りが鼻孔から抜けると、頭の中にこびりついていたニュースの映像は消えた。

「お待たせ」

三杯目のバーボンをグラスに注いでいると、美香が中華焼そばを持って現れた。軽く油で揚げるように焼いた中華麵をニンニクとオイスターソースで炒め、彩《いろど》りに刻んだ水菜を散らしてある。具は、少量のバラ肉とねぎだけだ。ニンニクとオイスターソースのバランスが抜群で、中華麵の旨味を引き出している。あえて具を少なくしたのは、その旨味を邪魔しないためだろう。瞬《また》く間に浩志は、平らげた。

浩志の食欲を見た沙也加は、目を輝かせた。

「次は、私の番ね。とっておきの十八番をつくりまーす」

沙也加はリズムをとるように皿を片づけながら厨房に消えた。

「よかった。今日は、お客さんがいなくて」

美香が浩志の空いたグラスに気づき、ターキーのボトルを持ち上げた。その時、入口のドアが開いた。

「あら、変ね」

ドアは、開いたままだれも入ってこない。

浩志は脳裏に点滅した危険信号に従い、椅子から降りて身構えた。

ふいに玄関近くの床に小さな物体が転がり込んできた。

「いかん!」

浩志は、美香に覆いかぶさるようにカウンターに飛び込んだ。浩志がカウンターに飛び込むのと同時に小さな物体は爆発した。

報　復

一

爆風で天井の照明や棚の酒が飛び散り、店内は灰色の煙と埃《ほこり》で充満した。

「大丈夫か」

浩志は自分の下にいる美香を気づかった。

「痛い！」

美香が腕を押さえている。どうやら倒れた時に左腕を骨折したようだ。

厨房を覗くと、沙也加は放心状態で座り込んでいた。怪我はなさそうである。呼びかけても返事はしないが、大きく見開いた目を浩志に向けた。

アップル（手榴弾）で攻撃された。武器密輸ルートを潰したことへの報復であろう。敵は軍人あがりのヒットマンだと浩志は確信した。

「許せない！」

美香が涙を流しながら怒っている。無理もない。大切に育てて来た自分の店が、破壊されてしまったのだ。これでは修理に数百万はかかるだろう。

浩志はめん棒を添え木の代わりにし、美香の左腕を布で巻いた。最後に固定するため、きつく縛ると美香はうっと息を吐き、気を失った。

とりあえず二人の安全を確保すると、近づくサイレンを気にしながら、浩志は店を出た。爆風のせいでまだ耳鳴りがする。アップルで攻撃されたが、もし本当に殺すつもりなら、直後に襲撃するか、時間差でさらにアップルを投げ込むのが常識だ。敵は、単に外に誘い出すのが目的と見た方がいいだろう。野次馬とすれ違いながら、何者かの視線を感じるのが何よりの証拠だ。

人通りの多い道を選び、１０９の交差点を横切って、井の頭線の高架近くのコンビニに入った。

「１０９って、前からあそこにあったっけ」

浩志は妙なことを口走ると、カウンターに千円札と適当に選んだスポーツ紙を置いた。

店員は黙って頷くと、おつりと小さな鍵を渡してくれた。それらをポケットに入れ、駅のコインロッカーに向かった。サポートプログラム「プレゼント」を作動させたのだ。コインロッカーから、小さなサブザックを取り出し肩にかけた。中からチューブに入った薬を出し、手にまんべんなく塗った。これは、樹脂を揮発剤で溶かしたもので、乾くと薄い皮膜になる。これで、指紋や硝煙反応の心配をすることもなく、使った銃を捨てることができる。

宮下公園を目指し、山手線の高架下を潜った。線路沿いにある細長い公園は、渋谷駅に近いが、人気はない。ここは浮浪者の縄張りになっており、昼間でさえ一般人はめったに入らないからだ。

小さな飲み屋が軒を列ねる路地を抜け、公園への階段を一気に駆け登った。後ろに続く足音を確認しながら、サブザックに入っているトカレフを出した。追って来たのは男一人で、銃を懐から出すといきなり撃って来た。缶ビールを開けた時のような「プシュ」という発射音をさせ、浩志のこめかみを弾が掠《かす》めた。浩志は、浮浪者が作ったブルーシートのテントに身を隠しながら、公園の奥へと進んだ。

外灯を背にしているため表情までは分からないが、背が高くがっちりとした男だ。浩志の反撃がないことを確認すると、男は距離を縮めるべく小走りに迫って来た。さしずめ獲物を追いつめたライオンのような心境であろう。

浩志は散歩道近くの藪に飛び込んだ。男は浩志の姿を見失ったため、慎重な足取りで近づいてきた。男の腕は確かだ。無闇に飛び出すことはできない。浩志は男の気配を頼りに中腰で銃を構えた。微かに藪の向こうから足音が近づいてくる。精神を集中し、極限まで神経を研ぎすました。

　男が藪のすぐ向こうに迫った。

　引き金に力を入れようとした瞬間、山手線がゴーッとうなりをあげ背後を通り抜けた。男の気配を失った。電車の音に紛れ、男は大きく動いた。浩志は、危険を感じて身をかがめた。同時に左肩を掠めるように弾が飛んでいった。浩志は男の銃口が火を噴いたのを捕らえ、反射的に撃ち返した。藪の向こうで鈍い音がした。すかさず飛び出し、倒れている男の右手を踏みつけ、銃を奪い取った。

　銃はサイレンサーをつけたグロッグだった。ＦＢＩの捜査官も使用する銃で、安全装置を外す必要もない。だが、不馴れな人間が使うと暴発する危険性がある。男は、そうとう銃を使い込んでいたに違いない。浩志はサイレンサーを外すと、それをポケットに入れ、わざと弾倉を抜かず銃を数メートル先に投げた。男は自分が撃たれたことが信じられないらしく、手についた血をじっと見つめていた。弾丸は右の肺を貫通したらしく、ひゅうひゅうと息を漏らしながら、男は血を吐いた。すぐに病院に行けば、命は助かるだろう。だが、銃を拾い浩志を追いかけるようなまねをすれば、確実に死ぬ。男にできることは証拠となる銃とともに警察に発見されることだ。男に質問などしなかった。簡単に口を割るとも思えないし、警察が駆けつけるのも時間の問題だからだ。

　公園を原宿《はらじゆく》方向へ、目撃者の記憶に残らないよう普段と同じペースで歩いた。途中無人のブルーテントに銃を投げ捨て、手についた樹脂のコーティングを剝がしてポケットに突っ込んだ。公園を出るころ、遠くで銃声がした。脱力感が襲った。あまりにあっけなく勝負がついたことに喜びはおろか、空《むな》しさすら感じた。確かに手強い相手だったが、あの男が十五年もの間追い求めていた犯人でないことを願った。

翌日の新聞は、二つの事件が大きく報じられた。新聞により、一面の扱いが異なるが、関連した事件として掲載された。

一つは、昨夜、宮下公園で鬼胴代議士の私設秘書ケン・牧野が銃で自殺したと書かれていた。狙撃してきた男は、代議士の秘書だったのだ。牧野は駆けつけた警官の目の前で自ら頭を撃ち抜いて死んだ。浩志が公園を出る際に聞いた銃声に違いない。この男は日系アメリカ人で元海兵隊員だったと、新聞では経歴を紹介している。もっとも、秘書とは名ばかりで、鬼胴のボディーガードだったとスポーツ紙などには書かれていた。

もう一つの事件は、景山の自殺である。大田区田園調布《おおたくでんえんちょうふ》の自宅ガレージで、首を吊って死んでいるところを夜遅く帰宅した夫人に発見された。大きな事件が二つもあったためか、美香の店の爆破事件を大きく扱う新聞はなかった。

「参りましたな、藤堂さん。次々と重要人物が死んでしまっては、事件を解明することが難しくなりますなあ」

朝から浩志と池谷は応接室にこもり、様々な新聞を取り寄せ、記事を読み比べていた。もちろんテレビもつけっぱなしにし、ニュースもチェックしている。さらに浩志は、警視庁の杉野と連絡を取り、情報を仕入れていた。

ケン・牧野は、司法解剖されたが、結局自殺として処理された。胸の銃創は報道でも触れられていなかった。警察が早い段階で情報を操作したことが分かる。杉野からも鬼胴代議士から圧力がかかったらしいと連絡を受けていた。警官の目の前で牧野は自分の頭を撃ち、自殺したことは紛れもない事実だ。死と関係ない胸の銃創のことなど揉み消すのは、簡単だったのだろう。

「鬼胴は自分の身内を亡くし今や資金源もない。いずれはしっぽを出すと俺は見ている」

景山の死は、自殺じゃないと浩志は思っている。ケン・牧野が口封じのために浩志を狙う前に殺したに違いない。どちらにせよ、池谷の言うように事件の解明が難しくなったことは事実だ。しかし、十五年も一人で続けた捜査だ、頂上に登り詰めるまで諦めることはできない。

「そうですな。藤堂さんなら、必ず十五年前の事件も解決できるでしょう」

池谷は昨日のサポートプログラムにかかった費用を請求するどころか、浩志に事件捜査の資金提供すら申し出ていた。

浩志は最後に芸能ゴシップを得意とするタブロイド版の新聞に目を通した。だが、その三面の見出しを見て顔色が変わった。「鬼胴代議士の秘書、渋谷区宇田川町《うだがわちょう》のスナックを爆破し、自殺！」と書かれていたのだ。これは、事実だが、二つの事件を関連するものと見ている新聞は他にはなかった。しかも、その内容を読み浩志は愕然《がくぜん》とした。「秘書は、鬼胴代議士とその愛人との関係を清算するために襲撃したものと考えられる」と書かれていた。浩志は、新聞を折り畳むと大きく息を吸い、怒りをなんとか呑み込んだ。

二

「許せない」襲撃を受けた時、美香が悔し紛れに吐いた言葉が脳裏に蘇った。

あの言葉は、襲撃犯ではなく鬼胴代議士に言った言葉だとしたら、どうだろう。タブロイド版の記事は信憑性を帯びるのではないか。喜多見の次太夫堀公園で襲撃された夜、公園出口で車を止めていたことも不自然だ。下北沢のマンションが爆破されたが、あの場所を犯人が知っていたこともおかしいといえる。二人で過ごした時間はいったいなんだったのだろう。美香は献身的に尽くしてくれたが、あれは演技だったのだろうか。次々に浮かぶ疑念を浩志は払拭することができなかった。

タクシーを拾いミスティックに行ってみた。期待はしていなかったが、立入禁止のテープが張り巡らされた店にはだれもいなかった。美香と付き合って三週間近くなるにも拘わらず、彼女の自宅はおろか電話番号すら知らない。店に行けば必ず会えるため、聞こうとも思わなかった。美香から携帯に連絡をもらうことはあったが、いつも店の電話だった。唯一のアクセスポイントである店がこのありさまでは、当分連絡も取れないだろう。

浩志はいらだつ気持ちを抑え、再びタクシーに乗ると、四ッ谷《よや》三丁目で降りた。交差点近くの雑居ビルに、情報現代出版社という看板があった。あのタブロイド版を出版している会社である。日が暮れるには時間がある。夜になるのをひたすら待った。

職業柄、傭兵は待つことに慣れている。午後六時を過ぎるとビルの明かりが徐々に消えていき、九時を過ぎると電気がついているのは、出版社があるフロアーだけになった。浩志はエレベーターに乗り、四階で降りた。入口に受付電話すらない小さな会社だった。浩志はかまわず中に入っていった。途中、社員とすれ違ったが見咎《みとが》められることもない。こうした出版社は外部からカメラマンやフリーのジャーナリストがいつでも出入りしているため、堂々としていれば怪しまれることはない。

パーティションの奥に、日刊情報現代と書かれたアクリル版が天井からぶら下がっている。パーティションの隙間から、一九分けにした髪型に襟首《えりくび》が汚れたシャツをだらしなく着ている男が見えた。さしずめ疲れたサラリーマンの代表選手といったところか。

「編集長、ちょっとお話が」

浩志は男のデスクに編集長というプレートを確認すると、以前から知っているかのように話しかけた。

「えーと。どなたでしたっけ」

編集長は、残業続きを物語る、充血した目を向けた。

「渋谷の事件で特ダネがあります。ちょっと別の場所でお話ししたいのですが」

浩志は質問を無視し、馴れ馴れしく耳打ちした。

「渋谷の事件って、代議士の秘書の件ですか？」

編集長は浩志のことを失念したものと思ったらしく、怪しむこともなかった。

「特ダネです」

「それじゃ、会議室に行こう」

机の引き出しから、自分専用の灰皿を取り出すと、編集長は軽い足取りで会議室に案内した。どうやらニコチンが切れていたらしい。

「それで、情報とはなんでしょうか？」

会議室の椅子に腰掛けるなり、編集長は煙草に火をつけた。

「渋谷のスナックが爆破された事件で、爆発物は何が使用されたかご存じですか？」

「警察は爆発物としか発表してないが、時限装置が発見されていないから、私は手製の手投げ弾じゃないかと思っている。違うかね」

「鋭いですね。しかし、手製ではありませんよ、あれは」

そういうと浩志は、持ってきたサブザックからM六七（手榴弾）を取り出し、机の上に置いた。

「これは、米軍の手榴弾じゃないか」

編集長は驚いて煙草を落としそうになった。

「よくご存じでしたね。M六七、通称アップルと呼ばれています」

「それにしても、わざわざ模型を持ってこなくても写真か何かで説明してくれ。びっくりするじゃないか」

「本物ですよ、これは。持ってみれば分かる」

浩志は出掛けに池谷から一個借りてきた。

「バカな」

浩志は編集長に無理矢理アップルを持たせた。それは明らかに模型とは違う重量感と手触りがある。驚いた編集長はくわえていた煙草をひざの上に落とした。

「あっちっ！　冗談はやめてくれ、そもそも君はだれなんだ」

「うるさい。俺の質問に答えろ」

アップルを取り上げると、口調をがらりと変え、浩志は押しの利いた声で尋ねた。

「脅す気か。警察を呼ぶぞ」

「呼べよ」

浩志はセーフティピンを抜いて見せた。

「うわあー」

編集長は椅子から転げ落ち、床を這い回った。

「手榴弾は、セーフティピンを抜いても起爆クリップを外さない限り爆発しない」

浩志は抜いたピンを男の目の前で振って見せた。

「待ってくれ、分かった。手荒なまねはしないでくれ」

「それでいい」

ピンを手榴弾に戻すと、浩志は持ってきた新聞を出した。

「この記事に渋谷のスナックのママは、鬼胴代議士の愛人と書かれている。これは事実か」

「そのことか。愛人かどうかは分からない。だが、鬼胴代議士の口添えであの場所に店が出せたんだ。多分金もそこから出ているはずだ。男が女に特別なことをするのに他に理由があるのか」

「金が出ていることを確認したのか」

「いいや」

「分からないなら、どうしてあんな嘘を書いた」

「部数を伸ばすためのハッタリだ。訴えられなきゃ、それが真実となる。どこの新聞社でもやっていることだ」

「それでもジャーナリストか。ゴシップ屋め」

「わっ、悪いか！　ゴシップ屋でどこが悪い！」

逆切れした編集長は浩志を睨《ね》めつけた。

「ん。やっぱり、どこかで……」

卑屈な目を向けていた編集長の顔色が突然変わった。

「あんた。ひょっとしてあの時の刑事じゃないか」

浩志は男の顔をしげしげと見たが、見覚えのある顔ではなかった。

「そうだ。藤堂刑事。元捜査一課の藤堂さんだね。私だ。私は十年前まで警視庁詰めの記者だった。あんたに自宅前で怒鳴りつけられたことがある」

「あの時のゴキブリか」

殺人容疑がかけられた時、自宅まで押し掛けた記者が何人もいたことを浩志は思い出したが、いちいち顔まで憶えているはずがなかった。

「警視庁を退職し、密告文に従い犯人を追って出国したと聞いた。私もだてに記者はしていなかった。密告文のことは警視庁の幹部から情報は得ていたんだ」

編集長は若き日の記者としての血が蘇ったのか、熱く語った。

「もういい」

浩志は手榴弾をサブザックに入れると席を立った。所詮、記者など信用できないと思ったからだ。

「待ってくれ、あんた、まだ一人で捜査しているんだな」

編集長は浩志の行く手を遮った。

「聞きたいことが、あるんだろう」

「ガセなら、充分だ」

「いや。あんたに嘘を言うつもりはない。何を知りたいんだ」

真剣な眼差しに嘘はなさそうだ。とはいえ浩志からも何らかの情報を期待してのことだろう。

「情報はどこから仕入れた」

「偶然だ。偶然知ったんだ」

美香の店が入っているファッションビルは、文化村の近くということで人気があった。そのため、建設当初からテナント契約が殺到した。

「私の知人がね、テナント契約を直前でキャンセルされたんだ。それがあまりにも理不尽だったために、その人の依頼で原因を調査したのだ。そしたら、鬼胴代議士の秘書が関わっていることが分かった。だが、それ以上のことは分からなかった。当然、記事にもできなかった。もっとも知人も名前が出ることを嫌ってね」

疑惑というものは一旦意識すると、まるで意志を持っているかのように成長し、所有者を底知れぬ苦悩の渦に埋もれさせる。浩志はあてもなく歩いた。気がつくと新宿まで来ており、適当に開いている飲み屋に入って夜を明かした。

三

翌日、浩志はだめもとでまたミスティックに行ってみた。立入禁止のテープは、そのまだが、アップルで大きくゆがんだ扉の隙間から光が漏れていることに気づいた。今にもはずれそうな扉を開けると、瓦礫《がれき》の向こうに沙也加がひざを抱えて座っているのが見えた。

「藤堂さん！」

「後片づけをしていたのか」

浩志の出現にほっとしたのか、沙也加は涙を流し、抱きついてきた。

「どうした？」

「お店は壊されるし、ママはいなくなっちゃうし、私、どうしたらいいの」

沙也加は美香の自宅や携帯に何度も電話をかけたが連絡が取れず、とりあえず一人で店を片づけに来た。だが、いくら掃除をしてみたところで、壁の穴を修復できるわけでもない。どうすることもできず、途方に暮れていたという。

「連絡がつかない？」

一昨日の夜、美香は病院の公衆電話から帰ると連絡してきた。てっきりそのまま自宅に帰ったとばかり浩志は思っていた。

「自宅の場所は知っているか」

「うん。二、三度、遊びに行ったことがある」

「これから一緒に行くか」

店の近くでタクシーを拾うと、小田急線の豪徳寺《ごうとくじ》に向かった。浩志は沙也加から行き先を聞いて、我が耳を疑った。初めて次太夫堀公園の近くで美香に会った時、彼女は店に出る途中だと言っていた。よもや自宅から店への反対の方角にいるとは思わなかったため、彼女の家は、成城学園前より先の喜多見か狛江《こまえ》近辺だと思っていた。豪徳寺は同じ小田急線の駅でも成城学園前よりかなり新宿寄りだ。やはり、あの時公園の付近にいたのは偶然ではなかった。

沙也加に案内された場所は、吹きつけコンクリートも剥げかけた五階建てマンションだった。エレベーターもないところをみると現在の建築基準法が施行される、かなり前につくられたものだろう。三階にある美香の部屋までカビ臭い階段を上がってみた。ペンキが幾重にも上塗りされたドアには新聞が溜まっている。沙也加がドアホンを何度か押してみたが返事はなかった。

「どうやら、ここには帰っていないようだな」

沙也加の前では部屋を調べるわけにはいかないので、すぐにマンションを出た。とりあえず、今日は家に帰るように沙也加に言うと、家まで送れとせがまれた。彼女は明大前《めいだいまえ》に住んでいるらしい。仕方なく小田急線に乗り下北沢まで付き合った。井の頭線に乗り換える沙也加と駅構内で別れ、下り電車に乗ると再び豪徳寺にやってきた。

駅前のコンビニで薄手の白手袋を購入した。美香が事件に巻き込まれていない保証は何もない。指紋を残して警察のやっかいになりたくはなかった。

部屋の前に立つと、浩志はあたりにだれもいないことを確認し、いつも持ち歩いている七つ道具を取りだした。先が曲がった工具を鍵穴に差し込み、十秒とかからず鍵を開けた。この技は刑事時代に逮捕した泥棒から教えてもらったものだ。

部屋に入ると、彼女の微かな香りを感じた。その淡い刺激は、美香の憂いを含んだ顔を思い出させた。その憂いが何に起因するのか、彼女に聞いたこともなかったが、生い立ちが薄幸だったろうことは容易に想像できた。部屋は二LDKで、女性の部屋としては質素で飾り気がない。玄関に近い四畳半ほどの部屋が、ウォークインクローゼットのように使われており、服や靴が整然と置かれていた。奥には大きなソファーが置かれたリビングがあり、小さなキッチンが対面でついている。そして、リビングの隣にはベッドルームがあり、質素な柄のカーテンやベッドカバーに彼女らしいセンスを感じた。どの部屋も荒らされた形跡はない。

　彼女が姿を消してからまだ、二日しか経っていない。こうしている間にも帰ってくるかもしれない。だが、元刑事の嗅覚で、失踪したものと判断し、その手がかりを求めた。まずは玄関の靴入れを調べてみた。やはり、一昨日最後に見た時履いていたベージュのパンプスはなかった。念のため、ウォークインクローゼットになっている部屋も探したがパンプスは見つからなかった。それは、洋服にしても同じことで、一昨日着ていたベージュのスーツは見当たらない。

　一昨日の九時過ぎに美香から電話をもらっている。ここに戻ったとしたら、遅くとも十時以降の痕跡が何らかの形で残っていてもいいはずだ。台所の流しを調べてみる。排水溝も完全に乾いている。浴室も同じで使われた形跡はない。怪我をしているのに自宅以外の場所に泊まるということも考えにくい。

　次に寝室を調べてみた。シーツの乱れもないベッドは主人が不在だと物語っている。その横に大きな本棚があった。経済学や法律の本があるかと思えば、旅行や温泉ガイドブックがその隣に並び、ジャンルは多種多様だ。中でも一番多いのは、料理本で棚の五分の一を占めている。五段ある棚の一番下は、単行本がびっしりと平積みされていた。これもジャンルは多様であるが、その数の多さには驚かされる。相当な読書家らしい。

本棚の隣に化粧鏡つきの飾り机が置かれていた。鏡に自分の姿が映った。この二日間ヒゲもそらず、ろくに眠っていない。ひどいありさまだ。近づいてよく見るとヒゲに白いものが混じっていることに気がついた。この一、二年の間に白髪が増えたことは知っていたが、ヒゲまで侵食されているとは思わなかった。戦地でアサルトライフルが重く感じられるのも無理もない。

気を取り直し机の引き出しを調べると、ジュエリーケースのように使われており、几《き》帳面《ちょうめん》な彼女らしくネックレスやピアスがきれいに並べられていた。

ベッドはちょっと大きめのクイーンサイズで、低反発ウレタンの枕と硬質ウレタンマットを使用している。そういえば、高い枕では眠れないと言っていた。質素なスタイルとちょっとしたこだわりは、浩志の知っている彼女の性格とも合致する。意外性はどこにもなかった。だが、現実は出会った時から裏切られていたのだ。

ベッドの下に衣装ケースが二つあった。一つは、単行本が隙間なくぎっしり詰まっていた。本棚から溢れてしまったのだろう。もう一つの衣装ケースにも本が入っていた。念のため、本を取り出してみると下の方にノートやスクラップブックが入っていた。新聞や雑誌のスクラップがきれいに張りつけられている。

「なんだ？」

一番上に置いてあった真新しいスクラップブックには、最近起こった中野の殺人事件や光が丘の事件がファイルされてあった。次に衣装ケースの下の方から日に焼けたスクラップブックを取り出した。

「ん……」

浩志は言葉を失った。それは、十五年前の喜多見の殺人事件に関するものだった。そのうちの幾つかの切り抜きには、浩志の顔写真も載っていた。彼女は、やはり出会う前から浩志のことを知っていたのだ。

スクラップブックの表紙に通し番号が書いてあった。とりあえず、すべてケースから取り出し、順番に並べてみた。スクラップブックは、二番から始まり、六番で終わっている。一番の番号がふられた物は、どこにもなかった。十五年前の事件は、二番になっている。ということは、一番はそれより古い記事が納められているはずだ。

スクラップブックと一緒に入っていたノートには、個人や企業の住所と電話番号がびっしりと書かれてある。

美香は、何を思ってこれらの記事や情報を集めたのだろうか。

浩志は古い順から記事を丹念に読んだ。

六番目のスクラップブックを読み終えると、心に重石《おもし》をつけたようなつらい気分になってきた。もしかしたら彼女、あるいは身近な存在が自分と同じように、何らかの形で鬼胴代議士に嵌《は》められたのではないか。彼女は、記事の切り抜きを作るたびに、苦しみと悲しみを重ねていたに違いない。そして、復讐を誓い、浩志に近づいたのではないか。ふと、カーテンの隙間から、日がさしていることに気がついた。いつの間にか夜が明けていた。

一番のスクラップブックが読みたかった。それを読めば彼女のことが本当に理解できるに違いない、浩志は確信した。

四

美香が消息を断ち、四日経った。浩志は手がかりを求め、再び彼女のマンションを訪れた。豪徳寺の閑静な住宅街にあるこのマンションは、日中でも都会の喧噪とは無縁である。ドアを開け、玄関に一歩入ってみたが、特に変わった様子はない。主人のいない空間が醸し出す、むなしい静寂があるだけだ。

中に入ろうと靴を脱ごうとした瞬間、胸ポケットの携帯が静寂を嫌うかのように鳴り響いた。

「藤堂さん、ビッグニュースです」

鑑識の木村だった。

「中野の事件で、新たな指紋が見つかりました」

「それがどうした」

「ただの指紋じゃないんです。スタンプで押したようにベッタリついているのです。しかも、あり得ないところに」

　木村は鬼胴代議士の運転手で殺害された井上哲昭の家に日参し、新たな指紋を見つけたようだ。

「あり得ないところ？」

「はい、被害者のベッドの裏です」

「ベッドの裏？」

「そうです。たった一つですが、何か樹脂のようなもので指紋がついていました」

　ベッドの縁から四十センチほどのところに、親指と思われる指紋が一つだけついていたそうだ。しかもパテのような樹脂状のものでつけられているため、劣化することもないらしい。

「まるでサインだな」

　浩志は閃《ひらめ》いた。

「その指紋の持ち主は分かったのか」

「いえ、現在調べています。とりあえず、ご報告と思いまして」

「分かったら、連絡をくれ」

　浩志は部屋を飛び出し、下りの小田急線に飛び乗った。いらだつ思いをしたが、慢性渋滞の世田谷通りをタクシーで飛ばすよりもましだ。成城学園前駅で降りると、次太夫堀公園まで一気に走った。例の都築邸の前まで来ると、畑に二つの人影が見えた。

「藤堂さん！」

最初に声をかけて来たのは哲也だった。今では髪を黒くしており、ごく普通の少年に見える。しかも、日に焼け健康そうだ。その隣で、都築老人が鍬《くわ》を持って立っていた。浩志は肩で息をしながら老人に頭を下げた。

「哲也、お茶にするか」

「じっちゃん、俺、用意するから」

傍《はた》で見ていると、仲のよい祖父と孫にしか見えない。

浩志は今では二人の住まいになっているプレハブの小屋に案内された。

「都築さん、十五年前、事件後に現れた佐伯という刑事について、もう一度お話をお聞かせ願えませんか」

老人は記憶を辿って、その時の様子を詳しく説明した。

「帰る時は、どんな様子でしたか」

「そうだなあ、何か考えているように腑に落ちない、という顔をしていたような……」

「腑に落ちない？　その刑事は、家に入って何をしたか憶えていますか」

「私は、玄関を開けただけで入らなかった。中に入りたくなかったのですよ」

「お気持ち、察します」

「それが、何か？」

「もう一度、家の中を見せていただけませんか。調べたいことがあります」

浩志は老人から、片栗粉と脱脂綿を借りた。一人で家の中に入ると、和道氏が殺害された二階の書斎にまっすぐ行った。部屋の奥にある机の引き出しを親指で押さえつけ、指紋をつけてみた。片栗粉をたっぷりつけた脱脂綿で、指紋の上を軽く叩き、別の脱脂綿で粉を軽く叩くように拭き取ってみた。親指の指紋がうっすらと浮き出してきた。通常指紋採取する場合、アルミ粉の他に黒色粉末などが検出素材に合わせて調合されるが、この際贅沢は言えない。片栗粉の具合を調べると浩志は、引き出しの中にあるものを床に出し、引き出しの内側を同じように片栗粉で調べ、最後に引き出しの底と側面を調べてみた。

「！……」

引き出しの奥の側面に、指紋らしきものが浮かび上がった。しかもたった一つ。すぐさま携帯を取り出すと、浩志は警視庁の鑑識課に連絡をした。

「木村か、すぐに指紋採取の道具を持って来てくれ！」

「はい？」

「サインが見つかったんだ！」

「サイン？」

「指紋だよ。指紋！」

「今、どこにいらっしゃいますか？」

「喜多見の都築邸だ。ぐずぐずするな！」

珍しく浩志は興奮していた。

一時間後、鑑識の木村と検死官の新庄がバンに乗って現れた。

「藤堂さん、道具もないのによく指紋が見つかりましたね」

木村は、引き出しをしげしげと見て感心したようだ。

「俺のつけた片栗粉は、拭き取って改めて採取してくれ。その指紋は簡単に落ちない。なんせ十五年もそこにあるのだからな」

浩志が見つけた指紋は、やはりパテのようなものでつけられていた。普通指紋というものは経年による劣化は免れない。だが、樹脂状のものを触った手でつけられた指紋は劣化せずに長年残ることがある。また、一度でも検出作業した指紋は再度検出することは難しいが、この場合その心配もなかった。したがって、鑑識課の木村が指紋を検出すれば、法的根拠を持った証拠資料として裁判でも採用されることになる。

「藤堂君、君はこの指紋をどう思うかね」

新庄は、木村の作業を見ながら尋ねた。

「自分の作品に対するサインじゃないかと思います」

残虐な殺人を犯し、それを作品と見たてた犯人が指紋をサインとして残したのではないかと、浩志は考えた。

「実は、君がサインじゃないかと電話で話していたと聞いて、気になることが出て来たんだ」

「気になること？」

「君のいうように、この指紋が中野で見つかったものと合致したとしよう。すると確かにこれらの指紋は、犯人のサインあるいは落款《らっかん》だといえる。犯人は、猟奇的殺人を犯した性格異常者とほぼ断定してよいだろう。君は一連の事件が政治的なものでそれを隠蔽するために、異常者の犯行に見せ掛けていると主張していたね。だとしたら、つまりこういうことかね。その政治的な組織、あるいは人物が、何ら被害者に接点のない快楽殺人者に、犯行を依頼した、と」

「そうです。実際、事件当時から単独犯による猟奇的殺人とされ、その意味では、銃を使った真犯人の意図する捜査がされました」

「真犯人？　なるほど、共謀か……」

新庄は長い間、腕を組んで考えた。

「実は、藤堂君、先ほど気になることがあると言ったのは、別の意味もあるのだ」

「別の？」

「そうだ。私は、K大学の法医学教授とともに、殺された鬼胴代議士の運転手、井上哲昭の傷口を詳しく調べ、凶器をほぼ確定した」

「分かったのですか」

「傷口の深さ、角度、断面などから、手術用メスが使われたと考えている。しかもそれを使った犯人は、かなりそれを使い慣れている。というより、高度な技術を持っている」

「ということは、手術経験を積んだ外科医ですか？」

「その可能性は、大だ」

五

新庄は咳払いを一つすると、眉間に皺をよせ語りはじめた。

「二週間前、私は東京で開かれた法医学の学会に出席した。その学会でS大学の新井田《あらいだ》教授が出血量による死亡時刻の特定という内容で研究発表をしたのだ」

「特に目新しい題材とは思われませんが」

浩志は怪訝な顔で聞いた。

「そうだ。内容的には新しいものではなかった。だが、その論文に添付された資料が学会で話題を呼んだのだ」

資料は、手首の動脈を切断した場合、その出血量を心停止に至るまでをグラフに表したものだった。もちろん現実的にそんなことはできない。コンピュータ解析によるデータだと新井田教授は説明していた。資料には窒息死による脳死状態と、睡眠薬による昏睡状態の場合など、様々な状況下でのデータがあった。また、水圧をコンピュータで調整できる装置を使い、血液に見立てた赤い液体をデータに基づき流すという実証実験も行なわれ、その写真も添付されていた。

「通常こうした写真は、研究室で行なわれるから背景は同じものだ。だが、教授は法医学の観点から殺人現場を想定して実験を行なったと説明したんだ。ある写真は、白壁だったり、浴室だったりと、近くに本当に死体があるんじゃないかと思うくらいどの写真もリアリティがあり、学会参加者から悪趣味だとクレームが出たほどだ」

浩志は、不快な予感が込み上げてくるのを覚えた。

「実際の殺人現場と一致したのですね」

「鋭いね。江東区《こうとう》で一年前、女性が浴室で手首を切って自殺したとされる事件があった。その浴室のタイルと、教授の提出した一部の実験写真のタイルが同じ物だったのだ。気づいたのは、私だけだ。なんせ、その事件は初めから自殺と断定されたために、検死解剖もされなかったからね」

「新さんも現場検証されたのですか」

「その自殺した女性は、知人の奥さんだったんだ。私は事件を知らされると要請もないのにすぐに現場に駆けつけた。だからよく憶えていた。後で、教授の資料と鑑識の写真と比べてみたが間違いなく同じものだったよ」

「新さんも、当時自殺と断定されたのですか」

「情けないことに、私自身、欺《あざむ》かれたようだ。なんせ手首にはためらい傷もあったからな」

一般的に自殺者は、一度で致命的な傷を自ら入れることができず、何度も自分を傷つける。ベテランの検死官も欺くほど巧妙だったのだろう。

「再捜査はされているのですか」

「それが、一課の佐竹君にも話してみたが、タイルの写真だけでは弱いと言われてしまったよ。偶然の一致といわれたら、それまでだからね。とはいえ、部下の杉野君にあたらせているようだが」

「確かに弱いですね」

「くそう、犯人を挙げるチャンスなのに、こんな時、警察の機動力が使えないなんて」

新庄は、身内を警戒するあまり、まともな捜査ができないことにいらだちを隠さなかった。

「新さん。限られた人数だからこそ、ここまで捜査が進んだのですよ」

「すまない。君は十五年もの間、一人で捜査を続けてきたのに、その間何もしなかった私が腹を立てるなんて、恥ずかしいよ」

「大丈夫です。我々だけでも捜査は、続けられますから」

「そうだな」

新庄は溜め息をつきながらも納得した。

「あのう、作業が終了しました」

木村が二人の話になかなか入れず、遠慮していたようだ。

「指紋は、問題なく採取できました。念のために他も探してみましたが、見あたりませんでした。藤堂さん、どうしてここに指紋があると分かったのですか」

「指紋がサインとしてつけられているのなら、最後の殺人が行なわれた場所にあるに違いないと思ったのだ」

「しかし、この事件にもサインがあるとどうして思われたのですか」

「事件後に偽刑事が、ここを訪れている。その意味をずっと考えていたんだ」

「それとどういう関係があるのですか」

「偽刑事に扮した男は事件後、犯人から指紋をわざと残してきたと聞かされたんじゃないか。とすると慌ててそれを消しに来たとしてもおかしくはない」

「なるほど、確かにつじつまが合いますね」

「偽刑事は共犯者だ。だから指紋を消しに来たのだが、結局、見つからなかった。多分、樹脂で指紋をつけたとまでは聞かされてなかったのだろう。それに、分かりにくい場所にあれば、時間が経てば消えると思ったんじゃないか」

「そんなところだろうな。指紋をつけた犯人も消されたくなかったので、詳しく教えなかったのだろう」

新庄も相槌を打った。

「ところで、その新井田教授ですが、自殺したとされる女性だけでなく、他にも無数の殺人を犯して来た可能性も考えられますか」

木村が新庄に尋ねた。

「なんせ法医学の教授だ。殺人を隠蔽する術《すべ》は心得ているはずだ。私が騙《だま》されたくらいだからね。たとえ殺人事件として捜査されたとしても、被害者とはなんの接点もないだろう。捜査線上にのぼることもない。彼の提出した研究資料の数だけ事件の存在する可能性がある」

「江東区の自殺現場にサインはありましたか？」

「なんせ自殺として扱われたから、鑑識も念入りな指紋検出作業はしなかった。もう一度現場を調べる必要があるな」

新庄は腕組みをして深い溜め息をついた。

「もしこの指紋があの教授のものなら、いずれ照合することはできるとは思うが」

新庄は、苦いものでも飲み込んだかのように眉根を寄せた。

「新井田は、若いころ、実験で両手にやけどを負ったということで、いつも手袋をしているのだ」

「逮捕状でも出さない限り、指紋を採るのは難しいですね」

「そういうことになるな」

「そいつは、決して指紋を残さないように普段から備えているに違いない」

確信があるものの、これは一筋縄ではいかない、と浩志は感じた。

三人が家を出ると都築老人が、哲也と二人で畑仕事をしながら待っていた。

浩志は新たな指紋が発見された事実だけ老人に話した。今の段階で被害者の肉親に話すことは他に何もないからだ。老人はお茶でもと引き止めたが、新庄と木村は丁重に辞退し、そのまま帰った。

「藤堂さん、せめてお茶ぐらい出させてください」

老人は、浩志に深々と腰を曲げた。新庄たちが断ったこともあり、渋々付き合うことにした。

老人の住んでいる平屋は、どことは言えないが、以前とは違う明るさがあった。単純に哲也の荷物が増えているせいかもしれないが、部屋の空気さえ軽く感じた。

哲也はかいがいしくお茶の用意をしながら、報告でもするかのように農作業について話しはじめた。その口調が異常に多弁だ。何か、腹に持っているに違いない。

「哲也、何か言いたいことがあるのか」

浩志は、止めどもなく話を続ける哲也を遮った。哲也は、一瞬戸惑ったように息を飲んだが、意を決したかのように口を開いた。

「実は、俺、大学に行きたいんだ」

「高校を出ないで、どうやって大学に行くんだ」

「高校は、行かないよ。高校に行くお金、もったいないから。大検で、高卒の資格はとれるんだろ。大学のお金は、何年かかるか分からないけど働いて稼ぐつもりだし、成績がよければ奨学金だってもらえる。藤堂さん、用賀《ようが》に農業大学があるだろう。俺、あそこに行って農業の研究をしたいんだ」

「農業の研究？」

「じっちゃんにアフリカじゃ、水不足でちゃんとした農作物が育たないって聞いたんだ。だから、水が少ないところでも栽培できる農作物の研究をしたい。そしたら、飢えで苦しむ子供たちを救えるだろう」

哲也の顔は真剣そのものだった。老人は、にこにこしながら彼を見ていた。

「俺はアフリカで餓死していく子供や、十歳にならない子供が銃を担いで戦争をしているのをずいぶん見てきた」

「ひでえ。そんなことって、ありかよ。じゃあ、なおさら頑張らなくちゃ。これまで無駄にしてきた分を取り戻すんだ」

「変わったな。おまえは」

浩志の目の前にいる少年に、けちな犯罪を生業にしていた影などどこにもない。

「藤堂さん、哲也だけじゃありませんよ。彼のおかげで、私も変わった。生きていることが本当に楽しくて仕方がない。おかげで、百まで生きようと思っています」

都築老人が胸を叩いてみせた。

「じっちゃん、だめだよそんなことじゃ。百までじゃ、後何年もないから、せめて百二十までにしてくれよ」

「百二十か、それはちょっとくたびれるかもしれんなあ」

二人は、大きな声で笑った。浩志の表情も弛《ゆる》んだ。

「哲也、例のことも藤堂さんに話してみなさい」

「うん。藤堂さんには一人で頑張ってみろって言われてたよね」

哲也が急に神妙な顔をして姿勢をただした。

「それがどうかしたのか」

「ここで俺ばっかり幸せになっちゃ、いけないと思うんだ」

「仲間のことか」

「そう。じっちゃんに相談したら、みんなここに呼べって言ってくれたんだ。いいかな？」

「ふざけるな。都築さんに甘え過ぎだ」

「藤堂さん。違うのですよ。聞くところによると、哲也の仲間はみんな児童養護施設に入れられているそうです。それならと、私が呼びなさいと彼に言ったのです。何、私はここで寺子屋でも開こうかと思っているのです」

それは農業を学びながら大検をとる塾のようなものだと、老人は言う。

「私も哲也に刺激されまして、遅まきながら教育者としてもう一度働こうかと思っているのです」

哲也との出会いは老人にとっても予想外の好結果になったようだ。ここにはすでに殺人事件の影はない。年の差はあれ二人は互いに刺激しあい、人生をやり直すことができたようだ。

思いのほか遅くなり、帰りは川沿いの道を歩いた。左手に次太夫堀公園の木立が、浩志の心を映すかのように大きな闇を広げている。夜が明ければこの闇は消えるが、自分の心の闇は消えることはない。また、それを消そうとも思わなかった。

陥落

一

美香が失踪してから一週間が過ぎようとしていた。これまで浩志は、聞き込み捜査のかたわら、彼女の部屋を徹底的に調べた。なぜか、身元を確認できるものは、免許証はおろか、請求書のたぐいまで一切ない。住民票も調べたが、登録すらされていなかった。意図的に身元を隠しているのは明らかだ。

沙也加に、もう一度詳しく話を聞こうと連絡をとった。彼女が待ち合わせに指定したのは、下北沢のイタ飯屋だった。下北はフランス料理、イタリア料理、中華料理、ベトナム料理、もちろん日本料理など多国籍の料理店が狭い地域に密集している。どの店も気取らず、値段も手ごろなことから若者を中心に人気がある。

駅の裏通りから茶沢通りに出た。ここまで来るといつの間にか人ごみは消え、店もまばらくになる。約束の時間は午後六時、すでに十分ほど過ぎていた。三軒茶屋《さんげんぢゃや》方向にしばらく歩くと目的の店が見えた。通りに面した「フラッペ」という小さな南イタリア料理の店だ。沙也加のお気に入りと聞いている。ここから丸池屋は歩いて十分とかからない。浩志にとっても都合のいい場所だった。

ドアを開けるとニンニクを炒めた香ばしい香りが鼻孔を刺激した。

沙也加はすでにカウンター席に座っていた。ドアの音に振り向いた彼女に浩志は軽く頷き、その隣に座った。

「飲み物は、いかがいたしましょうか？」

カウンターの女性がさっそく飲み物の注文を聞いて来た。さすがにバーボンは置いてないと思い、浩志はビールを頼んだ。

「ママったら、本当にどこ行っちゃったのかしら」

「それが分かればな」

「知っていたら、話してるわよ」

沙也加はわざとふてくされて見せた。

「分かっている。何か手がかりになることを聞こうと思っているだけだ」

「この前話したように行き先はまったく見当つかないし、他になにかあるかな」

「ママの森美香という名前だが、本名か」

「あのね。本当言うと私もよく知らないの。前ね、ママの免許証を見せてって言ったら、年がばれるからだめだって言われたの。でもよく考えると、本名を知られたくなかったのかなあ」

「なるほど」

「そうそう、二年ぐらい前だったかなあ。常連で人相の悪いおやじがいるんだけど、酔っぱらってママのことをユミって呼んだの」

「ユミ？」

「そう、確かユミだったと思う。そしたら、ママったら、私の名前を間違えないでって怒っていたわ。なんか前から知っているお客さんみたいだったけど」

「そんなことで、怒ったのか」

「私も、びっくりって感じ。怒ったママ見たの、あの時が初めてかも」

「その男はよく来るのか？」

「オープン以来の常連。開店したころは、毎日のように来てたけど。普通は週に、一、二回ってところかな」

「名前は？」

「えーとね。ナカオさん、あれ、ナカイさんだっけかな」

沙也加は天井を見上げ、しばらく考えたが、

「やっぱりだめ。私、いやな客のことは憶えないようにしているから。それにママからも、相手にしなくていいって言われていたし。そういうところがママの優しいところなのよね」

浩志は、ナのつく常連に引っ掛かりを感じた。

「お腹すいちゃった」

「適当に頼んでくれ」

そういうと、浩志はトイレに入り携帯で杉野を呼び出した。

「気狂い博士の捜査は、進んでいるか？」

浩志は一連の変質者による事件を新井田教授が犯人と決めつけ、気狂い博士と呼んでいた。

「それが、相変わらずでして。それより、藤堂さんのおっしゃるように、庁内で鬼胴代議士の話をするのは、今タブーになっています。係長からも、しばらく様子をみるように言われました」

鬼胴巌は一連の事件について、記者会見をした。まず私設秘書の自殺に対して、秘書の素行が悪いことを理由に解雇したのが原因だろうと言ってのけた。また、景山の会社との関係に関しては、自殺した秘書が設立時に勝手に名義貸しをしていたので、自分にはまったく関係ないと説明した。死人に口なし、関係者が死亡しているため、マスコミの追及も限界があった。結局、鬼胴はとかげのしっぽ切りをして身の安全を図ることができたのである。

「奴の勢力が衰えていないから、警察幹部の腰が引けているのだろう」

「そうなんですよ」

「杉野、飯は食ったか？」

「いえ、まだです」

「下北で、イタ飯おごるから、来ないか？」

「イタ飯って、イタリア料理のことですか？」

「他に何がある」

「いえ、炒めたご飯かと」

「バカなこと言ってないで、来るのか来ないのか！」

「はい、お伺いします」

「来る時に、中村の写真を持って来てくれ」

「了解しました」

携帯を切ると、何食わぬ顔で席に戻った。

「知り合いが、ここに来ることになった」

「ええー。知り合いって、女の子？」

途端に沙也加は膨れっ面になった。

「いいや、渋い男だ。俺より一回り若い」

「男の人か。うーん、しょうがないなあ」

若くて渋いという言葉に沙也加の顔が弛んだ。

一時間もしないうちに杉野は店に現れた。相変わらずのくたびれたスーツ姿だ。

「あれ、藤堂さん、女性とご一緒だったんですか。お邪魔していいんですか」

沙也加を見た途端、杉野はネクタイを締め直した。沙也加は異常を見つける工業ロボットのように目線を下から上に動かし、雨風にさらされたかのようにくたびれたスーツに呆れたのか、口をあんぐりと開けた。

「まあ、座れ」

浩志は杉野を隣に座らせた。

「この女性は、渋谷の爆破事件の被害者《ガイシャ》だ」

「藤堂さん、ひどい。被害者《ガイシャ》だなんて、まるで私が死んじゃったみたいじゃない」

沙也加を被害者扱いするつもりはなかったが、相手が刑事だとつい昔の習慣が出てしまうらしい。浩志は不服げな沙也加を無視し、彼女に聞こえないように小声で杉野と話した。

「俺はあの店の常連で、事件の現場にいたんだ」

「本当ですか！」

　杉野は思わず大きな声を出し、慌てて自分の口を塞いだ。

「あれは俺を狙ったものだ」

「あの事件で渋谷署は大騒ぎですよ。しかもあの日、鬼胴代議士の秘書が宮下公園で自殺しましたからね」

　杉野は浩志の表情を読みとるかのように覗き込んだ。

「ひょっとして、自殺事件にも絡んでいるのですか？」

「さあな。奴がどう死のうが俺の知ったことじゃない」

　杉野が相手だからといって、自ら関係していることをばらすほど目の前の男を信用しているわけではない。なんと言っても現役の刑事だ。

「直接見たわけじゃないが、あいつがアップルを投げたに違いない」

「アップルって、手榴弾のことですか？」

「そうだ。それから奴の銃を調べてみろ、俺を狙撃したのと一致するんじゃないか」

「えっ、それじゃ、光が丘の事件もあいつの仕業なのですか？」

「そう考えるとつじつまが合う」

「なるほど、分かりました。調べてみます」

「ちょっと、二人で何話しているの。ひょっとしてこの人、警察の人？」

二人がひそひそと何やら危ない話をしているので、たまらず沙也加は話に割り込んだ。

浩志が杉野に頷いてみせた。

「私は杉野大二。警視庁捜査一課に所属しています」

「待ってよ。そしたら藤堂さんも警察の人？」

沙也加は驚いて声を上げた。

「声が、大きい。こいつはただの知り合いだ」

「ごめんなさい。そうよね。藤堂さんって、どう見ても警察の人って感じじゃないもんね」

浩志は思わず苦笑したが、隣でバカ笑いする杉野に肘鉄を喰らわせてやった。

「ところで、持ってきたか？」

「もちろんです」

杉野は頼まれた中村の写真を出した。

「例の人相の悪い男って、こいつじゃないのか？」

浩志から手渡された写真を見て、沙也加の顔が青ざめた。

「心配しなくていい。こいつは今、外国の刑務所にいる」

「よかった」

「こいつ、マルボロを切らしちゃってさ。どこかで買ってきてくれないか。ヘビースモーカーなんだ」

「いいわよ」

浩志は体よく沙也加を店から追い出した。

「中村のことをどうして彼女が知っているんですか？」

「店の常連客だったそうだ。しかもママとは古い付き合いだったらしい」

「店のママのことは、本庁の担当者が連絡がとれないとぼやいていましたが、どうなっているのですか。担当者は恐くなって逃げ出したのだろうとのんきなことを言っていましたが」

「一週間前から行方不明になっている。未だに所在は掴めていない」

「ママは怪我をしたと聞いていますが」

「ひょっとして、敵は俺と一緒に消そうとしたのかもしれない」

鬼胴と何らかの接点があったとしたら、可能性は充分に考えられる。

「中村と関係を持っていたとしたら、なおさら恐くなって逃げ出したのかもしれませんね」

あるいは、殺害されたかもしれないという言葉を浩志は呑み込んだ。美香を疑う一方、彼女に生きていて欲しいという複雑な思いがあった。

「ところで、藤堂さん、例の大学教授も、今朝、出張先の名古屋《なごや》から姿を消したようです。出がけに名古屋の中警察署《なか》から連絡が入りました」

「何！　新井田が……」

店のドアが勢いよく開いたかと思ったら、沙也加が戻ってきた。

「ヘビースモーカーって聞いたから、二箱買ってきちゃった」

浩志と杉野は目を合わせ、打ち合わせが終わったことを了承した。

「あら、まだ頼んでないの？　私が選んだげる。杉野さん嫌いなものある？」

沙也加がいつもの陽気な声を出した。

浩志はカウンターのメニューを取ろうと手を伸ばした。

ポケットの携帯がメールの受信を知らせ、振動した。

「！」

緊張が走った。携帯のアドレスを知っている者は、丸池屋の人間しかいない。使用方法も限られている。メールを確認すると、「ＳＯＳ－〇二」とたった一行表示された。

「後は二人でやってくれ、急用ができた」

呆然とする二人を残し、浩志は店を飛び出した。

二

浩志は丸池屋に向かって全速力で走った。

傭兵代理店の仕事は海外の戦地に傭兵を紹介するだけではない。要人警護や人質奪回など、多岐にわたる。また、代理店と契約する上位ランクの傭兵には、サポートプログラムという援護システムがついている。だが、この契約は相互補完という形が取られている。つまり、代理店は契約している傭兵を守る義務があるが、同時に傭兵も代理店を守る義務があるのだ。そのため、契約した傭兵は常に通信手段を確保し、丸池屋からの救助要請を受け取り次第、駆けつけなければならない。もっとも、連絡を受けた傭兵が、都内にいればの話である。浩志の場合、それはメールという形で送られてきた。ＳＯＳの次の「〇一」は、丸池屋を意味するコードで、店が襲撃されたことを意味する。

走りながら浩志は、丸池屋の緊急回線に電話した。すでに店が見える場所まで来ていた。

「藤堂さんですか。今どちらにいらっしゃいますか?」

土屋友恵の切迫した声が聞こえてきた。

「目の前だ」

「うそ！　本当ですか？　助かりました。私もうだめかと思いました」

「いいから、状況を説明しろ」

「すみません。武装集団に襲撃され、地上階をほぼ制圧されました。名取《なとり》と黒川が負傷したようです。瀬川は、所在不明です。私はスタッフエリアの地下通路に隠れています」

「他に誰かと連絡とれたか」

「はい、寺脇京介が二十分後に、浅岡辰也が三十分後に着くそうです」

京介は浩志の推薦でランクがCからBに上がっていた。そのため、サポートプログラムも受けられるようになった。

「遅い」

浩志は路地の陰から様子を窺ってみた。丸池屋の前に二台の黒いバンが止まっている。また店の前と一軒おいた秘密倉庫の前に作業服を着た男が一人ずつ立っている。どちらもジャケットのポケットに手を入れ、あたりを警戒している。ポケットに、忍ばせた銃を握っているに違いない。閉店間際の隙をついたのだろうが、それにしても時刻はまだ午後七時半過ぎ、宵《よい》の口だ。しかも町中で襲撃するとは尋常ではない。浩志は倉庫の裏手に出るように路地を迂回《うかい》した。そして、見張りをする男の前をさりげなく通り、また引き返すと、頭をかきながら愛想笑いをした。

「すみません。この辺に焼き肉屋があると思うんだけど、知りませんか」

「知らない」

「隠れた名店で、外見は民家みたいだと聞いてきたんだけどな」

「この辺の者じゃないんだ」

「ほら、あの家。あれがそうじゃないかな」

浩志は手招きをして、狭い路地に男を誘った。男は浩志を追い払おうと近づき、丸池屋の前にいる見張りの死角に入った。浩志は、すかさず男の首をひねり、鳩尾《みぞおち》に三発ひざ蹴りを喰らわせ気絶させた。実戦経験の少ない者は、武器を持っていることへの過信から警戒心が足りないものだ。男のジャケットを探ると案の定、ポケットに銃があった。ホールドが悪い見なれない銃だ。浩志はそれを低く構え、丸池屋の角から入口を見やった。さっき見た見張りがいない。

店の反対側の角から、別の男が顔を出した。

「藤堂さん！」

「脱出したのか、瀬川」

「いえ、近所に買い物に出かけていて助かりました」

瀬川は入口の男をすでに倒したらしい。浩志と同じ銃を握っていた。

「土屋君から、制圧されたと聞いたぞ」

「彼女はコマンドではありませんから。地上階を制圧されても問題ありません」

「とりあえず、踏み込むか」

浩志は瀬川を援護につければ、敵が多人数でも対処できると判断した。

「藤堂さん。隠し扉から入りましょう。ご案内します」

瀬川は倉庫の角を曲がると、路地のマンホールを持ち上げた。通常のマンホールの蓋《ふた》とは違う把手《とって》がついており、簡単に持ち上がるようになっていた。

浩志は唖然としたが、池谷の言った「秘密軍事基地」という言葉を思い出し、なるほどと納得した。浩志が先に降り、瀬川はマンホールの蓋を閉めながら後から降りた。蓋が閉まると同時に、赤いライトが構内に点灯した。

「こちらです」

瀬川は、下水道を五メートルほど進み、天井の穴に親指を押しあてた。

「これは、指紋センサーです」

センサーが作動したのか、右側の壁がするすると開き、中から友恵が出て来た。

「藤堂さん、瀬川さんも、よかった」

瀬川は、通路のドアを閉め、入口付近の棚を開けた。中には様々なハンドガンやアサルトライフルが並べてあった。

「奴らの九ミリ拳銃は使いにくいと思いますので、別の銃を使いましょう」

「九ミリ拳銃！　自衛隊の銃か」

浩志は驚き、改めて手の中の銃を見つめた。

「この銃も、闇に流れているのか」

「さあ、どうでしょう。闇に流すことは簡単でしょうが、買う人間がいるかどうかですね」

浩志は、棚からサイレンサーつきのベレッタを選んだ。すぐにカートリッジの弾倉に弾が入っているか確認し、予備のカートリッジをポケットに突っ込んだ。

「行くか」

二人は、幅九十センチほどの通路を走った。十メートルほど進むと通路は倍の広さになり、壁には幾つものモニターが並んでいる。

「ここは、緊急時のサブコントロールルームになっています」

モニターは、地上の各部屋を映し出していた。

「名取がやられています」

コマンドスタッフの名取が、質屋の店側で仰向けに倒れているのが、モニターに映し出されている。もう一人のコマンド、黒川は縛られ座らされている。二人とも店先から侵入した敵と交戦したようだ。黒川の近くに見知らぬ三人の男が寝かされ、銃を持った男がその側で見張りをしている。敵も負傷者を出したようだ。外で作業服を着た見張りと違い、彼らはいずれも黒い戦闘服を着込んで自動小銃を身につけていた。

「社長は無事なようです」

池谷は応接室の椅子に座らされ、その周りを四人の男が取り囲んでいる。他の部屋にはだれもいない。敵は表の二人も加え、十人で襲撃してきたようだ。

「藤堂さん、こいつを使いましょう」

瀬川が壁の棚から取り出した物は、スタングレネード（手投げ閃光弾）だった。テロ対策として使われる武器で、強力な閃光と大きな音で敵の動きを止めてしまうため、催涙ガスよりも効果は絶大である。

「いいものがあるじゃないか」

浩志は感心した。

「ただし、こいつは音無仕様にしてあるため、効果は半減しますが、充分でしょう」

民家が密集する住宅地のことを考えたカスタム仕様になっている。襲撃を許したものの、様々な危機管理がされていたようだ。

「よし、俺は応接室から、瀬川は店側から突入してくれ」

「分かりました」

二人は地下通路から、質屋の奥の廊下に出た。

浩志は応接室のドアをいきなり開け、スタングレネードを投げ込んだ。ドアの隙間から凄まじい閃光が漏れた。それは一瞬目を閉じた浩志にも感じられるほど強烈なものだった。そして間髪入れず、白煙立ちこめる部屋に飛び込むと、ショック状態の男たちの腕と足を撃ち抜いた。四人の男たちは応戦もできず、次々と力尽きたコマのように倒れていった。

「藤堂さん、こっちは片づきました」

店側のドアが開き、瀬川が顔を出すと、その後ろから右腕を負傷した黒川が現れた。

「大丈夫か、黒川」

浩志の労《ねぎら》いに黒川は頷いたが、

「私は、大丈夫ですが、名取が、死にました」

その声は震えていた。

「くそっ」

浩志は、拳《こぶし》を壁に叩きつけた。立て続けに襲撃された上、知る人ぞ知るはずの傭兵代理店まで襲われた。しかも武装した集団によって。どうやら敵を甘く見過ぎていたようだ。

瀬川に表で気絶している男たちを運ばせ、浩志と黒川は、撃たれた男たちを縛り上げた。しばらくすると、閃光で気絶していた池谷が目を覚ました。

「なんてことだ。名取君を死なせてしまったのか」

池谷は白髪頭を抱え、喚いた。

「すまない。池谷さん。俺がここにやっかいになったばかりに、襲撃されたんだ」

浩志は敵が相次ぐ失策に業を煮やし、多人数で抹殺を図ったに違いないと思った。

「違うのです。藤堂さん。多分あなた一人を狙ったものではないでしょう」

「それじゃ、敵は、ここがどういうところか分かった上で襲撃したというのか」

「そうです。いくら藤堂さんが凄腕とはいえ、彼らの装備は尋常ではありません。我々の殲滅《せんめつ》を図り、藤堂さんを孤立させることを狙ったと考える方が自然です」

「………」

「それに、私にはだれの命令で襲撃してきたのか、おおよそ分かっているのですよ」

「何！」

「この者たちは、ある機関の特殊部隊隊員に違いありません」

三

「特殊部隊！」

浩志はさすがに特殊部隊にまで命を狙われる憶えはない。

「藤堂さん、あなたにはすべてをお話ししましょう」

池谷は姿勢を正した。

「十三年前、この店を亡くなった父から引き継ぐ前、私は防衛省、当時はまだ防衛庁でしたが、防衛局調査課の課長をしておりました。現在は、省内の情報機関は統合され、情報本部となりましたが、防衛局の時代から情報本部は、日本のＣＩＡと言われ、防衛省の中でも独立した機関になっております」

「ああ、大使館の武官は自衛隊員で、スパイ活動をしていると何かの雑誌で見たことがある」

浩志は池谷が元政府関係者だったと聞いても、驚くことはなかった。

「まさか。彼らはむしろ表の人間でして、他国の武官と情報交換することはありますが、スパイ活動などしません。しかし、防衛局が擁する情報員は生粋《きっすい》のスパイで海外に行く時も一般人として出国しています」

「すると、あんたはスパイの管理職だったというわけか」

「まあ、そんなところです」

池谷は渋面をして曖昧に答えた。

「事の始まりは、鬼胴代議士が防衛庁長官に就任したことです。普通の政治家は、その資金源を大企業に求めるところを、彼は自衛隊に求めたのです。兵器産業に関わっている企業の株を買い占め、そこの製品を積極的に防衛庁に売り込みました。いかんせん相手は長官ですから、防衛庁は断ることもできずに製品を高く売りつけられました。それだけならいざ知らず、鬼胴は自社の製品を輸出禁止国に売りはじめたのです。そのことに気がついたのは、鬼胴が株主になっている貿易会社の社長都築和道氏です」

「なんだって！」

浩志が驚くのも無理はない。警官を辞め、傭兵となるきっかけになったのは、都築家の殺人事件だったからだ。

「そうなのです。都築氏は自社が扱う製品を鬼胴の指示でフィリピンに売っていたのですが、取引先が北朝鮮やリビアに転売していたのです。その事実を掴み、彼は警察に訴えるつもりでした」

「それで、消されたのか」

「そうです。鬼胴はそれを阻止すべく、自分の息がかかった人間に殺害の依頼をしたのです」

「それはだれなんだ」

「当時の防衛局副局長です。彼は八年前に亡くなっていますが、特殊な捜査員を使ったようです」

「S大の新井田教授は関係していないのか」

浩志は池谷に詰め寄った。

「なぜ、そのことを」

池谷は絶句した。

「さすがですね。まだ公《おおやけ》にはなっていませんが、最近、不動産会社社長の暗殺を依頼した暴力団幹部が逮捕され、その幹部が過去に雇ったプロの殺し屋として新井田の名前を挙げました。裏の世界では性格異常者を装うプロの殺し屋として名が通っているそうです。残念ながら物的証拠に乏しく、まだ逮捕には到っていません。当時、新井田は、S大学医学部の研究助手でした。確かに共犯者だということは間違いなさそうですが、主犯格ではないはずです。なぜなら、新井田は、銃は使いません。銃を使った者こそ、主犯格であり、副局長の雇った捜査員ではないかと思われます」

「………」

「その捜査員は正規の自衛隊員ではなかったため、未だに正体は分かっていません。副局長は、極秘の任務をこなす私的な捜査員を雇っていたようです。当時ＣＩＡ出身の凄腕だという噂もありましたが、それも定かではありません」

「あんたは俺と何年も顔を突き合わせておきながら、よく黙っていたもんだ」

浩志は落ち着いた口調とは裏腹に、怒りを含んだ目つきで池谷を見据えた。

「申し訳ありませんでした。私は確かに最初から事の真相を知っておりましたが、組織の厳しい規定により、お話しすることができませんでした」

池谷は、浩志の厳しい視線を外すように俯いた。

気まずい沈黙の後に浩志は口を開いた。

「どうして俺があの事件で陥れられたのだ」

「それは、未だに謎です。銃をすり替え、相方の片桐刑事を抹殺してまで藤堂さんを犯人に仕立てる必要性があったのか、大きな謎ですね」

「一介の刑事を殺人犯に仕立てたところでだれかが得するとも思えない。むしろトリックを使った分、証拠を残す危険性があったはずだ。もっとも当時の捜査はずさんで、証拠もなくなってしまったが」

「そうです。警視庁もそうですが、我々調査課にも長官から強力な圧力がかかり、捜査はいつの間にか形骸化してしまいました。それに捜査資料は鬼胴の指示で密かに処分されましたから」

当時の資料として残っているのは書類だけで、採取した髪の毛やごみなどの物的証拠はすべて闇に葬られていた。

「だが俺を密告してきた奴は、妙なことに犯人の行方を知らせてきた」

「ええ、知っています。亡くなられた高野さんが、その件を警視庁に報告されましたから」

高野は警視庁が組織的に動くように働きをかけていた。

「そうだったのか」

改めて高野のありがたさを浩志は痛感した。

「むろん警視庁は動きませんでした。ただその情報は我々にも伝わってきました」

「当初俺はフランスの外人部隊を脱走した高原という奴が怪しいとにらんで追い掛けた」

「我々もその男の身元調査をしましたが、偽装されたものだと分かっています。しかし、外人部隊を脱走した後の捜査はできませんでした」

「俺の十五年間は無駄じゃなかったのだな」

「あのころ防衛局では藤堂さんが犯人を追って出国されたことに、陰ながら拍手を送っていました。しかし、副局長を通じて鬼胴が防衛局を支配していたため、情けないことに我々は何もできませんでした。八年前、副局長は亡くなりましたが、鬼胴の元政策秘書だった赤城克也《あかぎかつや》が特別顧問に就任し、現在は情報本部の実権を握っています」

池谷は一気にしゃべり、少々疲れたようだ。よく見ると右頬が腫れている。襲撃犯に殴られたようだ。

「当時の局長工藤進《くどうすすむ》は局内を浄化するには、鬼胴代議士の影響を受けないよう外部に特別捜査機関を作る必要があると考えました。私は機関創設の特殊任務を受け、依願退職を装い、局を離れました。現在工藤氏は衆議院議員をしていますが、現情報本部長や内閣情報調査室と連絡をとり、私たちをバックアップしています」

「まさか」

「そうです。特別捜査機関というのは、この傭兵代理店のことです。ご存じのように諸外国の傭兵代理店は、一見合法的な組織のようでも、ほとんどの会社は裏の世界と通じています。特に武器密輸に関しての情報も彼らは豊富に持っています。我々はそこに目をつけました。外国の代理店と情報交換すれば、自《おの》ずと世界中の裏事情が分かるという仕組みです。システムはフランスにある大手の傭兵代理店をまねたものですが、社員は全員防衛省から信頼できる者を選び、定期的に交代で赴任《ふにん》しています。我々の主な任務は鬼胴派のスパイを見つけることと、鬼胴の武器密輸ルートを解明し、資金源を壊滅させることですが、その他に諸外国から裏社会の情報を収集することです」

「傭兵代理店は仮の姿だったのか」

「とんでもありません。代理店業も充分潤《うるお》っていますよ。私は天職と思っています。もっとも今まで、鬼胴ルートの調査がはかばかしくなかったために、代理店業が繁盛しているように見えますが」

浩志はふんと、鼻で笑った。

「それで、ここが襲撃されたのはどうしてだ」

「藤堂さん、これは我々にとって生き残りをかけた戦争です。今までは、藤堂さんといえども、国家レベルの機密だったため、状況をお話しすることはかないませんでした。しかし、かくなる上は真実をお話しし、協力を仰ぎたいと思います。先ほど調査がはかばかしくないと申し上げましたが、実際はこの十年間で、それなりに成果をあげてきました。特に武器の密輸に関しては、関係した会社を申告漏れやインサイダー取引など別件で取り締まりつつ、陰で責任者を処分する方法をとって潰してきました。しかし、鬼胴は会社が潰されると新たな会社を設立するという、まさにイタチごっこ状態でした」

「そこで、俺の登場ということか」

「そのとおりです。藤堂さんの活躍で一気に追い詰められた鬼胴は、敵対する勢力を根こそぎ潰しにかかったと考えられます。我々は存在を知られないよう、細心の注意をはらってきましたが、連中にも突き止められていたのですな」

「俺は、時効が切れた事件に、見切りをつけようとしていた。だが、中野で起きた鬼胴の運転手殺害事件を追ううちに、また事件に関わってしまったということか」

「藤堂さん、そこですが、鬼胴は運転手を殺害したのは、藤堂さんと思ってる節が見受けられます。時効が切れて、遂に自分への復讐を開始したのだと」

　確かに殺人事件は、自分の帰国に合わせたかのように起こった。偶然だとしても鬼胴が勘違いしてもおかしくないと浩志は思った。

「しかも資金源であるフィリピンルートを藤堂さんが潰されたのですから、確信を深めたと思います。鬼胴の資金はまもなく底を突くでしょう。それに反発した結果の襲撃だと思います」

「それで、今回の襲撃を指示した人間は、分かっているのか」

「憶測の域を出ませんが、先ほどもお話をした赤城克也、情報本部の特別顧問だと思われます」

「それにしても鬼胴は、防衛省に、未《いま》だに影響力を持っているのか」

「そもそも防衛相は、すべて鬼胴代議士の息がかかった人間が就任することになっております。あのポストは、総理大臣が決めるわけではないのです。我々は鬼胴マネーと呼んでいますが、自由民権党では、金の力がすべてですから」

「俺の追っていた事件の裏にこんな事情があるとは思わなかったな。だが、不思議だ。景山も光が丘で殺された市村も殺された理由は分かるが、事件の発端となった運転手の殺害は、どう理解したらいいんだ」

「我々もそれが不思議でならないのです。恐らく鬼胴代議士も真相は知らないでしょう。ただ……」

「ただ?」

「最近、鬼胴と赤城が不仲だという噂がありまして、ひょっとすると」

「赤城が、何らかの形で関与している可能性も考えられるということか?」

「そこまでは、論理の飛躍かもしれませんが」

「それなら、いっそのことその特別顧問とやらに聞いてみたらどうだ」

「赤城にですか?」

「他に誰がいる」

浩志は不敵な笑顔を浮かべた。

四

「しかし、どうやって」

池谷は、首をすくめ、両手をあげた。

「もし、赤城が襲撃の指令を出したのなら、その日のうちに反撃されるとは思ってないだろう。しかも、襲撃して来た連中の帰還ルートを使えば怪しまれない」

「反撃、ですか？」

「そうだ。相手は状況を摑んでいない。チャンスは今しかないぞ。ここで赤城を捕捉すれば、運転手殺害の真相が解明できなくても、鬼胴を粉砕する手助けになる」

「社長、私もそう思います」

瀬川がタイミングよく現れた。

「たった二人で、どうするのですか」

「いいえ、先ほど寺脇さんがお見えになりました」

「京介か、どこにいる」

「隣の部屋で、捕虜を尋問しています」

「見に行くか」

応接室の隣は六畳ほどの部屋で、書類倉庫として使われている。

「京介、どうだ」

ジーパンに半袖のヨットパーカーを着た京介が、手足を縛られた男の横に土足で立っていた。

「藤堂さん。こいつがリーダーだそうです」

戦闘服を着た男が、ぐったりと床に横たわっていた。目の焦点は定まらず、虚《うつ》ろな表情をしている。足の怪我は止血してあるが、腕の傷は手当されていない。

「もう吐いたのか」

「お聞きになりたいことを質問してください」

「だれに頼まれた」

浩志のアイコンタクトに、京介は頷くと男の腕の傷をブーツで踏みつけた。

「ぎゃー」

男の傷口から血が噴き出した。

京介はこのためにブーツを履いたまま部屋に上がっていた。この男は以前戦地で拷問を受けたことがあるため、やり口は充分心得ている。後ろで池谷が思わず顔を背けた。

「京介、殺すなよ」

「それは、こいつ次第ですよ。まあ、死んでもまだ捕虜はいますから」

京介は顔色一つ変えずに続けた。

浩志は悲鳴を上げる男の側にしゃがんだ。

「俺たちは、傭兵だ。人を殺すことはなんとも思っていない。死にたいのか」

ドスの利いた声は、説得力があった。

「言う、言うから止めてくれ」

「だれの命令だ」

「特別顧問、赤城特別顧問だ！」

浩志が振り返ると池谷は目顔で頷いた。

「赤城は今どこにいる」

「第二執務室におられる」

「京介、もういいぞ」

止めるまでもなく、男は気絶した。

「隊長のくせに、口の軽い奴だぜ」

京介は吐き捨てるように言った。この男にとって、これしきの拷問で口を割る奴の気が知れないのだろう。

「相変わらずだな。傭兵バカは」

いつの間にか瀬川の隣に無精《ぶしょう》ひげをはやした逞《たくま》しい男が立っていた。身長は一八〇センチ、胸板も厚い。頬にある傷痕を除けば、どちらかというとおとなしい顔に見えるだろう。

「辰也、久しぶりだな」

浩志が手を上げると、それに応えて男も手を上げ、ついで二人は堅い握手をした。

「藤堂さんこそ。日本にいらしたのですか」

浅岡辰也、元陸上自衛隊出身の傭兵である。この男もフランスの外人部隊を経験した傭兵歴十八年の猛者《もさ》であり、日本人の傭兵の中では、浩志と並ぶ特Aだ。以前、浩志は南米の日本人誘拐事件で、人質奪回のため一緒にテロリストと戦ったことがある。傭兵としてのキャリアは辰也の方が豊富だが、浩志の優れた戦略的知識とずば抜けた戦闘能力を高く評価してくれている。

「おまえこそ、日本にいないと聞いていたぞ」

前回のフィリピンの作戦で、浩志はこの男を指名したが、その時辰也はイラクで米軍に雇われていた。

「米軍との契約が切れたので、一昨日、帰ってきたところですよ」

「これで、四人だな」

「五人です」

全員が振り返った。そこには、小柄な土屋友恵が立っていた。

「分かっています、足手まといなことは。でも車の運転はできます。それに、どんなセキュリティシステムも破ってみせます」

彼女は涙を浮かべて訴えた。

「だめだ。絶対に許しません」

池谷は猛烈に反対した。

「社長、彼女を危険な目にはあわせません。私が責任を持って連れて行きますから」

いつもは冷静な瀬川が珍しくかみついた。友恵は死んだ名取と付き合っていた。瀬川は二人の理解者だった。

「池谷さん。この娘の能力はこの間見せてもらった。俺もその力を借りたい」

浩志は友恵と名取のことは知らなかったが、彼女の能力が欲しかった。

「分かりました。しかし、土屋君、危ないまねはしないと約束して欲しい。君は非戦闘員であることを忘れないでくれ」

池谷は浩志に言われ、渋々認めた。

「よし、これで五人だ。一小隊できたな」

浩志は相手が重火器を持った軍隊でなければ、これで充分だと判断した。

さっそく、友恵が防衛省のデータベースをハッキングした。

「情報本部の執務室は、市ヶ谷の防衛省の中にあります。しかし、第二執務室というのは、データベースにはありませんね」

「くそっ。すぐ吐いたと思ったら騙された」

京介は地団駄を踏んだ。

「いや、第二執務室は防衛省ではなく、別の場所にあるのだろう」

浩志はその特殊性から、最初から防衛省にあるとは思っていなかった。

「元々情報本部は、防衛省の中にあって独立した機関です。特異な組織だからこそ、顧問という他の官庁にはない役職に赤城は就いていられるのです。赤城は細心の注意を払い、これまで自分の情報が漏洩《ろうえい》するのを防いできました。私でさえ、彼が抱える特殊部隊が四つあり、そのうちの一つが赤城を護衛して執務室にいるということしか知りません」

池谷は補足した。

「尋問のやり直しですかね」

京介がにんまりと笑った。どうやら拷問自体、この男は楽しんでいるようだ。

「そういうことだ」

「藤堂さん、今度はどいつを尋問しますか？」

「無傷の奴が二人いるから、そいつらから聞き出せ」

「ずいぶんと、やさしくなりましたね。藤堂さん」

京介は大袈裟に驚いて見せた。

「ここは、戦地じゃないぞ。どこに捨てるつもりだ、京介」

「あっ、なるほど。殺しちまうと、死体を捨てるのに困りますよね」

「そういうことだ」

あえて、京介には死体で納得させたが、戦地でない国では殺しは、単純に犯罪になることを浩志は自覚していた。

五

京介は外で見張りについていた男を、引きずるように連れて来た。

「名前を言え！」

男は京介の視線を外し、薄笑いを浮かべた。

「ふん、さっき隊長だと名乗った男もそうだったが、よっぽど死にてえらしいな」

先に尋問した男は、失神しただけで死んではいない。だが、京介はハッタリをかませた。

「きさま、捕虜の扱い方も知らないのか」

男は顔色を変え食って掛かったが、京介は無言で男の鳩尾に拳をめり込ませた。

「笑わせるな。人を殺しに来た奴がいうことじゃねぇ」

続けて同じ場所にひざ蹴りを見舞った。蹲《うずくま》る男を京介は壁に押しつけ、無理矢理立たせた。

「おめえらが死んでも、正当防衛なんだよ。もっとも訴えるつもりはねえがなあ」

今度は肝臓を殴りつけた。

「赤城がいる第二執務室はどこにある」

「しっ、知らない」

京介は心臓にパンチを喰らわせた。男は脂汗を流し、喘いだ。

「前の男は、赤城が命令したと言って、死んでいった。その続きを教えろ」

京介はまた腹にひざ蹴りを入れた。男は我慢しきれず、ひざから崩れ、四つん這いになった。

「次は、どこをやられるか憶えているか」

京介は男の背中から肝臓をめがけて鉄槌《てっつい》を降ろした。男は声にならない悲鳴を上げた。

「腹の次は、肝臓、その次は心臓だ。これを繰り返すと、内臓が腫《は》れて使い物にならなくなる。最後はなあ、破裂するんだぜ。風船みたいにな」

「止めてくれ、お願いだ」

「喚くな！　人を殺そうとする時はなあ、てめぇも殺される覚悟をするもんだ」

「止めてくれ！　新宿のパークモラルビルの最上階だ」

男は泣きながら訴えた。

「ざあけんな。パークモラルビルだと。そんなしゃれたところにあるわけねえじゃねえか」

浩志は殴り掛かろうとする京介の腕を押さえ、

「俺がだれだか分かるか」

と男の耳元で言った。男は焦点の定まらない目を向けたが、わずかに首を傾げた。

「俺の名は、藤堂だ」

浩志の名を聞いた途端、男は目を見開き、いやいやをするように首を振った。

「知っているんだな」

男は、必死に頷いた。やはり、自分の暗殺を図り襲撃されたのかと浩志は悄然《しょうぜん》とした。

「あんたが、いないことを確認して襲撃したんだ」

「何！」

浩志は、自分の留守を狙われたと聞き、新たな怒りを覚えた。

「作戦の目的は！」

「皆殺しにした後、池谷を拉致《らち》し、第二執務室に連れて行くことだ」

「詳しく話せ」

男は隊員の役割分担から、拉致した後の帰路まで作戦の内容を詳しく話した。

聞き終えた浩志は、持っていたベレッタを京介に差し出した。

「京介、こいつは正直に話すつもりがないらしい。殺せ」

「了解！」

銃を受け取った京介の顔に残虐な笑みが浮かんだ。

「嘘は言ってない、本当だ！」

男は縛られた両手を合わせて懇願した。

「作戦終了を報告せずに帰るバカがいるか！」

浩志の怒声に男は目を見開き、恐怖に顔をゆがめた。

「すまない。忘れていたんだ。本当だ」

「激しい抵抗にあったと言え！　ぐずぐずするな！」

浩志はすでに作戦を考えていた。男に連絡をさせると即座にスタッフと仲間を動かした。時間はない。こういう作戦は単純で、しかも敏速に行なわれてこそ成功する。時間が経てば成功の確率は下がるだけだ。

京介と辰也は捕虜から四人分の装備を剝ぎ取り、外に置いてあるバンに入れた。その間、浩志と瀬川は、武器庫から作戦に必要なアイテムを選びだし、バンに積み込んだ。銃

は敵の持っていたサブマシンガンＭＰ５を使うことにした。弾は全部消音弾ときている。しびれるぜ」

「すげえなあ。サイレンサーつきＭＰ５か。しかも、弾は全部消音弾ときている。しびれるぜ」

旧ソ連製の中古武器しか使ったことがない京介は嬉しそうに、銃を点検した。

「友恵、データは、そろったか」

浩志は友恵がチームメンバーに加わったため、あえて呼び捨てにした。

「大丈夫です。パークモラルビルの設計図は手に入れました。セキュリティはジャスティ警備保障のシステムを使っていますので、問題なく侵入できます」

新宿のパークモラルビルは都庁のすぐ側にあり、北側が新宿中央公園に面した五十四階建ての高層ビルである。大手ゼネコン五社が建設に携わり、設計は第一施工業者であるＴ建設だった。友恵はもちろんその会社のセキュリティを破り、設計図をダウンロードしたのである。

Ｆ１レースでマシンを整備するかのような迅速さで準備は整えられた。ピットからコースに戻るがごとく、二台のバンが夜の街に飛び出した。

一台は強奪したバンで、浩志と攻撃要員が乗り込み、床には自白した捕虜が一名、転がされている。もう一台は丸池屋のバンで、友恵が一人で運転している。

彼らが出かけた直後、残りの捕虜は丸池屋に駆けつけた情報本部保安課の警備隊に拘束された。警備隊は池谷が情報本部長に要請した。これで拘束された連中は、警察に引き渡されることなく、密かに処分されることになる。

パークモラルビルは一階から四十階までがオフィスで占められ、四十一階から五十三階までは、アメリカ資本のホテルが入っている。最上階である五十四階の南側は、ホテルの展望バーラウンジ、中央は天井が開閉式の豪華なプールになっている。そして北側のエリアが、ホテルとは関係ない第二執務室と呼ばれる場所だ。そもそもこのパークモラルビルは、建設途中でバブルがはじけ、テナントがなかなか埋まらない曰《いわ》くつきのビルだった。ホテルのオーナーであるアメリカの企業も、最上階をすべて借りるだけの予算はなく、長く空きスペースとなっていたところを、赤城が格安の値段で借り受け、自らの執務室とした。むろん、鬼胴の政治力が働いたことは言うまでもない。

中央公園を見下ろす窓際に赤城の書斎があり、ドア一つ隔てて、バーカウンターを備えた豪華な赤城専用のベッドルームがある。このフロアーには、赤城を護衛する特殊部隊が一チーム常駐している。当然彼らの宿泊施設も完備されており、その他会議室や簡単なジムトレーニングルームもある。防衛省にある情報本部長の執務室を第一とし、赤城の執務室は、第二とされているが、実態は赤城専用の官舎なのだ。

「特別顧問、攻撃チームから作戦成功の連絡が入りました。三十分後には帰還するとのことです」

赤城は、執務室のデスクチェアではなく、革張りのソファーに座って報告を聞いていた。年齢は、五十を過ぎたばかりだが、体型は著しく崩れている。

「今何時だと思っているのだ。九時だぞ、九時！」

作戦では午後七時半襲撃開始、三十分で制圧し、池谷を拉致、八時半に第二執務室に帰還という予定だった。

「強力な反撃に遭い、予定の時間をオーバーした模様です」

報告している男はグリーンの戦闘服を着て両手を後ろに組み、背筋を伸ばして立っていた。身長は一九〇センチ近くあり、鍛え上げられた兵士の横顔をしている。

「藤堂がいなければ、あそこのコマンドは敵じゃないと思ったが」

報告を聞きながら赤城はぶつぶつと独り言を言った。

「なお、隊長以下四名の死亡が報告されました」

「何、四名も死亡したのか」

「重傷二名、他は軽傷です」

「バカな、それじゃあ三番隊は全滅したのと同じじゃないか」

赤城の擁する私的な特殊部隊は四つあり、単純に番号で区別されていた。

「しかし、敵を作戦どおり、殲滅させたそうです」

「ふん、おまえたちにいくら金を使っていると思うのだ。たった一回の作戦で、チームが一つなくなったんじゃ、大損だ」

隊員は、赤城の癇癪《かんしゃく》に慣れているらしく顔色ひとつ変えずに聞いている。

「まあいい。おまえたちの代わりは、いくらでも作れる。池谷は無傷で確保したのだな」

「はい。頭部に怪我をした模様ですが、命に別状はないと報告を受けました」

「よし。池谷を連れて来たら教えろ。私が直接尋問してやる」

隊員が部屋から出ると、赤城はベッドルームのバーカウンターからスコッチウイスキーを取り出し、なみなみとグラスに注いだ。

「池谷め、藤堂とぐるになりやがって、今日がおまえの命日だ」

この男の癖なのだろう、赤城はまたぶつぶつと独り言を言うと、薄気味悪く笑った。

傭兵の反撃

一

二台のバンは、仕事帰りの怠惰《たいだ》な車列を縫うように環七を走り抜け、中州街道に入ってもスピードを落とさなかった。

「友恵、聞こえるか。作戦の最終確認をしてくれ」

メンバーはすべて、ハンドフリーのインカムで連絡がとれるようになっている。浩志はインカムのチェックを兼ねて、友恵に尋ねた。

「感度良好。私は、ノースウイング地下一階にあるビルのコントロールセンターに潜入します。車は、ジャスティ警備保障の専用駐車場に停めます」

浩志は友恵の声が意外に落ち着いていることが分かり、ほっとした。

林立する高層ビル群の一角をなすパークモラルビルに到着すると二台のバンは、予定された地下駐車場へとそれぞれ向かった。

地下一階の管理者用出入口に到着した友恵は、さっそく行動を開始した。出入口はＩＣカードセキュリティになっており、カードを読み取るセンサーが鋼線入りガラスドアの横についている。友恵は、携帯パソコンに接続されたカード型端末をセンサーに差し込んだ。瞬時に端末からセキュリティデータがパソコンに送られ、解析された。これでこの端末は、このビルすべてのセキュリティを解除することができるようになった。彼女は、以前から日本の警備会社のセキュリティシステムを解析するプログラムを自作していた。

友恵は、再度カード型端末を読み取り部にスライドさせ、ドアを開いた。そして、入口近くの守衛室を何気なく通り過ぎ、すぐ隣のコントロールセンターまで進んだ。ここのドアもロックされているが、友恵は例の端末を入れ、簡単に開けてしまった。このビルのライフシステムは自動制御のため、手動で制御が必要な時を除いて、コントロールセンターに職員が入ることはない。友恵は無人であることを確認し、部屋に入った。

そのころ、地下三階の駐車場では突入チームがすでに準備を終えていた。小柄な京介は戦闘服の上から池谷の上着を着て頭に包帯を巻き、顔を隠した。浩志たちも奪った戦闘服と装備を身につけ、腕に三角布を巻いたりして負傷しているように見せかけた。また、武器は大きなバッグにまとめて入れ、瀬川が担いだ。専用エレベーターには監視カメラがついており、守衛室のモニターに映し出されるからである。

「センターを占拠、専用エレベーターに向かってください」

友恵からの連絡だ。彼らの使っているインカムはスクランブルがかけてあるため、他人に聞かれる心配はない。

池谷になりすました京介は捕虜の右腕を後ろに回し、手錠で腰のベルトと固定した。さらに男の左手を肩に担ぐように摑んだ。京介はまるで男に支えられているように見えるが、その実、男の自由を奪っていた。

「最後の連絡をしろ」

浩志は男のこめかみに銃口をつきつけ、その口元に彼らの無線機を差し出した。

「三の四、捕虜を連れて、帰還しました。他三名エレベーターに同乗します」

彼らは帰るまで作戦中なのだろう、コードネームを使っている。

五人はノースウイングの駐車場にある専用エレベーターに乗った。この専用エレベーターは五十四階が第二執務室になっているため、セキュリティを解除しない限り五十四階のボタンを押すこともできない。そもそも、襲撃犯の隊長は撃たれた時に自ら専用ICカードを破壊したため、コントロールセンターから解除することになったのだ。

「友恵、乗ったぞ」

浩志の指示に友恵はセンターのパネルを制御し、専用エレベーターを定員（満員状態）に設定した。これで途中の階で止められることはない。続いて五十四階のセキュリティロックを解除した。

「セキュリティを解除しました。作戦の成功を祈ります」

京介が五十四階のボタンを押すと、エレベーターは微かな音をたてて動きだした。

捕虜以外は全員疲れたように俯き、監視カメラから顔を隠した。

セキュリティが解除されると自動的に五十四階のエレベーターのドアホーンが鳴り、モニターが中の様子を映し出す仕組みになっている。こればかりはコントロールセンターからは制御できないため、敵を引きつけることは分かっているが、わざわざ連絡をしたのだ。案の定執務室がある階では二人の男がモニターを見ながらエレベーターホールで待ち受けていた。

「四人もやられるなんて、ドジを踏んだものだ。しかも隊長まで死んじまったんだから、三番隊は消滅したのも同然だな」

「バカだぜ、まったく」

男たちは浩志らの変装とも知らず、モニターに映る哀れな仲間の姿を見て、口々に罵《ののし》った。

エレベーターのドアが開いた。四つの銃口が飛び出した。

「動くな！」

男たちは両手を上げ、電気仕掛け人形のごとく首を何度も縦に振った。

京介がバッグからガムテープと手錠を出し、捕虜にしていた男とエレベーターホールにいた二人を縛り上げた。男たちを近くの空いている部屋に転がすと、浩志たちは廊下を右へと進み赤城が執務室として使っている書斎に向かった。捕虜の自白どおり書斎はカード型セキュリティでロックされていた。

「書斎のセキュリティを解除してくれ」

浩志は友恵に連絡をした。

「だめです。そこのシステムは後からそのフロアーに取りつけられたと思われます。ここからは解除できません」

友恵は何度もセンターの制御パネルを確認したが、書斎のセキュリティを見つけることはできなかった。

「辰也。セットしろ」

浩志の指示で辰也がプラスチック爆弾をいとも簡単にドアに仕掛けた。その間、京介は命令されることもなく廊下を見張っていた。瀬川は一瞬戸惑ったが、京介の反対側に立ち廊下を見張った。たった四人のチームである。命令を受けなくても自らの判断で動けなくてはいけない。瀬川は元自衛隊員ということになっているが、実は空挺部隊に所属する現役の自衛官だった。だが、幾多の実戦を経験した傭兵の動きにはついていくことができない。浩志はそれを踏まえて、瀬川にあらかじめ自分の側を離れないよう命じていた。

浩志が頷くと辰也が爆弾の起爆スイッチを入れた。ぼんっ、と小さな爆発が起こり、ドアの鍵が吹っ飛んだ。プラスチック爆弾は粘土のように自由に変形させることができ、量も調整できる。それゆえ、扱いは簡単だが量の調整には熟練がいる。辰也の爆破はまさに芸術的だった。

ドアを蹴り飛ばし、辰也と京介が転がるように部屋に飛び込んだ。すぐさま浩志と瀬川が援護するためドア近くで銃を構えた。行動する時は必ずバディ（二人一組）で動く、それが軍事行動の基本である。彼らは訓練された特殊部隊のように一瞬の隙も見せず、行動した。

二

「赤城を発見しました」

先に突入した京介の声がインカムから聞こえた。彼らは興奮して大声を出すようなバカなまねはしない。

浩志と瀬川が続いて書斎の奥にあるベッドルームに入ると、両手を上げたパジャマ姿の赤城が震えながらソファーに座っていた。浩志の合図で瀬川は赤城に手錠をかけ、ガムテープで口を塞いだ。辰也と京介はその間に書斎のドアを見張りに行った。

「瀬川」

浩志は瀬川に低い声で注意を促した。壁の向こうから微かな物音がしたのだ。音のしたあたりを叩いて調べてみると微妙に他の場所と違う。どうやら、隠し部屋があるようだ。

「敵襲！」

京介の声がインカムから聞こえた。敵もサイレンサーつきの銃を使っているらしく、銃撃音はなく、弾が床や壁に当たって跳ねる金属的な音が響いてきた。

「現状維持」

浩志は動じなかった。あの二人に任せておけば心配ない。

周りを慎重に調べ、床の近くに靴で蹴ったような汚れが見つかった。ブーツで軽く蹴ると、壁に裂け目が入り、ドア一枚分の壁が動いた。銃を構え、壁の隙間から中に入った。

隠し部屋には窓もなく、湿気を含んだ闇が獣じみた匂いで満たされていた。

壁越しに聞こえていた音は、侵入者を察知したのかぎしぎしと大きな音に変わった。音の発信源に刺激を与えないよう、あえてライトは灯さず、隣の部屋から漏れる光を頼りに、浩志は用心深く奥へと進んだ。部屋の幅は狭いが、奥行きがあるようだ。位置からすると、廊下と並行しているようだ。扉のつくりから考えても、パニックルーム（緊急避難部屋）か脱出用の通路なのだろう。部屋のどん詰まりに、微かな光を受け、希薄な幻のような人影を発見した。パイプベッドに座っているようだが、浩志に気づいた様子はない。

後から援護する形でついてきた瀬川がハンドライトをつけた。ライトで照らされた人影は、髪の長い女の姿に変わった。

「美香!」

強い光の刺激に反応し、美香は、髪を振り乱し上半身を激しく前後に動かした。

浩志は落ち着かせようと彼女の両肩を摑んだ。

「しっかりしろ!」

肩を揺すってみたが、美香は壊れた人形のように頭を上下させるだけだった。彼女を抱きかかえ、明るい場所に運び出し、体に異状がないか調べた。

「くそっ」

浩志は、美香の右腕に無数の注射針の痕を発見し、激しい憤《いきどお》りを覚えた。どうやら、麻薬を打たれていたようだ。戦闘服の上着を脱ぎ、美香に着せると浩志は両手で彼女を抱き上げた。

「瀬川、ライト」

「藤堂さん、あの部屋はパニックルームのようです。脱出口はありませんでした」

瀬川の動きがよくなってきた。動作に無駄がない。

「行くぞ!」

出入口では、散発的な敵の発砲に京介と辰也が応戦していた。顔を出さない限り敵も撃ってはこない。

「アップルを使いますか」

辰也が美香を担いだ浩志を珍しそうに眺めながら言った。

「いや、これ以上騒ぎを大きくしたくない」

こんな場所でアップルを使えば、必ず多数の死傷者が出る。襲撃は、飽くまでも裏社会の出来事として済ませたい。警察を巻き込むようなことはしたくなかった。

「友恵、非常階段から脱出する。ナビゲートしてくれ」

「了解しました。皆さんが非常階段に入った時点で、五十四階はエレベーターも含めたすべての出入口をロックし、追跡を防ぎます。下の階からまた専用エレベーターに乗ってください」

「その前にこのフロアーの火災報知器を切ってくれ！」

「了解！」

「左の非常階段から脱出する。瀬川、スタングレネードだ」

瀬川は、すばやくスタングレネードを用意した。

「火災報知器をオフにしました！」

友恵の行動に淀みはなかった。

「やれ、瀬川」

瀬川はスタングレネードの安全装置を抜き、廊下の奥に投げた。激しい閃光と大音響が起こり、フロアーは白煙に埋もれた。前回と違い、今回は通常仕様のものを持って来た。

「行くぞ！」

嫌がる赤城を連れ、非常階段に向かって走った。辰也と京介は、後ろ向きに銃を構え、廊下の反対側に向けて発砲しながら走ったが、麻痺《まひ》状態にある敵は応戦してこなかった。これで少なくとも数分は稼げるはずだ。

「友恵、非常階段に入った。ロックしてくれ！」

浩志の呼び掛けに友恵は反応しなかった。もう一度呼び掛けたが、同じだった。

「アクシデントだ」

「藤堂さん、五十三階のドアが開きません！」

先に降りた瀬川が焦って声を上げた。

このビルは四十一階から五十三階までホテルになっているため、保安上、客室から非常階段に出ることはできるが、その逆はできないようになっている。

「このまま階段を降りる。四十階からは非常口も開いているはずだ。瀬川、友恵を呼び続けろ」

浩志は美香を担いでも通常の人間と変わりなく動けるが、赤城は恐ろしく動作が鈍い。いくら銃で脅されたところで本来の鈍さは致し方ない。

「さっさと走れ！　この豚野郎！」

京介は赤城を銃で脅しながら怒鳴った。

「京介、口のテープを取ってやれ、心臓発作を起こすぞ」

肩で息をする赤城にスピードを合わせ、何とか五十階まで降りたころ、上の階から幾つもの足音が聞こえて来た。

「くそっ。もう正気に戻りやがった。追いつかれるぞ」

京介が銃で上を狙いながら、叫んだ。

「藤堂さん、連中を片づけてきていいですか！」

京介は階段を数段上がった。

「降りろ、京介！」

たった四人のチームでも勝手な行動は許されない。辰也は京介を叱った。

「瀬川、呼び続けろ！」

浩志は瀬川を促し、階段を降りるようにチームに命じた。

「アクシデント、クリアー。今どこですか」

諦めかけたころ、友恵がやっと答えた。友恵は、運悪くコントロールセンターにやって来たビル職員のために身動きが取れなかったらしい。

「四十九階だ」

「了解。ロック解除。エレベーターもその階に止めておきます」

「京介、全員の銃を回収しろ！」

京介は持って来たバッグに全員の銃をしまい、肩から担いだ。さすがにホテルの中を通り抜けるのに裸の銃を持つわけにはいかない。

足下に銃弾が飛び跳ねた。階上に幾つもの銃口が見え隠れした。

「急げ！」

浩志らが非常階段の扉を閉めると再びロックされた。

「赤城、命がほしけりゃ、騒ぐなよ」

辰也は銃をジャケットに隠し、赤城を脅した。赤城は息をのんで頷いた。

パジャマ姿の赤城を取り囲むように、三人の戦闘服の男が歩いた。まるで右翼の大物が手下に護衛されているかのようだ。すれ違った客は恐怖で顔を引きつらせ、彼らを避けた。少し遅れて美香を抱きかかえた浩志が続いても、理解不能とばかりに呆然と見送った。

専用エレベーターは友恵の言ったように、ドアが開いたまま止まっていた。すでに老夫婦の客が乗り込んでいたが、京介が凶悪な顔をして笑ってみせるとエレベーターから逃げ出すように降りた。

「友恵、エレベーターに乗った。地下一階に向かう。車を回してくれ」

「了解。コントロールセンターを離脱します」

友恵は出る間際、すべての非常階段のドアをロックした。もちろん銃を持った追跡者たちを階段に閉じこめるためだ。

三

帰路は丸池屋のバンに全員乗り、渋谷の森本病院に直行した。この病院の院長である森本は、元防衛医科大学病院の医師で、スタッフも全員大学病院の関係者だった。傭兵代理店をバックアップする機関として八年前に作られたことを、後に浩志は池谷から聞かされた。鬼胴対策の秘密機関として創設された傭兵代理店も、世界中の闇の情報を得られるようになり、活動範囲は広がった。規模の拡大に伴い、医療機関も必要になったらしい。

「重症とだけ言っておこう。私も麻薬患者はあまり経験ないのだ」

美香の診療を終えた森本は、いつもと違った厳しい表情を見せた。

「麻薬を断てば抜くことはできるが、禁断症状と戦うだけの精神力と体力があるかが問題だな」

森本はつぶやくように浩志に告げた。

浩志は黙って頷いた。

美香は個室のベッドに寝かされ、手足は布で縛られていた。ここは元々隔離病室で、窓もなく扉も外から施錠できるようになっている。すでに壁や床にはマットが敷かれ、彼女の禁断症状に備えられていた。

「可哀想に、点滴で体力が多少でも回復すればいいのだが。今は鎮静剤で眠っている。それが切れるころ、気がつくだろう」

森本の声は、憂いを含んでいた。

浩志は美香の様子に変化がないことを確認すると、赤城が拘束されている病室に行った。出入口に自動小銃を持った男が二人立っている。浩志が近づくと二人は敬礼してみせた。彼らは情報本部保安課の隊員で、他にも十名ほど院の内外を警備している。丸池屋襲撃を受け、情報本部長が丸池屋とこの病院に派遣したのだ。

「藤堂さん」

瀬川は浩志を待ちかねていたようで、座っていた椅子から飛び跳ねるように立ち上がった。彼は赤城の見張りを兼ねて付き添っていたのだ。

「どうだ」

「大丈夫のようです。極度のストレスで、失神してしまったようです。ただ、元々心臓は弱っているようです」

赤城は、パークモラルビルの地下駐車場に着いた途端、失神してしまった。

浩志は付き添っていた若い医師の了解を得ると、赤城の肩を軽く揺さぶった。

黄色く濁った目を擦り、赤城はのろのろと半身を起こした。

「ここは、どこだ」

「病院だ」

浩志の答えに、ようやく事態が飲み込めた赤城は怒りに顔をゆがませた。

「私をこんな目に遭わせて、ただで済むと思っているのか！」

「おまえはまだ状況を把握していないようだな」

「なんのことだ」

「丸池屋を襲撃した連中とパークモラルビルにいた奴らは全員、情報本部の保安課に拘束された」

「何の権限で、保安課が出てくるのだ」

「何の権限だと。襲撃犯は、町中で戦争をしたんだぞ」

「襲撃犯だと？　知らんね」

「おまえの抱える特殊部隊だ」

「そんなものは、知らん」

「まあ、いい。すでに連中はおまえの命令だと自白している」

「それが、どうした。チンピラの言うことと、私の言うことと、どっちが信用されると思っているのだ。私のバックにだれがいるのか、知らないとは言わせないぞ」

「おまえは、やり過ぎたんだ。今ごろ、統幕議長を始めとした自衛隊の幹部が会議を開いているはずだ。制服組が団結すれば、防衛相といえどもおまえを守ることはできないぞ」

すでに午前一時を過ぎていた。情報本部の特別顧問が私兵である特殊部隊を使って襲撃するという事件は、本部内に留まらず、防衛省全体を震撼させた。制服組で自衛隊の最高責任者である統幕議長が、主だった幹部を真夜中にも拘わらず召集した。彼らはいずれも長官から煮え湯を飲まされており、長官に対して今度の事件を公の下で真相を追及するか、闇に附して辞任するか迫る考えであった。また、この席に元防衛局局長で衆議院議員の工藤進も出席している。部下同然の長官を処分されたら、鬼胴にとっても大きな痛手となるはずだ。

「何だって」

赤城は、浩志の話を聞いて落ち着きなく目を動かした。

「池谷を襲ったのは、鬼胴の命令だったのだ。私が考えた作戦ではない」

「同じことだ。おまえも鬼胴もおしまいだ」

「いいや私を逮捕しただけでは、鬼胴代議士を潰すことはできないぞ」

「言い切れるのか」

「そうだとも、私が一番の側近だからな。代議士を本当に葬《ほうむ》りたいのかね」

「当たり前だ」

「私はあいつの弱味を握っている」

赤城はわずかに口をゆがめて笑った。その顔は潰れたガマガエルを連想させた。

「弱味だと？」

「そうだ。あの男を政界からだけじゃない。社会からも抹殺できる弱味だ」

「何のことだ」

「どうだ。藤堂君、取引しようじゃないか。奴の秘密を教えるから、私を見逃してくれ」

「どんな秘密だ」

「取引と言ったはずだ。まずは、ここから出してもらおうか。自由になれる確約が欲しい」

浩志はしばらく考えた。確かに鬼胴を追い詰めてはいるが、逮捕できるかは赤城の言うとおり確証が得られない。今までも、一連の事件に関与していることが分かっても、結局は関係者の死によって鬼胴に直接捜査が及ぶことはなかった。

「側近のおまえが、鬼胴を売るようなまねをするとは思えない」

赤城を簡単に信用することはできない。取引を急ぐ必要もなかった。

「捕まったから、言うわけじゃない。機会があればいつでも奴を売るつもりだった」

「理由を聞かせろ」

「鬼胴の資金源は、大きく分けて三つある。一つは、鬼胴の傘下にある軍事関連の会社から防衛省に売られる製品の利鞘《りざや》だ。これは、私が取り仕切り、鬼胴にマージンを支払っていた。二つ目は、海外に軍需製品を密輸することで、三つ目は、麻薬の取引だ。これらは、今でも鬼胴がすべて仕切っている」

赤城は、自分の情報の重要性を図るかのように狡《ずる》そうな目を浩志に向けた。

「そんなことは知っている。続けろ」

「確かに私は、防衛省に製品を高く売りつけていたが、いずれも防衛には必要なものばかりだ。値段はともかく違法性はない。私は、常に国のことを思う愛国者だ。だが、鬼胴のやっていることはどれも非合法なだけでなく、売国奴のやることだ。奴は逮捕されて、当然だ」

「それが鬼胴を売る理由か。笑わせるな！　人殺しの特殊部隊を持っていた奴が、きれいごとを言うな！」

「確かに私は、特殊部隊を指揮していた。なんせ維持費は全部私が払っていたからね。しかし、元々あれは鬼胴を警護するために作られたものだ。私は鬼胴を守るためにこれまで多額の資金を注ぎ込んできた。だが鬼胴は、私からのマージンを年々高くする一方だ」

「それが、一番の理由だろう。格好つけるな！　おまえの裏切る理由は分かった。内容によっては釈放してやろう。聞かせろ」

「殺人だ。鬼胴は自ら人を殺したことがある」

「何……」

「十五年前、鬼胴代議士が防衛庁長官だったころ、私は政策秘書をしていた。代議士は、翌年の内閣改造で再び防衛庁長官に任命される必要があった。なんせ防衛庁で利権を得られる基盤をつくったばかりだったからな。知ってのとおり、内閣人事が決まる前後というのは、マスコミや野党がこぞってそれにけちをつけるために色々探りを入れる。それで、代議士は妾《めかけ》とその子供の存在がばれることを嫌ったのだ」

「その親子を鬼胴が殺したのか」

「そうだ。代議士は、自分のクルーザーに乗せて海に突き落としたのだ。これが十四年前。時効にはまだ一年ある」

「むごいことを」

「そこまでするのかと、私でさえ思ったよ」

「だが、どうやって証明するのだ」

「ビデオと、私とは別にもう一人生き証人がいる。私はその時、一部始終を隠しビデオで撮っていた」

「それだけで、証拠になるじゃないか」

「確かにはっきりと映っていた。だが、後でその親子を助けたとでも言われたらおしまいだ。なんせ、親の死体は見つかったが、身元不明の遺体としてすでに処理されている。私も自分の命の保証と思って今まで持っていたが、完全な証拠にはならない。だが、もう一人の証言と合わせれば、あいつを必ず逮捕できる」

「それで、そのビデオと証人はどこだ」

「ビデオはある場所に隠してある。それは私を自由の身にしてくれたら渡す。今渡すほどお人好しじゃない」

「分かった。それじゃ、その証人の居場所を教えろ」

「証人は、おまえが担いでいた女だ」

赤城はこともなげに言ったが、浩志と瀬川は驚きのあまり声もでなかった。

「どういうことだ。説明しろ」

「鬼胴が殺したと思っていた親子だが、娘が生きていたのだ。まだ、分からないのか。死んだと思っていた娘が、あの女だ」

「何だと！」

浩志の眼前の光景が真っ赤に染まった。

「きさま！」

気づいた時には赤城の襟首を摑んで激しく揺さぶっていた。

「何でシャブ漬けにした！」

「何をする！　離せ！　尋問しただけだ。助けてくれ！」

「藤堂さん！　落ち着いてください！」

瀬川が浩志に抱き着くように止めに入った。

四

美香の笑顔はいつも憂いを含んでいた。その憂いはどこから来るのか分からなかった。過去に冷たい海を漂った悲惨な経験から来るのだろうか。浩志は、瀬川に制され、落ち着きを取り戻すと、ふと荒涼とした冬の海を思い浮かべた。

「あれが尋問か」

「そうだ。何の目的で、我々に近づいたのか、尋問しただけだ」

赤城は、肩で息をしながら答えた。

「暴力を振るうより、よほどましだと思うが」

「ふざけるな！」

浩志の剣幕に赤城は思わず後ずさりした。

「続けろ！」

「あの女は、景山がよく遊んでいた銀座のクラブのホステスで、いつの間にか手下の中村に取り入った。気をよくした中村は、鬼胴代議士の名義を使って店を出させたりしたのだ。女はそのうち、代議士に会わせるようにせがむようになった。あの世界の女なら権力をバックにつけたがるものだ。そこまではいい。だが、おまえが帰国した途端、あの女の店に来るようになった」

「知っていたのか」

「あの店は、私の部下もたまに行くのでね」

「彼女から、何を聞き出したんだ」

「まずは、おまえとの関係だ。あの女は意識が朦朧《もうろう》としても、ただの知り合いとか、店の客だとかで要領を得ない。私は、てっきりおまえの女で、おまえに操られていると思ったのだが」

美香は、薬を打たれながらも、浩志を必死に庇《かば》ったに違いない。浩志は、美香を疑っていた自分を恥じた。

「あやうくただの商売女と勘違いするところだった。だが本名を聞いたら、松下由実《まつしたゆみ》と答えたんだ。私ははっとしたね。鬼胴が殺した女は、松下良枝《よしえ》という名だった。そこで母親の名を尋ねると、松下良枝だと答えた」

酔っぱらった中村が美香のことを一度だけ「ユミ」と呼んでいたと沙也加から聞いている。中村は、偶然知った美香の本名を、彼女に口止めされていたのだろう。鬼胴の過去を中村が知らなかったことが幸いだったといえよう。

「頭のいい女だよ。実際にウラを取るのには手こずった。免許証、保険証のたぐいは全部偽造だった。そこで、本名の松下由実から割り出した。品川区に小さなアパートを借りて、そこを現住所として使っていた。あの女は、郵便物をすべてそこに転送していた。だから世田谷の部屋からは何も出てこないという仕掛けだ。部下に調べさせたら、品川区にちゃんと戸籍はあったよ」

浩志が調べても、何も出てこないのも当然だった。

「そして、目的も聞いた。何だと思う？」

「もったいぶるな！」

「代議士の暗殺だそうだ。十四年前の復讐だとさ。代議士は、人一倍警戒心が強い。女一人じゃ所詮何もできなかっただろう。哀れなもんだ」

次の瞬間、鈍い音とともに赤城は口から泡を吹いて仰向けに倒れた。

「藤堂さん！」

浩志の裏拳が見事に赤城の顎に決まったのだ。もし、銃を持っていたら、間違いなく撃ち殺していただろう。これまで美香がどんなに疑わしい存在になろうと、浩志は心の底から疑うことはできなかった。彼女にどこか自分と同じ匂いを感じていたからだと、今ようやく気がついた。それは、復讐を心に秘めた者の哀しい匂いだった。

「ビデオのことまで聞きたかったですね」

「なくても、奴は裁ける」

鬼胴に法はいらない。この手で殺せばいい。

「藤堂さん、森本先生が空いている病室を使ってくれとおっしゃっていました。お休みになったらいかがですか」

「心配ない」

浩志は憤りをなんとか胸にしまい、美香の部屋に戻った。若い女性看護師が点滴を取り外しているところだった。

「もうすぐ目を覚まされるでしょう。今のうちに点滴の針を外しておかないと怪我されますので」

真夜中の勤務にも拘わらず、献身的に働いている看護師の姿に、浩志は昂《たかぶ》った感情が癒されるのを覚えた。

「今日から俺はここに寝泊まりするつもりだと、森本先生に伝えてくれないか。目が覚めたら暴れるだろう。怪我させないように付き添うつもりだ」

「あのう、補助ベッドを置くスペースがないのですが」

「床にマットが敷いてある。どこでも寝られる」

看護師は一瞬驚いたが、会釈すると出て行った。しばらくすると森本が毛布を持って現れた。

「この女性のことは、前から知っていたのかね」

「知り合ったのは最近ですが、彼女も鬼胴の犠牲者です」

「ふむ。この女性も君と同様、つらい思いをしてきたのか」

森本は、浩志の言葉から美香の境遇を察したようだ。

「いえ、それ以上でしょう」

「そうか。なんとも痛ましい限りだ。それなら君が付き添うのが一番いい。禁断症状は本人にとって地獄だが、看護する者にとっても地獄だ。二、三日は何も食べないだろう。落ち着いた時に電解水を飲ませ、とにかく水分は絶やさないようにしてくれ」

「手足を自由にしてやりたいのですが」

布で縛ってあるとはいえ、骨折している腕にいいとは思えない。

「あえてはずすとなると、君が体をはることになるよ」

「大丈夫でしょう」

「いいだろう」

森本は浩志に毛布を渡し、いたわりの眼差しを二人に投げかけ出ていった。森本が言った地獄は、二十分後にやってきた。

「クスリ！」

目を覚ますなり、美香は絶叫し、ベッドから転がるように飛び降りた。そして、ドアを見るなり、開けようと両手で激しく叩いた。この病室は美香の症状に合わせて、外から鍵がかけられていた。後ろから抱き締め、ベッドに戻そうとしたが強烈な肘撃ちを脇腹に喰らった。浩志は自分の考えが甘かったことに苦笑した。およそ、三十分間、彼女は暴れ続けた。疲れ切った彼女をベッドに戻したが、一時間もするとまた同じことの繰り返しだった。それを三回続けると美香は、眠った。浩志も体中にあざをつくり、大の字になって床に寝てしまった。

「藤堂君、起きてくれ」

森本が心配顔で覗き込んでいた。

「看病は、体力勝負だ。彼女が寝ている間に食事を摂《と》った方がいい」

浩志は頷いて森本の後にしたがった。廊下に出ると夜が明けていることに初めて気がついた。すでに朝の八時を過ぎていた。

「彼女は幸せだ。普通、麻薬患者は一人でその地獄を乗り切ることになる。それだけに脱落者も多い。まだ彼女は君のことも分からないだろうが、君の愛情は充分伝わっているはずだ」

愛情という言葉に、浩志は思わず噴き出すのを森本の手前我慢した。人に愛されたという記憶がない浩志にとって、これほど縁遠くそらぞらしいものはないからだ。体罰を繰り返した父親と、口汚く叱った母親に愛情を感じたことはなかった。大学を卒業する間際に両親が離婚したため、そのまま一家離散してしまった。その時、内心ほっとしたことを今でも憶えている。

食事は病院の食堂かと思えば、隣接する森本の自宅に案内された。

「藤堂君、二人の看護師が君の留守を預かっている。心配しないで腹一杯食べてくれ」

案内された食卓には、魚や肉の料理が並び、あったかいご飯と味噌汁が添えられていた。森本の奥さんの手料理だった。

何を食べてもおいしかった。ご飯も遠慮なくお代りした。食べるほどに力がみなぎるのを感じた。食事を摂ることで、精神のリフレッシュが急速にできることも長年の訓練のたまものだった。

五

病室に戻ると途端に美香が発作を起こした。

「クスリ！　苦しい。助けて！」

昨日発作を起こしている時、美香は獣のような叫び声を上げていた。今日は、言葉は増えたものの、その声はかぼそく弱々しい。だが、錯乱状態を起こしていることに変わりはない。左腕には骨折のためのギプスがしてあり、それを必死にはずそうともがく。浩志は、狂ったように自らを傷つけようとする彼女の手を押さえるため、抱き締めた。

それでも美香は三十分ほどもがくと、疲れ果てて眠った。悪夢が襲うのか、呻きながら寝ている。森本の言うように見ている者にとっても地獄だった。浩志は体力を消耗しないように彼女とペースを合わせて眠った。

「藤堂君、昼飯だ」

森本が自ら差し入れのおにぎりを持ってきた。

「だいぶ発作の間隔が長くなったようだね。よい兆候といえよう。そろそろ自分で水を飲むことができるんじゃないかな」

午前中は二度の発作があったが、確かにその間隔は前より長くなっている。森本も病室の外から観察しているようだ。

「苦しい。……くっ、苦しい」

夕方、午後二度目の発作が起きた。美香はベッドから転げ落ちたが、そのまま床に蹲ってしまった。暴れる体力もなくなってきたようだ。

ベッドに戻そうと浩志は後ろから抱き締めた。

「浩志、苦しいよ」

「分かるのか」

浩志が覗き込むと、涙に濡れた瞳に光が戻っていた。

「助けて、浩志、苦しい」

「水だ。少しは落ち着く」

美香は電解水のペットボトルを受け取ると、夢中で飲んだ。

「ゆっくり、飲むんだ」

案の定、美香は咳き込んで水を吐き出した。

「ここは、どこ？」

「病院だ」

「病院？」

美香は改めて室内を見渡した。

「怪我をしないようにマットが敷いてあるんだ。以前、俺が入院していたところだ」

美香は、浩志の言葉を咀嚼《そしゃく》するかのようにゆっくりと頷いた。

「私、お店が爆破されて、怪我をしたの」

「知っている」

「救急車で病院に連れていかれたの」

美香は左腕のギプスを触りながら、自らの記憶を辿りはじめたようだ。呂律《ろれつ》が回らないため、どこか子供のような喋り方をしている。

「夜になってから病院を出てタクシーを拾おうとしたら、黒いバンが目の前に止まって、男が二、三人出てきた……」

丸池屋を襲った特殊部隊も黒いバンを使用していたことを浩志は思い出した。

「私、何か注射された。太った男に来る日も来る日も、質問されたの……」

「赤城だ。そいつは」

「私、きっと全部しゃべってしまったんだわ」

そういうと、また涙を流した。

「私、あなたに嘘をついていたの。私、あなたに」

浩志は右手で、美香の口を塞いだ。

「今は、身体を治すことだけ考えろ」

美香は浩志の言葉に頷き、寂しげに笑ってみせた。

「お水、ちょうだい。喉が渇いた」

「それでいい。他になにかあるか」

「そばにいて」

浩志は頷くと、ペットボトルの水を飲ませた。美香は味わうようにゆっくりと飲み干すと、また眠りについた。その後二回発作を起こしたが、徐々に苦しみは減っているようだった。こうして、三日後には少しずつ食事をとるようになり、五日後には自分で歩けるようになった。

　美香が入院して一週間経った。珍しく瀬川が病室に顔を出した。浩志は美香が眠っていることを確かめると病室を出た。

「何か、動いたか」

「二時間ほど前、視察旅行に行っている鬼胴を情報本部の捜査官が見失いました」

　五日前、突然鬼胴は側近を連れ、ヨーロッパへ視察旅行に出かけた。もともと鬼胴は、防衛相とフランスで行なわれる航空博覧会に出席する予定だった。その日程を一週間も早め、急遽ヨーロッパの軍施設を見学するというものだ。赤城が逮捕された二日後に行動を起こしている。不審と言わざるを得ない。

「銀行や不動産を調べたところ、預金は、すべてスイスの銀行に送金されていました。不動産については、名義が親族に変更されているものもありましたが、大半はそのままです。処分しきれなかったようですね。それから、株券はすべて売却されていました」

「何……、そうか……」

　浩志は、逐次、傭兵代理店を通じ、情報本部から報告は受けていた。

「奴はこのまま国外逃亡するのでしょうか」

「景山や俺を襲撃した奴は、もういない。奴にとっては所詮とかげのしっぽ、へとも思っていなかっただろう。だが、赤城がいなくなったことで情報本部は浄化され、鬼胴の影響力も弱まった」

浩志らを襲った男たちは、全員保安課の隊員に拘束された。彼らは警察に引き渡されることもなく、北部方面隊第五師団の帯広基地で監禁されている。それに第一の側近だった赤城は、東部方面隊第一師団の練馬基地で監禁されている。恐らく、一生社会に戻ることはないだろう。

「それと、先週急逝《きゅうせい》した自由民権党の幹事長のポストに工藤氏が就いたことが、最も大きな理由だろう」

「鬼胴は、政敵の工藤代議士がまさか幹事長になるとは思っていなかったのでしょうね」

元防衛局局長だった工藤代議士が長年情報本部長と内閣情報調査室へ働きかけたことが結実したといえる。もっとも最終的に決断したのは、首相だった。他に幹事長候補がいたが、鬼胴の勢力を一掃すべく、首相はあえて工藤代議士をそのポストに任じたのだ。結果、鬼胴の後ろ楯を失った防衛相も更迭《こうてつ》され、鬼胴の派閥は四散した。

「ところで、残りの連中の行方は分かったか」

赤城が作った特殊部隊は、一チーム十人編成で、合計四チームあった。

「それが、残り二チームの構成員は、すべて出国していました。ほとんどインドネシア、フィリピン、タイの三ヶ国で行方不明になっています」

「逃亡ルートが三つあり、そこから第三国に行ったに違いない。鬼胴はただ高飛びしたと考えない方がいいということだな」

「情報本部でも、そう考え、すでに捜査官が各国に飛んでいます」

「瀬川、赤城の手下は、いつ出国したんだ」

「はい、空港税関の記録によりますと、赤城が逮捕された翌朝です」

「手回しがよすぎるな。元々、赤城が逮捕された時の作戦があったのかもしれない。赤城に聞いたのか？」

「それが、逮捕によるストレスで病状は悪化する一方で、現在満足に口がきける状態ではありません。ただ、先日の尋問では知らないと言っていましたが」

「…………」

赤城は情報本部の保安課に拘束され、練馬の基地に護送される途中、心臓発作を起こし、緊急手術を受けた。術後の経過も思わしくなく、基地の特別室で寝たきりの状態になっている。

「先日逮捕された連中と違い、逃亡した連中は別段表立った罪があるわけではありませんが、叩けば埃が出る身なのでしょう。それに直接鬼胴からも命令を受けていたに違いありません」

「他にルートがあるかもしれん」

瀬川の話を上の空で聞いていた浩志は、ぼそっとつぶやいた。

「他にも逃亡ルートがあると考えられるのですか？」

「いや、資金源のことだ。俺たちが潰したフィリピンルートで資金はかなり細ったはずだ。しかし、これだけ用意周到にことが運ばれているということは、別の資金源を確保していると考えるべきだ」

「なるほど、そうかもしれません。社長に調査を相談してみます」

瀬川が帰った後、美香の病室に戻った。痩せて頬もこけてしまったが、美しい寝顔に安堵の表情が窺えた。

日増しに回復していく彼女を見ていると永年の復讐心も薄れていくような気になってくる。だが、病室を一歩出れば、すぐにそれは大きな勘違いだと思い直す。

傭兵として、戦地で敵兵とはいえ数えきれない人々を殺してきた。すでに自分の魂は、地獄に落ちている。それは救いがたい事実だ。自分を地獄に落とした鬼胴をこのまま生かしておいていいはずがなかった。鬼胴をこの手で地獄に葬る。浩志にとって、これは自分に許された権利であり、使命だった。

アジアンルート

一

「奇人代議士、失踪の次は、平和外交？」

「売名行為？　鬼胴代議士アチェ訪問！」

　マスコミは様々な見出しをつけて大騒ぎになった。鬼胴代議士は最後の訪問地であったフランスから忽然《こつぜん》と消えた。これまでもこうした奇行があったので、マスコミもお忍びで遊山《ゆさん》と、ささやくに留まった。だが、二日後、前触れもなくアチェに姿を現し、現地の視察を行なった。

　アチェは、一九七六年に自由アチェ運動（ＧＡＭ）がインドネシアからの独立宣言をして以来、二〇〇五年ヘルシンキで和平覚書に調印されるまでの長きにわたって紛争が続いた地域だ。鬼胴の突然の視察は、復興期にあるアチェに日本政府の援助を申し入れるためと現地からは伝えられている。極秘に行動した理由として、二〇〇六年十二月のアチェ和平監視団が任期を完了し撤退しているため、現地の情勢が未だ不安定だからという。

ワイドショーやニュース番組で、奇行とも言える慰問の賛否を巡って様々な議論がなされた。大方の見方として、日本の援助の見返りに、アチェに潜在する豊富な天然資源の獲得を目的としたものと考えられ、一連の不祥事で疑惑を持たれた代議士が名誉挽回を狙ったスタンドプレーと見なされた。だが、それも数時間後に入った緊急の外電でマスコミは収拾不能に陥った。

現地時間の午後一時過ぎ、アチェの帰りに立ち寄ったバリ島クタ地区で代議士を乗せた車が、爆弾テロに遭遇というショッキングな外電がもたらされた。どのメディアも、情報が錯綜し、正確な報道を伝えることはできなかった。翌日、政府が代議士の死を正式に確認すると、首相は名誉の殉職とし、その死を称えた。

「つまらない結末になってしまいましたね」

翌日、珍しく池谷が病院を訪れ、浩志を外の喫茶店に誘った。

「鬼胴も追い詰められて、窮地挽回にアチェ訪問を決めたのでしょうが、そこが皮肉にも死地になるとは、あの男も思わなかったでしょうなあ」

「俺は、奴は死んでいないと思っている」

「分かりますよ、そのお気持ち。十五年も追いかけてきた事件の黒幕が、あんなにあっけなく殺されたんじゃ、信じられないのも無理はない」

「俺は未練で言っているんじゃない。だれか奴の死体を確認したのか」

「鬼胴の乗っていた車が停車中のタクシーを追い越した途端に、そのタクシーが爆発したそうです。指紋どころか、歯形すらとれない有様だったそうです。死体の確認なんかできませんよ。まさか、現地のテロリストに頼んで、偽装工作したなんておっしゃらないでください」

「現地のテロリストなんかと手を組む必要はない。国外逃亡した奴の兵隊が爆弾を仕掛ければそれでいいのだ。そもそもタクシーが爆発するタイミングがよすぎるとは思わないか」

「言われてみれば、そうですね。鬼胴の車は走っていたわけですから」

「それに奴は、武器のブラックマーケットに通じている。現地のテロリストを使うこともできたかもしれない。あるいは、車が通ることをテロリストに密告し、その実、車に乗っていたのは替え玉ということもありうる。直前の二日間の空白が、その準備だと考えれば、より合点もいく」

「そうだとしたら、大変なことになりますよ。鬼胴はまんまと我々の手を逃れ、裏社会でのうのうと生き続けるということになります」

「まずは、鬼胴が今どこにいるかだ。潜伏先は奴にとって安全であることは言うまでもないが、急に用意したわけでもないと思う。それともし奴の手下が、爆弾を仕掛けたのなら、あらかじめ準備が必要だ。とすれば、どこかに基地のようなものがあるはずだ」

「彼らの消息は、タイ、フィリピン、インドネシアまでは分かっていますが、そこからきれいに消えてしまっています。今回の事故がバリですから、偽のパスポートで第三国に入ったとしても遠くはないのではないでしょうか」

「その第三国を、俺はマレーシアじゃないかと睨んでいる」

「私は、これらの三ヶ国から行くとしたら、その他にベトナム、カンボジアが考えられると思いますが、マレーシアに絞り込むのは、何か理由があるのですか」

「奴の資金源だ」

「瀬川からも聞きましたが、フィリピン以外にもまだあるとお考えですか」

「だからこそ、丸池屋は襲撃されたのだ。もし、あのルートが潰れたことにより、資金が底を突くなら、金で雇われた兵隊は、襲撃などしないでさっさと逃げ出したはずだ。フィリピンと同じように闇ルートがあり、鬼胴は今も金には困っていない。そうは思わないか」

「なるほど、それがマレーシアなのですね。武器が絡むとなるとベトナムや、カンボジアではできませんからね」

「マレーシアにある闇の武器ルートは、核も扱っているから取引額も大きい。奴がそこに目をつけないはずがない」

「なるほど、以前パキスタンのカーン博士がマレーシアルートで、中近東や北朝鮮に核を売りさばいていましたね」

池谷はぽんとひざを叩き、大きく頷いた。

「分かりました。東南アジアに散っている捜査官をマレーシアに派遣して、調べさせましょう」

「その必要はない。俺はもう調査を始めている」

「えっ、どうやって」

「大佐だ。傭兵一の軍師を忘れたのか。俺は、鬼胴が日本を出国する前から調査を依頼しておいた」

「なんと、そんな前から手を打たれていたのですか。確かに、大佐なら未だに裏の世界にも顔が利きますし、マレーシア国防軍にも知り合いが沢山いると聞いています。情報本部の捜査官より頼りになりますな」

大佐には、フィリピンの武器ルートを調査する時に、東南アジア全体の調査も依頼していた。

「実は明後日、美香の治療を兼ねて、ランカウイに行くことになっている」

美香は禁断症状もほとんどなくなるほど回復していた。それに左腕のギプスもとれて、体調もいい。森本もどこかへ旅行でもして気分転換をした方がいいと薦めていた。

浩志は、それならとマレーシアのリゾート島であるランカウイに行くことに決めた。もちろん、島に住む大佐に会うにも都合がいい。早速チケットの予約をしていた。

「なんとも気が早い。しかも新婚旅行も兼ねているのですか？」

池谷が珍しく軽口を言った。浩志が美香に付き添い、病院に泊まり込んでいることを瀬川から聞いていたからだ。

「からかうな。美香はついでだ。俺は大佐と打ち合わせをするだけだ」

「マレーシアで何か行動は起こされますか？」

「大佐の情報次第だな」

「そうですか。もし、何かあったら困りましたな」

「何が」

「マレーシアには、傭兵代理店はありません。最寄りの代理店はフィリピンになります。ジャカルタにある武器商ならご紹介できますが、サポートプログラムは使えませんよ」

「大丈夫だ。大佐のところに武器は腐るほどあるからな」

「大佐は引退してツアーガイドをしていると聞きましたが」

「ああ。だが、趣味は釣りなんかじゃないぞ。だれかさんと同じでな」

「むっ。……なるほど」

池谷は、子供のころからモデルガンを集めるのが好きで、防衛局調査課に配属されるとそれはますますエスカレートし、本物の武器弾薬を集めるようになった。それが、丸池屋の地下に眠る武器だ。彼が傭兵代理店は天職であるというのは、こういう理由もあったからである。

同じく大佐ことマジェール佐藤も、武器収集家で、自宅に隣接した場所に専用の小屋まで建てている。もっとも彼の場合、趣味というより傭兵を長年務めていたことに起因している。銃を持つ暮らしに慣れた人間は、それなしで生きることは難しくなる。それは一種の病気のようなものだ。

二

タイとの国境近くに浮かぶランカウイ島には、通常、成田からクアラルンプールか、シンガポール経由で行くことになる。しかし、どちらのルートもトランジット（乗り換え）で時間がかかるため、片道十一、二時間の旅になる。

浩志と美香がクアラルンプール空港で軽い夕食をとり、トランジット便でランカウイ島に着いたのは夜の十時だった。

機内のエアコンが効き過ぎていたため、タラップを降りると外気の包み込むような暖かさにほっとさせられた。この島は、日没とともに穏やかに気温は下がり、明け方には二十度近くまで下がるが、いたって過ごしやすい。

ローカル空港のため、飛行機を降りると空港ビルまで歩いていかねばならない。浩志は、美香の荷物も肩に担ぎ、ゆっくりと歩いた。

「もっと暑い国だと思っていたのに、涼しくて気持ちいい」

長時間のフライトから解放された美香は、両手を振り回すようにしてはしゃいでいる。浩志にとってもこの島は、世界中で一番安らぎを覚える場所だ。自ずと体も弛緩した状態になった。

二人は手荷物を受け取り、税関で簡単な審査を受けるとロビーに出た。空港ビルといっても、小さな建物なので大して歩くこともない。浩志はロビーのソファーに美香を座らせ、空港職員が出入りする部屋に入ったが、ものの十秒もしないうちに出て来た。

「行こうか」

「あそこ、トイレ?」

「いや、空港事務所だ。車の鍵を知り合いの職員に預けてあった」

「レンタカー?」

「俺のだ」

「ここに住んでるの?」

美香はわけが分からないという顔をした。

「何度も来るうちに借りるのがめんどくさくて、買った。いつもは友人に預けてある」

「いくらよく来るからって、車を買うなんて信じられない」

「この島は、電車もバスもない。足がないと話にならない」

「ふうーん」

彼女はまだ、納得いかないという顔をしている。

「私の知らないことが、まだいっぱいありそうね」

「別に隠すつもりはないが」

駐車場に置かれていたのは、トヨタの四駆だった。浩志は車を北に走らせた。美香を連れているのでタンジュン・ルーに住む大佐の水上コテージに泊まるわけにはいかない。どうせならと、ダタイホテルという五つ星のホテルに予約を入れた。ホテルは島の北西に位置し、北東に位置するタンジュン・ルーとは離れている。それもかえって大佐に気を遣わなくてすむと思った。

「ダタイホテルに予約するなんて、おしゃれね」

美香は浩志に今回の旅行プランを聞いて、研究してきたようだ。

「まあな」

「泊まったことあるんでしょう」

「ない。いつもは友人の家に泊まるからな」

「そうなんだ。でもビラを頼んだのでしょう。ダタイのビラは女性に人気なんだ」

ビラは贅沢な別荘風キャビンで、敷地内の鬱蒼《うっそう》としたジャングルに点在する、ダタイホテルの売りだ。

「ゆっくりするなら、ビラに限る」

「ねえ、プールもついているんでしょう。私、そういうところで一日中本を読むのが夢だったんだ」

「ずいぶんと慎ましいことだ」

五つ星のホテルでプールつきビラといえば、贅沢この上ない。だが美香のことを考えると、人との接触を避けるのに都合がよかった。

「そうよ。私は慎ましい女なの」

ホテルのロビーは丘の上に位置し、ラウンジからライトアップされたプールや闇に埋もれるジャングルを眼下に見下ろすことができた。チェックインをすると、玄関からホテル専用の電気カーゴに乗って海岸近くのビラまで案内された。ビラは高床式のアジアンテイストの木造で、一戸建てほどの大きさがある。

「すてき！」

美香は広い室内を見て手放しで喜んだ。つい最近まで麻薬のために感情を失っていた人間とは思えない。

木の壁や天井の大きな梁《はり》は、落ち着きのある大人の空間をつくり出している。浩志も、堅苦しいホテルは嫌いだが、ここならくつろげそうだと思った。

ホテルの案内係は丁寧に説明し、チップを受け取るとベルボーイが運転するカーゴに乗って帰っていった。

「なんだか眠るのが勿体《もったい》ない」

美香はリビングスペースのソファーで足を伸ばした。

浩志は冷蔵庫からビールを取り出し、グラスに注いで彼女に渡した。

「あら、バーボンはないの？」

「ない。明日、買い出しに行く」

二人は現地ビールで乾杯すると一気に飲み干した。口当たりの軽いビールだが、渇いた喉に適度な刺激を与えた。

「ふう」

美香は大きな息を吐いた。

「疲れたか」

「ちょっとね」

一時は極度に衰弱し、美香は栄養失調寸前だった。今では食欲もあり、かなり回復しているものの、体力はまだ以前の半分にも満たない。長時間のフライトで体力を消耗し、疲れているはずだ。

「明日は、一日ゆっくりする。マンダラスパでマッサージしてもらうといい」

ダタイホテルは、ランカウイでも指折りのホテルでレストランも有名だ。浩志も何度かレストランで食事したことがあり、ホテルのサービスはよく知っていた。

「そうする」

美香は屈託ない笑顔で答えた。

「そうだ！」

自分でも驚いたように美香はいきなり立ち上がると、デッキに通じる扉を開けた。そこにはライトアップされた小さなプールがあった。

美香は服を脱ぎ捨て、裸になると、そのままプールに飛び込み、歓声をあげた。

浩志は冷蔵庫からワインを取り出し、トレーにグラスと一緒に載せ、プールサイドに行った。

「気が利くわね、ボーイさん。注いでくれる」

グラスにワインを注ぐと、美香の濡れた腕が首に絡みついてきた。

「泳ぎは、不得意？」

「いいや」

浩志はシャツとジーパンを脱ぎ捨て、頭からプールに飛び込んだ。ライトに照らされたプールの水が、心地よく体にまとわりついた。水中を自由に泳ぐ魚のように美香のしなやかな両腕が背中から、胸に巻きついてきた。以前より数キロ痩せたと言っていたが、胸の膨らみは、以前と変わらず浩志を刺激した。

三

ビラの周りは鬱蒼《うっそう》としたジャングルに囲まれ、すぐ下には小川が流れている。夜中は木々の厚い壁に阻《はば》まれ、海岸の波音すら届かない。唯一川のせせらぎが心地よい音楽を奏《かな》でる。そして夜明けとともにジャングルの動物たちは、一斉に歌い出し、ジャングルを昼の姿に戻す。猿や鳥、リスなど、その種類は豊富で、彼らは存在感をアピールするかのごとく合唱し、決して不協和音にならない。ただし、地元でゲッコウと呼ばれる大型のイモリは、その名のごとく「ゲッコウ、ゲッコウ」と大声を張り上げる。こればかりは自然のものといえど、やかましいばかりで慣れることはない。彼らの声に刺激され、毎日二人は朝六時前に起きて敷地内の散歩コースをゆっくりと歩いた。散歩コースと言っても、海岸沿いの道もあれば、ジャングルを抜けるコースもあり、三十分も歩けば結構な運動になる。朝食前の運動としては持ってこいだ。

このホテルに来て四日が経っていた。二人はホテルからほとんど出ることはなかった。もっともここに泊まる金持ちは、大抵敷地内のプールやビーチでのんびり読書や日光浴をして過ごす。日本人のように、オプショナルツアーでスケジュールを埋め尽くすことはない。

「いいの？　こんなにゆっくりしていて」

美香は現地の女性のようにパレオと呼ばれるろうけつ染めの布を胸元から巻きつけ、服の代わりにしていた。快適らしく昨日からこの格好で一日中過ごしている。それにスタイルがいいので似合っていた。

「今日は友人のところに行こうと思っている。一緒に来るか？」

昨夜、大佐ことマジェール佐藤から打ち合わせをしたいと、携帯に連絡が入った。この島は不思議とどこにいても携帯の電波がよく届く。島全体がリゾート地として開発されているためだろう。もっともアジアでは、電話線を敷設するより、アンテナを建てた方が遥かに設置コストは安いため、携帯が発達している国が多い。

「一緒に行ってもいいの？」

美香も日一日と体力が回復しているため、そろそろホテル暮らしに変化が欲しいところだろう。

「大佐のコテージは見晴らしがいい。気分転換になるぞ」

「大佐？」

「ただのニックネームだ。本名はマジェール佐藤という日系マレーシア人だ」

「聞いていい？　浩志って、本当は何をしている人？」

美香はこれまで一切こうした質問はしなかった。もちろん浩志が元刑事であることは知っていたが、その後のことは知らないはずだ。

「聞きたいか」

「うん。聞きたい」

「傭兵だ」

少し乱暴に答えた。名乗って誇れるものではないからだ。

「傭兵って、何？」

日本人には縁遠い職業である。彼女が知らないのも無理はない。

「プロの戦争屋。雇われ兵だ」

美香は驚きの表情をしたが、すぐに納得したのか小さく頷いた。浩志の体に残る無数の傷は半端ではない。そのわけを知りたがっていたことを浩志も知っていた。

「俺も質問させてくれ」

「どうぞ」

「初めて会った時、どうしてあそこにいたんだ」

偶然じゃないことは、すでに分かっていた。浩志は美香の正体を知るうちにどうしてもこの謎が知りたかった。しばらく沈黙が続くままに、二人は海岸を歩いた。

美香は打ち寄せる波に誘われるように波打ち際に近づき、サンダルを脱ぐと素足《す》に波を絡ませた。

「言っておくけど、あなたとあそこで会ったことは、本当に偶然よ」

美香は砂浜に戻ると腰を降ろした。この時間ビーチで遊ぶ者はいない。もっともプライベートビーチのため、日中でも数人の宿泊客がデッキチェアーで日光浴をするぐらいだ。

「あなたは、赤城から私の過去を聞いたのでしょう」

浩志は無言で頷いた。

「そう」

美香は俯いてなかなか口を開こうとはしなかった。まるで二人の会話に耳をそばだてるように波の音も小さくなった。

「赤城の話は、関係ない」

「分かっている。だけどあの時のことを説明するには、私の過去も話さないといけないの」

「そんなことは、どうだっていい」

浩志は単純に彼女と会ったいきさつを知りたかった。

「だめ、あなたには、やっぱり知っていて欲しい。私の母は、妾《めかけ》だった。あの醜い男の」

そういうと美香は唇を噛んだ。

「私があの男の子供なのかどうかは、私は知らない。母に聞くのが恐ろしかったから。でも私は、あいつの子供じゃないと思っている。だって、自分の子供を殺す親なんていないでしょう」

美香は、父であるかもしれない鬼胴代議士をあいつと呼び捨て、十四年前、受けた仕打ちを詳細に語った。

凄惨な光景が浩志の脳裏に浮かんだ。浩志も戦地で何度も殺されかけたが、美香の体験は子供のころのことだけにより残酷だった。

「赤城は私があいつを殺すつもりで近づいたと思っていたけど、そんなことは考えてもみなかった」

美香はそう言ってみたものの、俯いて首をふった。

「それは嘘ね。心のどこかでそう思っていたのかもしれない。でもそんな恐ろしいこと、私にできるはずがない。近づいて、母を殺した証拠を見つけだし、刑務所に送ることが私の目的だったの」

「ああ、殺すよりも賢明だ」

「あの日は、中村の紹介で初めて成城にある鬼胴の家に行くことができた。そこでたまたまあいつと死んだケン・牧野とかいう男との話を立ち聞きしてしまったの」

「内容は？」

「それは、牧野がたまたま成城学園前駅であなたを見たことを報告し、どう対処したらいいか、相談していた。そしたらあいつは、生死を問わず警告しろと命令したの」

美香はその時のことを思い出したらしく、身震いすると浩志の腕を強く摑んだ。

「恐ろしかった。あいつは気狂いよ」

浩志は彼女の肩に手を回し、落ち着かせてやった。

「牧野は自分の部下にあなたを尾行させ、連絡を待っていた。私は帰る振りをして、屋敷の外で牧野が動き出すのを待ったの。怪しい素振りを見せれば警察に通報するつもりだった。でもあの男の車を尾行したら、人気のない公園の前に止められちゃって、仕方なく私は、公園の反対側に車を止めたの。どうしようかと迷っているうちに、あなたが私の車に乗り込んで来たというわけ」

「なるほど、確かに偶然だな」

襲撃して来たのは、私設秘書の牧野だということはすでに分かっていた。だが、どうして待ち伏せされたのか、疑問だった。まさか駅からつけられていたとは気がつかなかった。それに美香が公園の出口付近にいたことは、彼女の説明で納得がいく。あのあたりは道が狭い割に見通しが利く。牧野の近くに車を止めることはできなかったのだろう。

「私の話、信じてくれる？」

「ああ」

　つまらない質問をしたもんだと浩志は後悔した。あの時、負傷した浩志を心配してくれた美香の気持ちだけ信じていればよかったのだ。

「よかった」

　美香の顔に笑顔が戻った。その横顔を見ていると、ふっと、彼女の車に乗り込んだ時の情景が浮かんだ。

「それにしても、よく新種の強盗を車に乗せたな」

　この台詞は美香が言ったものだ。

「あの時、あなたが無事なことが分かって、安心して冗談を言ったのよ」

「安心した？　ずいぶんと迷惑そうだったが」

「初対面の人に、無事でよかった、なんて言えないでしょ」

「なるほど。それにしても、よく俺だと分かったな」

「あの時、初めてあなたを見たけど、一目で分かったわ」

「どうして」

「私、あなたのファンだったから。あなたの記事、残らずスクラップブックにしているんだから」

「ファン？　笑わせるな」

「本当よ。だってこれまであの男に敢然と立ち向かったのは、あなただけだから」

「嵌められたの間違いじゃないのか」

浩志が十五年も殺人犯を追っているのは、信念というよりそれしか道が残されていなかったからだ。しかも、黒幕が鬼胴だとはつい最近まで知らなかった。

「結果的にあなたは鬼胴と戦っているから、理由なんていいの。そういう意味では私も同じ。私たちはあの男に立ち向かってきた同志よ」

「同志ね」

同志という言葉は陳腐《ちんぷ》だが、同じような境遇であったことに変わりはない。

「スクラップブックと言えば、一番がなかったが……」

「私のスクラップブック見たんだ」

「マンションを家捜ししたからな」

「私たち親子が殺された事件を一番にしたかったから、一番は、初めからないの。それに貧乏な親子が殺されたところで、どこの新聞も記事にはしてくれなかったし」

美香の頰に初めて涙がつたった。一番を欠番にしたことで彼女の苦しみと悔しさがよく分かった。

「名前は、美香のままでいいのか」

彼女が落ち着いたところで、最後の質問をした。

「私、確かに戸籍上は松下由実という名前があるけど、その女は十四年前に死んだの。私は森美香。あなたの知らない由実は死んだの」

美香は浩志の予想に反し、まだ二十八歳だった。殺されかけたのは、十四の冬である。冬の荒れた海に突き落とされた時、母親は溺れ死んだが彼女は気を失ったため、かえって溺れることもなく奇跡的に海岸に流れ着いた。だが、その衝撃で記憶喪失となり施設に収容された。

二年後、選挙演説をしている鬼胴をテレビで見た美香は記憶を取り戻した。蘇った記憶は、復讐へと彼女を駆り立てた。半年後施設を抜け出すと、歳を偽り夜の街で働くようになった。年齢よりも老けて見えるのはそのせいだった。

「私が、私らしく生きられたのは、あなたに会ってからよ。だからあなたに会ってからのことだったら何でも聞いて」

「いや、質問は、おしまいだ」

今の彼女は、恐らく何でも答えてくれるだろう。だが、その答えの中にはきっと愛しているという隠語が含まれているに違いないと浩志は思った。それだけは聞きたくなかった。地獄に落ちた魂は、地獄にいるから落ち着いていられる。今さら闇の中から抜け出ようとは思わない。

ランカウイ島は、七月から十一月にかけて雨期に入る。もっとも、同じ東南アジアでもフィリピンのような熱帯性の雨期を想像すると調子が狂う。よく雨が降る七、八月でも月の降水量は三百ミリリットルと少なく、台風の進路からも外れているため、豪雨が降ることもない。

四

浩志はホテルの駐車場から車を出し、玄関前で待つ美香を拾った。

「曇りのち雨、現地に着けば晴れってところだな」

「天気予報でも見たの」

「雲と風で分かる」

海岸道路を東に向け車を走らせた。しばらく走ると鈍色《にびいろ》の空から大粒の雨が落ちてきた。

「ほんとだ！」

フロントガラスを叩く雨を見て、美香は感心した。

傭兵に限らず、優れた兵士なら天気が読める。軍事作戦では、天候は時として大きく作用するからだ。三十分ほど車を走らせると、雨は上がり雲を引き裂くように強い日ざしが漏れて来た。田圃《たんぼ》の脇でのんびりと草を食《は》む水牛を何頭かやり過ごしたところで、海岸道路からそれた。道は、急に細くなり、鬱蒼としたジャングルを抜けると大きな川のほとりに出た。島の北東に位置するタンジュン・ルーに着いたのだ。ここは、広大なマングローブの森が広がり、蛇行する大きな川が複雑な地形を作り出している。

川のほとりに申し訳程度の小さな桟橋がはり出し、屋根がついた八人乗りのモーターボートが三艘繋留《けいりゆう》してある。桟橋の近くに屋根をトタンで葺《ふ》いた木造の小屋と駐車場があった。浩志が四駆を駐車場に停めると、小屋から体格のいい男が現れた。身長は、一七〇センチほどだが、胸板が厚く、腕も太い。麦ワラ帽にサングラスをかけ、不敵な面構えをしている。傭兵仲間から大佐と呼ばれているマジェール佐藤だ。

「大佐、元気そうだな」

「待っていたぞ、リベンジャー」

浩志は海外の傭兵仲間からリベンジャー、つまり復讐者というニックネームで呼ばれている。復讐のために傭兵となったことを知っていた大佐が命名した。こうしたニックネームは、仲間内だけでなく、時として軍事作戦でそのままコードネームとして使われることもある。

大佐は浩志から美香を紹介されると、二人をボートの最前席に座らせ、自分は後尾の運転席に座った。観光客扱いするというのではなく、単純にボートを安定させるためだ。彼はナチュラルツアーという小さな観光会社を経営しており、主としてタンジュン・ルーの自然を案内するツアーを企画運営している。

ボートは川を上流に向けて進み、まるで大きな湖のような場所に出た。奥が深く、小さな小島が幾つも浮かぶ広大な景色をつくり出している。その北側にぽつんと浮かぶ小さな島の隣に大佐の水上ハウスがあった。

水上ハウスは三つの白い木造キャビンで構成され、桟橋も備えた立派なものだ。真ん中の一番大きなものは住居スペースになっており、右端は、観光客の休憩用にオープンデッキを備えた小さなカフェレストランになっている。各キャビンは、狭い渡り廊下で繋がっており、左端のキャビンは、大佐自慢の武器庫である。

大佐が桟橋にボートを寄せると、カフェの中から従業員が出て来て接岸を手伝った。桟橋の突端で、ちょっと太めのマレー系の女性がこぼれるような笑顔で三人を出迎えた。

「コウジ、ゲンキ」

「ママも元気そうだな」

大佐の夫人アイラである。体格がいいため四十半ばに見えるが、実は三十六歳とまだ若い。外見と同じく性格もおおらかで明るいため、周囲の者はだれしも彼女のことをママと呼び慕っている。今年五十五になる大佐とは四年前に結婚したが、子供はまだいない。

四人は足場が不安定な渡り廊下を歩き、だれもいないオープンカフェに入った。

間もなく十月、すでにオフシーズンに入っており、日本人観光客も少ない。かきいれ時は月の初めに終わっていた。このカフェは、自然観察ツアーの客に昼飯や、休息をとらせるために使われるのみでツアーがない時は、客もいない。

「今日は、開店休業だからのんびりしていってくれ」

大佐は一番真ん中のテーブル席に浩志と美香を座らせると、従業員に飲み物を注文し自分も席についた。近辺に建物はなく、視界を遮る物もない。デッキの前には人の手が入らない雄大な自然が広がる。美香はあまりの美しさに呆然とした。

マレーシア人の従業員が、冷たいマンゴージュースを出してくれた。二人は、南国の香りがする甘いジュースで喉の渇きを潤した。

「さて、昼飯前に話をするか」

大佐はちらりと美香を見た。

「私、席を外すわよ。外せればだけど」

ここは水の上だ。その辺を散歩してくるというわけにもいかない。

「その必要はないよ。お嬢さんは、ここでくつろいでいてくれ。浩志、キャビンに入ろう」

浩志と大佐は、住居スペースになっている真ん中のキャビンに入った。ここに大佐夫婦が暮らし、会社の事務所も兼ねている。入るとすぐリビングになっており、テーブルの上には、幾つかの書類が置かれていた。

大佐は書類を掴み取ると、籐《とう》の椅子に座り、浩志にも椅子を勧めた。

「急《せ》かせてすまん。まずいい話か悪い話か私には判断できないが、とりあえず報告しておこう」

大佐は上目遣いで、少々渋い顔をした。

「今朝、池谷から連絡が入った。おまえさんにも伝えてくれと言っていた」

「池谷から？」

自分には連絡がなかった。浩志はいぶかしく思った。

「昨日S大の新井田教授と思われる男の死体が、名古屋港で発見されたそうだ」

「思われる？」

「腐敗が進んでいて、判別は難しいらしいが、身分証明書が見つかったそうだ」

「死因は？」

「銃で撃たれていたそうだ」

「バカな、偽装かもしれない。新井田は死んだと見せかけ高飛びしたんじゃないか」

鬼胴のヒットマンであったケン・牧野はすでに死んでいる。さらに新井田。逃亡に際し、鬼胴はすべての証拠を消しにかかったのかもしれない。だが、簡単に信じるわけにはいかない。浩志は椅子から立ち上がり、リビングと玄関を無言で往復した。

「この男の指紋が、喜多見の都築家殺人事件と一致したらしい」

「くそっ！　こんなことってあるか！」

これまでの状況からみて、喜多見の事件では殺人鬼を新井田が務め、浩志の銃を使ったのは牧野に違いなかった。だが実行犯が二人とも死んでしまったとなれば、事件の真相は永遠に明かされることはない。池谷が直接自分に連絡を寄越さなかった理由がこれで分かった。電話では慰めようがないと判断したからだろう。

「やっぱり、悪い話だったか？　池谷も人が悪い。私に荷の重いことをさせるものだ」

しばらく浩志は玄関との往復を続けたが、やがて椅子に座り、重い口を開いた。

「次の話を聞こうか。また悪い話じゃないだろうな」

「いいや。これはいい話だ。おまえさんの睨んだとおりだ。鬼胴は生きている可能性がある」

大佐はマレーシアの武器ルートに詳しい。彼はこの二週間、国内の武器商をつぶさに調べてきた。すると十年前からあるルートがどうも怪しいということが分かった。というのも、マレーシアの武器を扱う闇のルートは、大半がインド、パキスタン、中東と関係し、中には核が扱われるものもあるが、銃や弾薬の密輸を主とする。だが、一年前から出現したルートは、武器も扱うが同時にミャンマーや北朝鮮の麻薬を扱い、取引には日本人が出てくるという。

「十年前からあるのに、大佐も知らなかったのか」

「それはだな、浩志、そのルートは、マレーシアとタイを経由するだけで実体はミャンマーにあるからだ」

「ミャンマー?」

「カウイン島だ。ここから北北西に五百キロ、クラ地峡沖に浮かぶ島だ」

大佐は地図を出し、指で場所を指した。

「タイとの国境に近いな。しかし、どうして場所まで特定できたんだ」

「北朝鮮のものは大麻だが、ミャンマーからくるのは高純度のヘロインらしい。ヘロインは精製工場がいるから自ずと場所が必要になる」

「なるほど、工場か」

「むろん、そんなものはこの国にはない。そこで、武器商人を通じて、タイの麻薬の売人に調べさせたところ、隣国ミャンマーから流れてくることが分かった」

「あんたって人は、どこまで情報網を持っているんだ」

「それだけ、長生きしている証拠さ。そこでミャンマーの日本企業とODA(政府開発援助)を調べたのだ。あの国は軍事政権だ。まともに商売している企業は少ない。隠れ蓑は、案外少ないのだ」

「日本の企業やODAとは限らないだろ。ミャンマーの国営の工場かもしれない」

「いいや、あの国は、北朝鮮と違って、国家ぐるみで麻薬は作ってはいない」

「それでも、日本の関連と絞った理由はなんだ」

「欧米諸国は軍事政権の人権抑圧に反対して、その数も知れている。従って欧米の企業を隠れ蓑にするには、リスクが大きい。それよりも曖昧な態度を取る日本の方が、目立たない。それに鬼胴は日本人だ」

「というと、日本に関連した施設や組織を一つ一つ潰していったんだな」

「そのとおり、結局ODAが進めるカウイン島の肥料工場が残った。調べてみるとこのODAは、なんと鬼胴が大臣をしていたころ後押ししていたんだ」

　鬼胴は二期連続で防衛庁長官を務めた後、外務大臣を一期務めている。

「鬼胴がODAに肩入れか。気に入らんな。しかも肥料工場。悪臭がしても怪しまれないということか」

「悪臭が出るヘロインの精製を行なうのに都合がいい。ヘロインじゃなくても肥料工場としておけば、たとえ化学兵器プラントだったとしても、隠れ蓑になる」

　浩志は何度も頷いた。

「これを見てくれ」

　大佐は二枚の大きな写真を渡した。

五

「これは！」

浩志は思わず驚きの声を上げた。なぜなら大佐が差し出した物は、カウイン島の衛星写真だったからだ。

「昨日届いた日本の情報衛星の写真だ。池谷に頼んで、取り寄せてもらったのだ」

A四サイズに引き伸ばされた写真は、一枚が島全体で、もう一枚は島の一部が拡大されており、工場のようなものが写っている。

「アメリカの軍事衛星の写真も手に入れることができる。その方が解像度は高いからな。しかし、今回はあえて使わなかった」

「CIAが介入してくると考えているのか？」

「老婆心《ろうばしん》かもしれんがな」

大佐は長年の経験から多くの国際問題にCIAの影があることを学んでいた。彼らの下で働いたこともあったが、逆に手痛い思いをさせられたことも一度ならず経験している。衛星写真を手配し、それがきっかけでCIAが介入してくる危険性は充分考えられた。

「まあ、大事をとったに越したことはない。まずこの写真から見てくれ、島全体の様子が分かる。この島は、南北に四キロ、東西に二・六キロと卵のような形をしている。集落は北端のこの村だけで、人口は二百人ほどだ。ほとんどの島民は漁で暮らしている。肥料工場というのは、島の南端のこの部分で、専用の港もある」

「島全体がジャングルで覆われているようだな」

浩志は大佐の話を聞きながら、すでに上陸ポイントを探っていた。

「ヘロインは、一旦タイのプーケット島に運ばれる。ここから、特産のマンゴーとしてマレーシアのクランという港に入り、今度はゴムの原料として日本に輸出される」

「わざわざタイやマレーシアを経由しなくても、ミャンマーから直接輸出すればいいじゃないか」

「それは、ミャンマーからの輸入品は日本の税関で目をつけられるからだ」

かつて黄金の三角地帯と呼ばれた、ミャンマーとタイとラオスの国境付近は、世界最大の麻薬供給地帯であった。現在は、タイの徹底した掃討作戦で、その生産量は激減しているものの、ミャンマーのこの地域では、未だに生産されている。この国の袋詰めの製品ということであれば、日本の税関が疑うことは間違いない。

「確かに取締りの厳しいマレーシアから麻薬が流れているとはだれも思わないな」

「タイとマレーシアを経由させるところが巧妙だ」

大佐の説明に納得し、浩志は改めて島の写真を見た。

「専用港に高速艇も停泊しているぞ」

栈橋に一目で分かる中型の高速モーターボートが停泊していた。

「多分、鬼胴専用のものだろう。これで脱出されると面倒なことになる」

「工場は、周りをコンクリートの高い壁で囲まれ、四方に監視塔が設けてある。恐らく監視塔には機銃も装備してあるだろう」

「要塞だな。これは」

浩志は腕組みして苦笑した。

「いくら、おまえさんが最強の兵士でも、一人じゃ攻められないぞ」

「二小隊は欲しいところだな。大佐、何かいい考えはないか」

「もちろん考えてある」

大佐はいたずらっぽい目で笑った。

「ところで、鬼胴の工場がどうしてミャンマーにあるのか分かるか」

「原料のアヘン生産地に近いこともあるが、奴は軍事政権の高官と癒着しているんじゃないか」

「そのとおりだ。鬼胴は防衛庁長官だったころ、軍事評議会のリー副議長と面識を持ったらしい。この人物がここ数年、急速に権力を掌握しつつある。私が睨んだところ、それは鬼胴がもたらす豊富なブラックマネーがその資金源となっているのではないかと思う」

「やっかいだな。鬼胴は軍事政権の後ろ楯もあるというのか」

「いや、そう考えるのは早計だ。リー副議長への権力集中は、評議会議長のみならず、軍部にも反発を招いている。このままだと内紛になりかねない」

「ひょっとして、そこが作戦のポイントになるのか」

「そうだ。私は作戦を実行するべく、すでに各方面に打診してある」

打ち合わせは一時間ほどで終わり、二人はカフェデッキに戻った。

浩志は椅子にもたれ掛かり、うとうととしている美香の肩に手をかけた。彼女は、びくっと反応し、体を大きく伸ばした。

「景色を見ていたら、眠くなっちゃった。それから、お腹もすいたな」

朝が早いだけに腹が減るのは当然で、昼の一時を過ぎていた。

「どうやら、ランチを注文する必要はなさそうだ」

あらかじめ、打ち合わせの後は昼飯と決められていたようで、浩志が席に着くと、四人分のナシゴレン（炒め御飯）とフライドチキンがテーブルに出された。そして、にこやかにアイラがマレー語で、美香に話し掛け、それを大佐が通訳した。

「若い二人には悪いが、我々もご一緒させてもらうよ」

美香が笑顔で応えると、アイラはふくよかな体を椅子に押し込むように座った。ワインを飲みながら、なごやかな時間が過ぎた。

美しい紫のグラデーションに染まった空を背景にオレンジ色の太陽がジャングルに沈むころ、二人はホテルに戻った。

「美香、俺は急用でタイに行くことになった」

大佐との打ち合わせで、浩志は二日後にタイに行くことになっていた。なかなか言い出しにくく、彼女がシャワールームから出てくるのを見計らって話した。

「鬼胴が見つかったのね」

彼女の表情が一変した。

「そうなんでしょ」

「それを確かめに行くだけだ」

「私も一緒に行っちゃだめなの？」

「だめだ。それに最終の目的地はタイじゃない」

「どこなの！」

いつもなら控えめな彼女も、鬼胴のことだけに食い下がる。

「軍事政権下のミャンマーだ」

鬼胴が軍に強いパイプを持つ以上、まともに入国したらすぐにばれてしまう可能性がある。そのため、タイから国境を越える予定なのだ。

「それじゃ、私どうしたらいいの！」

美香は目に涙を浮かべ、髪の毛を掻きむしるように頭を抱えた。

「大佐のところにいてくれ」

「いやよ、私を一人にしないで！」

「アイラが一緒にいてくれる」

「でも、私」

「遊びに行くんじゃないぞ！」

浩志の激しい口調に美香は血の気が失せたように青白い顔になった。これからの行動は生死を賭けることになる。銃の扱い方も知らない素人が行くのは、自殺行為だ。そんなことも分からないのかと、浩志はつい腹を立ててしまった。

美香はしばらく俯いていたが、小さな溜め息をつくと、

「あいつを絶対捕まえてね」

美香はぎこちない笑顔を見せた。

「約束する」

生死は問わず、という言葉を浩志は呑み込んだ。

殲滅《せんめつ》地帯

一

タイのプーケット島には、ランカウイ島から直行便が出ている。距離的には、東京〜名古屋間ほどで、飛行機で一時間とかからない。この島はタイで四番目に大きな州であり、最大の観光地でもある。

浩志と大佐を乗せたタクシーは海岸沿いのリゾート地を抜け、島の北西部を目指した。大佐から行き先は作戦基地とだけ、聞いているが、目指すところに軍事基地はない。

二人がタクシーを降りたのは、マイカオビーチの北端で、椰子《やし》に囲まれた広大な敷地に白いロッジ風の建物がいくつも建っている優雅な別荘地だった。

「ここは、世間では実業家の別荘地ということになっているが、実はタイ王国陸軍幹部の専用別荘地なんだ」

どうやら外見と違い、この場所は、世間から遊離した場所らしかった。大佐が必要以上に説明しなかった理由が頷けた。

大佐は荷物を担いでさっさと歩いていく。この男のコネクションの広さは今さらながら驚かされる。彼は優れた傭兵であるとともに、優れたテロ対策の教官でもあった。その実力を買われ、マレーシアのみならず、タイやフィリピンなどの国々で、特殊部隊の教官として働いてきた。そのため、これらの国々の軍部とは未だに親密な関係を保っている。

「この国の軍幹部は、みんな裕福でな、自分の別荘は持っている。だから、軍で用意されたここはあまり使われないのだ」

ビーチに一番近い建物の脇に、三台の軍用四駆が駐車されているのが見える。

「どうやら、役者が揃っているようだ」

玄関でドアベルを鳴らすと軍服姿の男が現れた。身長一七五センチ、半袖の軍服から日焼けした逞しい腕がのぞいている。

「待っていたよ、マジェール」

男は親しげに大佐を名前で呼び、握手を求めてきた。

「元気そうだな、大佐。浩志、彼は、陸軍第三特殊部隊隊長のスウブシン大佐だ」

タイの陸軍特殊部隊は優秀なことで諸外国に知られている。特にチェンマイに本拠地を置く第二特殊部隊は陸軍最高の技術と攻撃力を持つ。そして、第三特殊部隊は第二特殊部隊と同じ能力を持ちながら、さらに特殊な作戦行動をとるためにその存在は公にされていない。

「スウブシン大佐、この男が以前から話していた藤堂だ」

「噂は、マジェールから聞いている。会えて光栄だよ。まあ、中に入ってくれ」

軍幹部の別荘というだけあって、天井が高く重厚な感じがする。調度品もりっぱで大きな広間の中央にはいくつかのソファーが置かれ、五人の男が座っていた。そのうちの三人はお馴染みの顔ぶれで、年輩の小柄な男がにこやかに話し掛けてきた。

「藤堂さん、ご旅行はいかがですか」

丸池屋の主人池谷だ。その隣にコマンドスタッフ、実は現役の自衛隊隊員である瀬川と黒川が座っていた。三日前、大佐が連絡し、急遽《きゅうきょ》やって来たのだ。

「この方々はご存じですね。それでは、こちらのお二人をご紹介しましょう」

会話はすべて英語だ。二人のアジア系の男たちは、立ち上がって握手を求めてきた。どちらも私服姿だが、ミャンマー陸軍第一機甲部隊の若き将校だった。

「さて、メンバーは揃った。ちょっとした国際会議のようだな」

スウブシン大佐は一人だけ立って話を進めた。特殊部隊を指揮するというだけあり、背筋が伸び、堂々としている。

「皆さんには、それぞれの利害が絡んで目的が一致し、ここにお集まりいただいた。その目的とは、ミャンマーのカウイン島に潜伏していると思われるミスター鬼胴の逮捕と、彼の持っている武器及び麻薬ルートの壊滅です。一見、ミャンマーと日本の問題のようですが、この闇ルートは、すべて我が国を経由しています。しかも、麻薬を保管する倉庫はこの島にあることがすでに分かっています。これが表面化すれば、我が国のイメージが大きく損なわれるのは目に見えています」

タイにとって、観光は大きな収入源になっている。プーケット島が犯罪の舞台であることが表面化すれば、観光地としてのイメージダウンは避けられないだろう。

「そこで、私の指揮する第三特殊部隊が今回のミッションを全面的にバックアップします。またこの別荘地を出撃基地として提供します。ただし、今回の作戦は、形式は三国協力ですが、ミャンマー国内に攻撃ポイントがあるため、潜入部隊は三国いずれの国にも属さない構成にする必要があります」

もしミャンマーの国軍を主体とした部隊を編成し、それが万が一にも発覚した場合、クーデターという自体になりかねない。それだけ国軍は、緊張した状態にあった。それに他国の正規部隊であれば、なおさら侵略行為として国際問題にまで発展する可能性がある。

「トワン少佐、よろしく」

スウブシン大佐はミャンマーの若い軍人を改めて紹介した。二人の将校は評議会議長派に属し、階級は少佐であるが議長から直接命令を受け、作戦の全権を委ねられていた。

「我々の立場をご理解いただき、感謝します。我が国は国際社会から孤立していることは充分承知しています。そんな中、内紛を起こしたくないのです。ミスター鬼胴の資金が副議長に流れているのは、軍内部でも噂されていました。実際、多額の資金で彼は勢力を伸ばしており、議会の混乱を招いています。しかしこの資金源を潰せば、彼はおしまいです。彼は軍人としての経歴より、政治家としての経歴が長いので人望がないのです。今回のミッションでは、表面に出ない限り、我々は全面的に協力いたします」

ウーリー・トワンという将校は、若々しく張りのある声で言った。この国の政治は、今や汚職で腐敗していた。国民は、何をしても同じという気持ちから無気力になっている。そんな中でも一部の若き軍人や学生たちは未来に夢をたくし、懸命に頑張っている。彼もそんな一人なのだろう。

「次に日本の自衛隊の池谷を紹介します。ミスター池谷、お願いします」

スウブシン大佐に紹介され、池谷は立ち上がった。鬼胴の追い落としに成功した防衛省は、退官し密かに工作活動をしていた池谷を情報本部に召還した。傭兵代理店を公開されない情報本部の出先機関として位置づけ、その所長として池谷を改めて就任させた。

「それでは、私が僭越《せんえつ》ながら我が国日本の立場をご説明します。鬼胴は永年日本の自衛隊を食い物にしてきた人物です。十日ほど前に、バリでテロに遭い死亡したことになっておりますが、それは偽装工作で、ミャンマーに潜伏しているという情報がもたらされました。鬼胴は逃亡した現在でも犯罪行為を行なっていると見られ、我々はすみやかな処置をとりたいと思っています。日本政府は非公式ですが、今回の作戦にかかる費用を全額拠《きょ》出《しゅつ》することをお約束します」

池谷は意外に流暢《りゅうちょう》な英語を使った。鬼胴を逮捕すると言わなかったことに、生死は問わないのだと浩志は理解した。

「ありがとう、ミスター池谷。これで、三ヶ国の立場は、みなさんに分かっていただけたと思うが、実際に作戦の立案は、こちらのミスター佐藤に依頼するつもりです。彼は、テロ対策のエキスパートで東南アジア各国の特殊部隊の教官をしていた経験がある」

大佐が今度は起立した。

「私は、現役の兵士ではありませんが、豊富な経験と知識があります。しかし、作戦を実行するには、みなさんの協力が必要です。そこでまず、このミッションに自国の利益を優先させないことを、ご出席の方々に強く望みます」

彼はゆっくりと参加者の顔を見ていき、全員の承諾を得たことを確認した。

「今回のミッションが成功すれば、ミャンマーの軍政は平静を取り戻すことになります。しかしそれを嫌う国がある以上、作戦はすみやかに行なう必要があります」

「それは、アメリカのことですか？」

トワンは驚きの声を上げた。

「君の国は他国からの干渉を嫌い、国際社会から孤立している。またテロ国家ではないため、大国から軍事的な干渉がないと安心しているかもしれないが、欧米諸国は人権問題を無視し続ける現体制をいつまでもほっとくわけがない。特に米国は、世界で唯一の警察国家を気取っているからな」

スウブシンが大佐に代わって答えた。

トワンともう一人の将校は、顔を見合わせ頷いた。

大佐も大きく頷き、先を続けた。

「ミッションの実行は、経験豊かな傭兵部隊が主力になります。まだ、メンバーは揃っていませんが、部隊の隊長に、ここにいるミスター藤堂を任命したいと思います。彼は私同様、兵士としての戦歴も充分持っています。またテロ対策とサバイバルのエキスパートでもあり、英国特殊部隊ＳＡＳの教官を務めたこともあります」

浩志の紹介を聞き、ミャンマーの将校が驚きの表情を見せた。もっとも世界でもトップクラスの戦略技術を持つ英国特殊部隊の教官を務めた人間と聞けばだれでも驚く。しかも、それが同じアジア人であれば、なおのことだ。彼らの熱い視線を受け、浩志は軽く会釈した。

「さて、ミスタートワン。現在の状況を教えてもらいましょう」

大佐はトワンを促した。

「我々は、ミスター佐藤から連絡を受け、四日前からカウイン島の村に情報部員を送り、工場を監視しています」

ミャンマー陸軍はすでに行動を起こしていた。漁師に扮した国軍情報部員を三名北部の村に潜入させ、村人から情報を得るとともに、工場の動きを監視している。大佐の睨んだとおり、工場はまるで要塞のような構造になっており、高さ三メートルのコンクリート塀に囲まれ、四隅には見張り用の櫓《やぐら》が建っていた。出入りは正面のゲートのみで、監視小屋でチェックを受けない限り入ることはできない。村人の中には工場で働いていた者が数名おり、彼らから内部の構造を断片的に知ることができた。

「なるほど、島の様子は分かった。作戦の便宜上、工場のことをこれから要塞と呼ぶ。それで要塞の見取図はあるのかね」

「断片的ですが」

トワンらはあらかじめ用意してきた手書きの図面を拡げて見せた。

「ふむ。この写真と比べ、説明してくれ」

大佐が衛星写真を彼らに渡した。

トワンは写真を見て声を失った。ミャンマー国軍の装備は、国力を反映して旧式でお粗末だ。トワンらも、他国の協力が得られることに期待していたが、まさか軍事衛星を使ってまで準備されているとは想像すらできなかったのに違いない。

二

「浩志、トワンからの連絡で、鬼胴をキャッチしたそうだ」

大佐が世間話をするように淡々と報告した。

「確かな情報か」

戦略上、情報が歪曲《わいきょく》されたため、手痛い思いを浩志は何度も経験している。自分の目で確認したことでない以上、一〇〇％信用しない。別荘に来て、すでに四日経っていた。その間に様々な準備をし、信頼できる仲間も呼び寄せた。だが肝心の鬼胴の情報は現地の見知らぬ情報員に委ねられていた。

「目撃した時の状況を教えてくれ」

「鬼胴は、今朝、武装した護衛を六名連れて、島の海岸を軽くジョギングしたそうだ。漁船に乗り、沖合いで監視していた情報員が確認したようだ」

「間近で見たわけではないのだな」

浩志は飽くまでも慎重だった。事前の情報が確かでなければ、作戦は成功しない。

「そこなんだ」

大佐も懐疑的だった。いくら軍用スコープを使ったとしても、沖合いの揺れる船上からはっきりと確認できたとは考えにくい。まして他民族の顔は判別しにくいものだ。不確かな情報で命を賭けるようなまねはしたくない。

「大佐、やはり自分の目で確認したい」

「そういうと思った。用意はできとる」

大佐は悪戯《いたずら》っぽい目で笑った。

「タイの軍情報部から、偽装工作船を借りてある。今日の午後にはこの沖合いに停泊することになっている」

「北朝鮮じゃあるまいし、タイがそんなものを持っているのか」

「どこの国でも工作活動はしておる。要は使い方だ。北朝鮮のように犯罪に使わないだけだ」

浩志は夜がふけてから工作船でミャンマーに入ることになった。自分の目で鬼胴を確認し、その上で潜入部隊を動かすつもりだ。すでに今回の作戦準備は整っていた。部隊は、小規模な五人編成の二組で、イーグルとパンサーというチーム名がつけられた。これは、敵の守備能力が日本から脱出した特殊部隊二十名と現地で採用された兵士十名、多少人数は前後するかもしれないが、ほぼ特定されたからだ。正面から攻撃を仕掛けるようなまねをしなければ、この程度の人数は、浩志らの敵ではない。もっとも大規模な部隊を編成すれば国際問題に発展してしまう。これが限界だろう。

イーグルは傭兵だけで構成され、浩志が指揮を執《と》る。前回一緒に戦った寺脇京介、爆破のプロ浅岡辰也の他に、狙撃のプロ宮坂大伍とイタリア人のアンドレア・チャンピが加わった。新たに加わった二人は、いずれも古くからの傭兵仲間であり、腕利きである。パンサーは、タイの陸軍第三特殊部隊の副隊長を務めるデュート・トポイ少佐が指揮を執り、彼の二名の部下の他に瀬川と黒川が加わった混成チームになった。そして総指揮は浩志が執ることになっている。全員この別荘地に分散して宿泊しており、個人レベルで訓練をしながら待機している。

浩志は自分が決めた午前中の訓練をこなすため、海岸を走っていた。今夜、京介を連れカウイン島に潜入するつもりだ。上陸して鬼胴が目撃された海岸を監視し、確認次第本隊を呼び寄せることになっている。本来隊長を務める以上、偵察は他の者に任せるべきだが、今回の作戦だけは敵のことをだれよりも知っておきたかった。

潮風を受けながら走るのは、実に爽快で精神を解放してくれる。ここに来て浩志は毎朝と夕方一時間ずつ走り込んだ。

前方に四人の白人がジョギングしているのが見えてきた。この浜は南に二キロほど行くとホテルが一つある。多分そこの宿泊客なのだろう。だが、彼らが五十メートルほどの距離まで近づくとおもむろに浩志は立ち止まった。白人の男たちは、いずれも一八〇センチを越す巨漢で、鍛え上げられた体をしている。全員同じようなウインドブレーカーを着ていた。

浩志は靴ひもを直すふりをしてしゃがみ、両手で足下の砂を掴んだ。立ち上がると再び前を見て走りはじめた。男たちは間隔を空け走っていたため、浩志がその真ん中を抜ける形になった。すれ違いざまに三人の男が駆け寄り、遮二無二襲って来た。浩志は両脇の男の顔面に砂をぶつけ、目の前の男の拳をその懐に飛び込むように避けると、右腕をねじりながら投げ飛ばした。男の肩の関節が鈍い音をたてて外れ、男は激痛のため砂浜を転げ回った。最初に目つぶしを喰らった男たちは、必死の形相でパンチを繰り出してくるが理性を失った攻撃は稚拙《ちせつ》だ。浩志は、二人の男たちの金的と鳩尾《みぞおち》にひざ蹴りを喰らわせ失神させた。こうした足場が悪い場所では、有効距離の短いひざ蹴りがものをいう。三人目を倒す瞬間、男の懐からグロッグを抜き取り、奇襲に参加しなかった男に向けた。

「動くな！」

「相変わらず、見事だな。リベンジャー」

男も銃を浩志に向けていたが、にやにや笑いながら片手を上げてみせた。

「どういうつもりだ。カクタス」

浩志は銃を構えたまま、英語でサボテンの意味を持つコードネームで男を呼んだ。男はＣＩＡの捜査官であり、かつてこの男に雇われ、コロンビアで働いたことがある。どうやら、大佐の危惧《きぐ》が当たったったようだ。

「部下の訓練と思ったが、あてが外れたよ」

「ごまかすな！」

「分かった。率直に言おう。君たちの行動を把握し、我々はその目的を望まないということだ。分かるよな、リベンジャー」

「邪魔するのか」

「よく考えてみろ、鬼胴の資金でミャンマーは一触即発の状態になるだろう。そうすれば、ちょっと後ろから押してやるだけで、軍事政権は崩壊し、民主国家のできあがりだ。あの男を逮捕するのはそれからでも構わないだろう。なんなら、その時、手を貸してやってもいいんだぞ」

「おまえたちは、ベトナム、アフガニスタン、イラクと介入を続け、世界中に紛争を蔓延《まんえん》させた。また同じ過ちを犯すつもりか」

「手厳しいな。私たちは過ちを犯したとは思ってない。我々が動かなければ、今ごろ世界は社会主義とテロに支配されていたんだぞ」

「その傲慢《ごうまん》さが、新たにテロを生み出しているとは思わないのか」

「我々は、いつでも謙虚に平和を求めているだけだ」

「なんとでも言え」

アメリカ優越主義を自慢する奴と話をしたところで、時間の無駄になるだけだ。

「一つ聞いておこう。鬼胴の闇ルートをいつから知っていた」

「我々は、三年前からあの男の動きは摑んでいる」

「だとしたら、武器と麻薬の密輸を知りながら野放しにしていたのか」

「これは、リスクマネージメントだ。我々は彼のけちな商売を潰すより、ミャンマーの軍事政権が潰れることを選んだ」

「ふっ、けちな商売だと。そのために何人もの人間が死んでいるのだぞ」

「言っただろう。リスクマネージメントだと。リベンジャー、目の前の死体を数えないことだ。軍事政権をほっておけば、これからも死体は増え続ける」

「まあいい。俺が十五年かけてここまで来たことをおまえたちは、その組織力で簡単に突き止めたわけだ。さすがと誉めてやるよ」

「当然だ。我々の組織は世界一だ。何でも知っている。もちろん、奴の茶番もな」

「茶番とは、バリの爆弾事件のことか」

「あんなくさい芝居は、子供騙しもいいところだ。信じるのは、おまえの国ぐらいなもんだ」

「せいぜいバカにしろ。だとしたら、カウイン島にいることも摑んでいるのか」

「あたりまえだ。あの男は運動不足で毎朝ジョギングを始めたらしい」

　この男の欠点は自分の所属する組織の巨大さに酔いしれることだ。浩志が鎌をかけたとも知らずに、べらべらとしゃべった。ＣＩＡは鬼胴が偽装工作をし、あの要塞にいることをすでに確認しているのだ。

「そうか。そんなことまで分かっているのか。まいったな」

浩志は頭の後ろに手を当て、困惑の表情を作って見せた。

「あの工場は、ちょっとした要塞だ。落とせるとは思わないことだ。それにどうしてもやるとなれば、我々を敵に回すことになる」

「俺は所詮傭兵、ただの雇われ兵士だ。あんたらを敵に回すつもりはない。ここでしばらく観光気分を味わって帰ることにするよ」

「それでいいのだ。リベンジャー。我々も君を敵に回したくはない」

五年前、浩志はＣＩＡに雇われ、コロンビアでゲリラの村を襲撃する作戦に参加したことがある。その時の指揮官がカクタスだった。この男の作戦の甘さからゲリラに逆襲され、襲撃部隊は壊滅状態になった。だが、浩志がたった一人で敵の背後を襲い、作戦はかろうじて成功した。その時の浩志の活躍は味方をも震撼させるものだった。カクタスが部下の三人に浩志を襲わせ、自分は距離を置いていたのも、浩志の恐ろしさを充分に理解していたためだろう。

「リベンジャー、君の腕は、もっと有効に使うべきだ。いつかまた一緒に仕事をしよう」

「いつでも声をかけてくれ」

浩志はゆっくりとその場を離れ、グロッグを砂浜に捨てた。

三

別荘に帰ると浩志は盗聴器が仕掛けられていないか調べ、念のため大佐を砂浜に連れだした。

「大佐、鬼胴はカウイン島にいることが分かったぞ」

「どうして分かった」

「なに、昔なじみのけちな情報屋から聞いたのだ」

浩志は先ほどの出来事を説明した。

「なるほど、連中らしいな。これで偵察の必要はなくなった。だが、出撃は今夜だ。連中もまさか俺たちがすぐ動くとは思うまい」

二時間後、三台の大型バンが別荘地にやってきた。そのうちの一台からドレスで着飾った数人の若い女性たちが降りてきた。残りの二台からは、コックの姿をした男が数名降りてきて、何か機材を下ろしはじめた。

「パーティーでも始めるつもりですかねえ、チーフ」

「我々が警告したことでしばらくは動かないはずだ。まあ気晴らしでもするのだろう」

別荘から離れた茂みから、カクタスが部下と双眼鏡で監視していた。肩を外された男と、金的を蹴られた男たちはまだ病院にいる。

三十分ほどすると、別荘前のビーチでバーベキューパーティが始まった。

「チェッ、まったくいい気なものですね。女は、みんな粒揃いだ。きっと高級娼婦ですよ。俺たちも混ぜてもらいましょうか」

「まったくだ」

その後、カクタスらは二時間ほど監視を続けた。だが、バーベキューが終わり、コックと機材を乗せた二台のバンが帰っていくのを確認すると、さすがにバカバカしくなったようだ。

「チーフ、娼婦だけが残りましたよ。後はすることが決まっていると思うのですが」

「そうだな。気が進まないが、後は盗聴器の監視に切り替えよう」

「別の意味でつらいですね」

「それを言うな！」

各別荘にはＣＩＡの盗聴器が仕掛けてある。浩志ですら発見できないほど、巧妙に設置されていた。二人の捜査官は、茂みから抜け出し、とぼとぼとホテルに帰った。

別荘を出た二台のバンは、国境沿いの町ラノーンに向かっていた。もちろん乗り込んでいるのはコックに成りすました浩志たちだ。ラノーンは、プーケット島から百二十キロほど北上したところにある小さな港町で、急遽、工作船をそこに向かわせている。

「連中は今ごろ、盗聴器で興奮してますかね。俺も聞いてみたかったなあ」

京介がいつものののんびりした口調で大佐に言った。

「奴らは、自分たち以外はみんなバカだと思っている。だからシンプルな作戦ほど騙しやすいのだ」

大佐は上陸作戦に参加するわけではないが、工作船から潜入チームをサポートすることになった。

二台のバンはひたすら北上し、アンダマン海に夕日が沈むころラノーンに着いた。

男たちは、疲れた様子も見せず工作船に乗り込んだ。この船の外見は中型のトロール船だが、スウェーデン製千馬力のエンジンを四基搭載しており、船底は高速性に適したV字型に設計されている。これは、コマール級（ロシアではプロジェクト一八三Rと呼ばれている）高速艇に相当し、最高速度四十ノット（時速七十四キロ）を出すことができる。また後尾に偽装を施された艦対空ミサイルも搭載しており、機能的にも海軍のミサイル高速艇と同じで、普段は、マラッカ海峡に配備されている。この海域はテロばかりか海賊が出没し治安が悪い。そのためタイ政府は警戒態勢を強化し、正規の艦艇だけでなく、覆面警備にこの偽装工作船を使っている。

「邪魔が入ったので、決行は早まったが作戦に変更はない。まず、この船は一九、〇〇時にこの港を出港し、ミャンマーの領海に入る。ミャンマー海軍は議長派のため、彼らが我々を探知できたとしても、無視することになっている」

船倉は前後二つに分かれており、前部は武器庫と作戦室を兼ねている。そこに兵士たちは集まり、大佐の説明にじっと耳を傾けている。

「二〇、〇〇時、カウイン島南西部の通称椰子の浜にゴムボートで上陸、その際、浜で待機するミャンマーの情報部員、コードネームサンダーが合図し、手引きする。もし、彼と接触できない場合はただちに作戦を中止、撤退する」

「サンダーには、今夜の作戦はもう伝わっているのか？」

浩志は念のために聞いてみた。

「トワンから連絡を入れてある。すでに確認済みだ。これからが肝心だ。毎日二〇、三〇時、村民がトラックで要塞からごみを回収することになっている」

「夜にごみ回収ですか」

珍しく京介が質問した。

「この国は、南国だ。日が沈んでからその日のうちにごみを回収した方がいいんだ」

「なるほど、一晩経つと臭いですからね」

大佐は壁にかけてあるホワイトボードに要塞の見取図を書きながら説明を始めた。

「上陸した地点を回収トラックは通ることになっている。ミャンマーの情報部員が村民に扮装しているからだ。回収トラックは正門から、要塞の左手前にあるごみ集積所に行くことになっている。このトラックの荷台に浩志率いるイーグルが隠れる。潜入した五名は二手に分かれ、一組は、右手前の建物二階にある通信室を破壊し、もう一組は、左奥にある兵舎に爆薬を仕掛ける。通信室の破壊を確認した時点で、兵舎を爆破する。パンサーは、混乱に乗じ正面の監視を片づけ、突入。後は、残った敵兵を殲滅させるだけだ」

説明はなおも続き、鬼胴を逮捕し、撤退する手順まで解説された。質問は、ほとんどなかった。大佐の作戦が緻密であるということもあるが、参加した兵士の能力が高いためでもある。

「質問がないようなら、解散。各自出港まで自由にしてくれ、ただし、夕食は船内のレストランでな」

大佐のジョークに場が和んだ。

「浩志、長かったな、ここまで来るのに」

作戦室に残った浩志を大佐が労った。

「おまえはこの作戦が成功したらどうするんだ」

「何も考えていない」

「おまえは、天性の兵士だ。このまま戦い続けるのもいいだろう。だが、私のようにのんびり暮らすのも悪くはないぞ。俺と一緒にあの島で仕事をしないか」

「確かにそれも悪くはない。だが、出撃前は作戦のことしか考えないことにしているんだ」

「年は取りたくないもんだ。引退しても自分は現役のつもりでいたが、そんなことも忘れてしまうようじゃ、焼きが回ったな」

「いいんだ。本当に何も考えていないんだ」

「さて、食事でもして待つとするか」

大佐は浩志の肩を叩き、上階の操舵室に向かった。

浩志は自分の荷物を点検し、中から手錠を出すと、尻のポケットにねじ込んだ。これは警官を辞職する際、先輩の刑事である高野がこっそり渡してくれたものだ。言葉はいらなかった。どこまでも実直だった高野の「刑事魂を忘れるな」というはなむけだった。


「上陸ポイント到着！　総員配置につけ！」

時刻は、午後七時五十分、作戦に遅れはなかった。

艦尾の船倉に二つのゴムボートが用意されている。ここから後方のハッチが開き直接海に出ることができる。これは、北朝鮮の工作船と同じだ。

潜入部隊の装備は、ハンドフリーのインカム、手榴弾、ＡＫＭ、ハンドガン、プラスチック爆弾を基本とし、狙撃手はＡＫＭの代わりにサイレンサーつきＳＲ一六Ｍ四を持つことになっている。このＭ四自動小銃は、アメリカの特殊部隊のみならず、陸軍でも採用されている。

ＡＫＭはＡＫ四七の後継機で、四七と同じく曲がった銃弾でも発射することができるほど、頑丈で目詰まりしない。この故障が少ないという信頼性ゆえに突撃銃に選んだのだが、敵が旧式ＡＫ四七を使っているという理由もある。つまり敵と同じシリーズを使うということは、弾薬不足になっても敵の弾薬で補充できることになるわけだ。アメリカ軍の兵士が湾岸戦争で目詰まりする自分の銃を捨てイラク兵が捨てたＡＫ四七を使用したというのは有名なエピソードだ。

またＭ四にはＭ二〇三（グレネードランチャー）を装着している。これは、グレネード弾（高性能爆薬弾）を発射できる装置で、局地戦には強い味方となる。

椰子の浜にライトが点滅した。

「よし、サンダーからの合図だ。上陸開始！」

二つのゴムボートは、闇夜の海に向かって漕《こ》ぎ出した。曇り空のため、星明かりもささない。おまけに風もなく、じっとりと暑さが首に絡みつくようだが、潜入には絶好の条件と言えた。

海岸線から三十メートルほどのところに近づくと、全員救命胴衣を脱ぎ、上陸に備えた。

浜に再び合図のライトが点滅した。

浩志の命令で、全員音も立てずに海に入り、ゴムボートを引っ張って浜に上がった。

「こっちです」

暗闇から声がした。

「引け！　罠だ」

浩志が叫んだ直後に、右の海岸線から強いライトが照らされ、ゴムボートに銃弾が集中した。サンダーとは接触した際、鳥の鳴き声で呼び合うことになっていたのだ。

「左岸に退避！」

浩志は、命令すると同時にライトを撃ち抜き、あたりを元の暗黒に戻した。狼狽《うろた》えて反撃する者はだれもいなかった。闇夜で銃を撃てば自分の居場所を教えることになるからだ。他国の情報部員を信じたことが悔やまれた。サンダーは捕らえられ、ライトの合図を教えてしまったのだろう。

浩志が左岸に近づくといくつもの影がそれに従った。

「全員無事か」

「イエッサー」

浩志の呼び掛けに兵士たちは頼もしく答えた。走りながら点呼を終えると、静かに命令した。

「このまま、村の方角に走るぞ！」

四

重機関銃を搭載した旧式ソ連製四駆を先頭に敵兵が目の前を走り抜けて行く。その数、およそ四十。

浩志たちは海岸沿いの道を村の方角に全速力で走り、道脇の藪《やぶ》に飛び込んだ。彼らは、ゴムボートを失っている。当然、逃亡するには船が要ることになる。それには村の港で漁船を奪う他ない。思惑どおり敵兵はそう考え、一目散に村を目指しているのだ。

「日本人じゃなかった。しかも四十人以上いたぞ。あいつらは国軍の兵士だ。どうなっているのだ」

トポイ少佐が浩志に詰め寄った。

「分からない。言えることは、敵の迎撃部隊は、村に行ったら少なくとも四十分は帰ってこられないということだ。その隙に要塞を落とせばいい。時間は充分にある」

「予備の作戦を決行するのか」

あらかじめごみ回収のトラックと接触できなかった場合の作戦も考えられていた。

「そうだ。俺はむしろ攻撃のチャンスだと考えている」

退路は、敵の後方が一番安全だ。敵が攻めてくる限り、逃げたところで戦況は変わらない。浩志たちは、敵と交戦せずにすれ違った。戦力の浪費もない。これほど敵の基地である要塞を攻撃するチャンスはないのだ。

「分かった。君の指示に従う。命令してくれ」

浩志は工作船の大佐に連絡し、要塞がある港の沖で待機するよう指示した。彼の作戦に大佐も賛成したことは言うまでもない。

「京介、辰也、トラップを用意！　後の者は全速で、要塞に向かうぞ！」

浩志が言うトラップとは、手榴弾を使ったブービートラップのことである。

作り方はいたって簡単だ。道の端にある木にセーフティピンを抜いた手榴弾をくりつけ、起爆レバーを輪ゴムかひもで留める。その輪ゴムに鋼線を結び、道の反対側の木に縛ればできあがる。敵が道を通り抜ける際、鋼線に足を引っ掛け、起爆レバーが外れると、手榴弾が爆発する仕掛けだ。この対人用トラップを二ヶ所と、手榴弾を鋼線の前方に置いた四駆用を三ヶ所仕掛けると、二人は本隊を追った。

浩志らはすでに正門前の茂みに到着していた。情報部員の報告どおり、正門の監視所に二名、建物の左右にある監視塔に一名ずつ監視兵が立っていた。監視塔まで、距離にして二百メートル、風は微風。狙撃するのに何の障害もない。宮坂大伍とアンドレア・チャンピがSR一六M四の暗視スコープで照準を合わせている。彼らはいずれも狙撃のプロだ。特にアンドレアは、フランスの外人部隊からの戦友で、部隊ではスナイパーのチームに所属していた。

浩志は京介と辰也の合流を確認すると、大伍とアンドレアに狙撃を命じた。監視塔の兵士は、それぞれ二発の弾丸を頭部に受け、かき消すように視界から失せた。連射するのは、確実に死を与えるための狙撃の常識である。続けて二人は、正門の監視所の兵士を撃った。彼らは、まるでコードで繋がっているかのように息が合っている。SR一六M四はサイレンサーをつけてある。要塞内の敵に気づかれる心配はない。

「よし、潜入開始。作戦どおり、イーグルは兵舎に爆薬セット、パンサーは、通信室を破壊」

三メートルの壁に囲まれた広大な敷地に、建物は四つある。左奥に兵舎があり、真ん中の大きな建物は工場である。右手前には、通信室を備えた小さな二階建ての建物があり、右奥には前の建物より一回り大きい二階建てが建っている。この建物が鬼胴の住処となっている。作戦上、ここを基点のAポイントとし、時計回りにB、C、Dと区別されている。

敷地内はまだ異変に気がついていないようだ。近くの海岸に打ち寄せる波の音が聞こえるほど静まり返っている。浩志らはDポイントの兵舎に爆薬を仕掛けた。当初の作戦と異なり、兵舎の爆破は鬼胴逮捕まで、行なわないことにした。密かに作戦を実行し、敵の援軍を誘《おび》き寄せないようにするためだ。できれば、村に行った敵の部隊とも戦いたくなかった。

「Bポイントを破壊、占拠した」

トポイ少佐の連絡だ。

「了解。パンサーは、Cポイントに潜入し、爆破の準備をしてくれ。我々はAポイントに向かう」

「了解」

要塞奥の機銃は外に向けられていた。なぜか監視兵の姿は確認できない。おおかた座り込んでさぼっているのだろう。建物奥は、険しい岸壁になっている、潜入を試みる者はいないと思っているに違いない。

イーグルチームは鬼胴の宿舎であるAポイントの裏口から二名、表から浩志も含めた三名で同時に突入した。大きな建物ではない。一階は、部屋が二つ。一つは事務所、もう一つは応接室のようだ。捜査はライトを窓に向けないよう、慎重に行なわれた。トイレから物置きまで隠れる場所はないか調べられた。二階は、鬼胴の使っている部屋と護衛の兵が宿直する小部屋があるはずだ。二階に続く階段は一つ。最初に護衛の部屋に突入したが、だれもいなかった。浩志はちくりと嫌なものを感じた。最後の部屋に全員突入したが、もぬけの空だった。

外から銃撃音が轟《とどろ》いた。

「メイデイ、メイデイ！　Dポイント、キルゾーン（殲滅地帯）！」

トポイ少佐の叫ぶような声がインカムから聞こえた。

浩志の脳裏に一瞬、頭痛のような恐怖が過《よぎ》った。

「全員、窓から退避！」

チーム全員すぐさま反応した。彼らは階段を降りることなく、二階の窓を突き破り、地上に飛び降りた。浩志は、全員の避難を確認して脱出した。それと同時に建物が爆発した。だが、脱出した彼らをめがけて要塞後方の監視塔から機銃掃射が襲った。全員反撃すらできず、物陰に隠れた。

「大伍、アンドレア、機銃を始末しろ。後の者は援護！」

「隊長、アンドレアと私はさっきの爆発でやられました」

大伍とアンドレアは背中から爆風をまともに受け、吹き飛ばされた。運悪く爆弾はこの二人の近くに仕掛けられていたようだ。

「どこにいる」

「建物の東、玄関近くです」

「辰也どこにいる」

「ミスった。建物の北の茂みだ。身動きがとれない」

辰也の場所は、監視塔の真下にあたる。動けば機銃のえじきになる。

「動くな。そのまま待機」

「京介ついてこい」

建物の西で監視塔の陰にいた浩志は傍らにいる京介を従え、大伍の下に駆けつけた。大伍の左肩と右足には爆発物の破片が刺さっていた。銃を扱える状態ではないが、命にかかわるほどではない。だが、近くで倒れているアンドレアは首筋に破片がくい込んでおり、すでに死亡していた。浩志は戦友の亡骸《なきがら》に心の中で手を合わせ、彼の銃と弾薬を拾い上げた。

「京介、大伍の銃を持って、二階の小部屋に行け、右奥の監視塔が狙えるはずだ。トポイ、現在位置を知らせろ」

「Dブロック中央の荷物の陰に隠れている。部下は二名とも負傷した。後の二人は、Cブロックに隠れて反撃している。しかし、時間の問題だ。おまえたちだけでも脱出しろ」

Cポイントの工場は広いため、あらかじめ四つのブロックに分けて識別されており、正面入口がDブロックということになっている。

「俺たちが行くまで、頑張れ！」

「了解！」

「京介、位置についたか」

「はい、ばっちりです」

「よし、サイレンサーをはずして、合図をしたら撃ちまくれ」

浩志は工場の壁伝いに西の角まで進んだ。

「撃て！」

京介は銃を速射モードにして、撃ちまくった。むろん、監視兵を倒すとともに、反対側の監視兵の気を引くためである。浩志は工場の角からすばやく身を乗り出し、慎重に照準を定めた。暗視スコープに監視兵の必死の形相が手に取るようにはっきりと映った。こちらに気づく様子もない。右奥の監視兵が京介の銃撃を受け死亡した。続けて浩志の撃った二発の銃弾は左奥の監視兵に命中した。

「トポイ、敵は、今どこにいる」

「A、及びBブロック、一部が入口付近に回り込み、完全に包囲された」

浩志は京介と辰也を工場の正面に行かせ、自分は一人で裏口までやってきた。

「正面入口まで着きました」

辰也の声である。

「俺が先に仕掛ける。京介、最初にグレネードを三発使え」

「了解！」

「突入する。トポイ、瀬川、黒川、グレネードの攻撃終了を待って、反撃しろ」

浩志は裏口を蹴破ると同時に発砲した。そして敵を確認するとグレネード弾を発射し、まとめて吹き飛ばした。正面に回った二人も、続いて銃撃を開始した。京介も味方の位置を確認しながら、グレネードを撃った。

敵はやはり日本からやって来た残党だった。彼らは新たな敵に恐慌をきたした。中には反撃すら忘れ、逃げまどう者もいた。接近戦になると闘争心よりも恐怖心が勝る。グレネード弾による攻撃は、この恐怖心を煽るためだった。

傭兵たちの攻撃は、冷徹だ。敵が両手を上げても銃を離さない者は容赦なく撃ち殺した。彼ら傭兵のルールは「生き残る」、ただそれだけだ。

「攻撃終了！　現状報告」

浩志は反撃がないことを確認すると、工場内を自ら点検し命令した。

「瀬川、Cブロック、無傷」

「黒川、Cブロック、無傷」

「辰也、Dブロック、無傷」

「トポイ、Dブロック、無傷。部下一名、負傷。一名、死亡」

辰也は突入後、すぐにトポイと合流し、バディー（二人組）で戦った。京介は辰也に命令され、浩志と合流していた。

「黒川、トポイ少佐と負傷者を連れ、要塞入口で敵襲にそなえろ。辰也と瀬川は、残党がいないか捜査しろ」

まだ終わったわけではない。鬼胴もまだ、発見されていない。まして村に行った国軍の部隊もいつ戻ってくるか分からない。

「京介、ついて来い」

浩志らは工場の二階に続く階段を探した。この工場の二階に事務所スペースが設けられていることは、ミャンマーの情報員から報告されていた。敵兵が集中していたことを考えれば、鬼胴がここにいることは明白だ。だが、階段の入口がなかなか見つからなかった。

「京介、その荷物をどかしてみろ」

浩志に言われたとおりに、京介は積み上げられた荷物を崩すように手早くどけた。

「入口がありました」

崩れた荷物の後ろから、二階へと続く階段の入口が現れた。

「待て！」

階段を上がろうとした京介の奥襟を、浩志は摑んで引き寄せた。

「足下を調べてみろ」

よく見ると階段の一段目と二段目に鋼線が張ってあった。簡単だが、巧妙なトラップだ。鋼線の先にはセーフティピンが抜かれた手榴弾が繋がれており、それをご丁寧に壁の下板で隠してあった。

「すみません。命拾いしました」

今はトラップを処理している暇などない。京介は鋼線に目印になる布をかけ、額から流れる汗を拭いた。二人は慎重に布を跨いで、階段を上がった。

生還

一

伏兵がいないか確認しながら京介が先に階段を登った。事務所は工場の内部を監視するためのものらしく、天井に張りつくように作られていた。

階段を登り切ったところに事務所のドアがあった。京介がドアの脇に立ち、突入の指示を仰いだ。しかし、浩志は京介を下がらせると、いきなりドアの左右を銃撃した。

「止めてくれ！　ここには兵隊はいない。撃つな！」

中から日本語で男の叫び声がした。

京介がドアを蹴破り踏み込んだ。ドアの右隣に黒の戦闘服を着た日本人らしき兵士が血を流して倒れていた。

「近づくな！　日本語が分かるか。私は、ここの事務員で何も知らない」

部屋の奥にある机にしがみつくように鬼胴は隠れていた。

「鬼胴、往生際が悪いぞ」

浩志は、ゆっくりと部屋に入った。

「とっ、藤堂！」

鬼胴は浩志の顔を見るなり、壁に爪をたてるようにへばりついた。

「逮捕する」

鬼胴を見つけたら、一言「死ね」と言って引き金を引くつもりだった。だが、口をついて出てきた言葉は、自分をも裏切る、ありふれた刑事の台詞《セリフ》だった。浩志は、一瞬狼狽えたものの、その言葉が自分の深層から出たものなら、素直に従うべきだと自ら納得させた。

「なっ、何をバカなことを。私はすでに死んだことになっているのだ。それに何の罪だ」

この期《ご》におよんでも口は回るらしい。長年政治家をしてきただけのことはある。

「容疑は十四年前の松下良枝殺害とその娘の殺人未遂だ」

武器やヘロインの密輸とはあえて言わなかった。この男をあくまでもけちな殺人犯として扱いたかったからだ。この工場は、やはりヘロインの精製工場だったが、この国でしたことを日本で裁くことはできない。

「何で、何でそんなことを知っているのだ」

「赤城がすべて自白した。それに娘は生きている」

「生きている！　そうかやっぱりあの女が娘だったのか」

京介が鬼胴を捕まえるべく近づいた。

「近づくな！　私はどこへも行かないぞ！　近づくとこの爆破ボタンを押すぞ」

鬼胴は何か握りしめている。

「このボタンを押せば、この部屋は吹っ飛ぶ。一緒に死にたいのか」

「指を一本でも動かしてみろ、頭を吹っ飛ばすぞ！」

京介は銃口を鬼胴の顔面に向けた。

「鬼胴、時間稼ぎは止めろ。だれも助けに来ない」

浩志は、インカムのスイッチを入れた。

「瀬川、現状報告しろ」

瀬川と辰也は工場内の捜索を終えていた。敵の死傷者を確認し、工場の真ん中に捕虜を集めていた。

「敵兵の死体三十三確認、負傷者含め敵兵八名を拘束しました」

「日本兵の状況は」

日本から来た兵士は、国軍の制服を着た現地兵と違い全員黒い戦闘服を着ていた。

「十七の死体と二名の捕虜を拘束しています」

「こいつも入れて、二十人ですね」

京介が、床に転がる死体を顎で示した。

「鬼胴、おまえが日本から連れてきた部隊は、消滅した」

鬼胴の目が泳ぎはじめた。だが、起爆装置はまだ堅く握っている。

「総員に告ぐ。鬼胴を発見した。これより脱出する」

浩志は鬼胴から視線を外さず、急襲部隊に司令を出した。

「辰也と瀬川は工場に爆薬をセット。終わり次第大佐を連れて、正門のトポイ少佐と合流。捕虜は、全員無線室に閉じ込めとけ」

「了解！」

「トポイ少佐と黒川は、辰也と合流後、先発して退路を確保。港をおさえろ」

「了解！」

「俺と京介は、鬼胴の処刑をこれより行なう。以上」

京介は浩志のいるところまで下がり、銃を構え直した。

「待ってくれ、私の話を聞いてくれ。君は私の本当の目的を知らないんだ。私は確かに金を得るために様々な手段を用いた。仕方がなかったんだ。政治には金がかかるんだ。私が防衛省を動かしていた間、どれだけ対外的に優位に働いたかだれでも知っているはずだ。私がそれに今ここにいることだって意味があるんだぞ。私のおかげでリー副議長は、もうすぐクーデターを起こす。彼は、この国を民主国家にするだろう。私は国際社会から感謝されど非難されるようなことはしていないぞ」

「いくら喚こうが、けちな人殺しに変わりはない」

鬼胴は手許の起爆装置と浩志を何度も交互に見た。極限の状態で思考回路がうまく働かないのだろう。

「死ぬ前に一つだけ聞かせろ、松下良枝の娘は、おまえの子供か？」

質問の意味が分からないらしく、鬼胴はきょとんとしている。

「松下由実は、実の娘かと聞いているのだ」

「あれは良枝の連れ子だ」

浩志はこの答えを聞けば満足だった。思わず顔がほころんだ。だが、この場にそぐわない表情はかえって冷酷に見え、鬼胴をさらなる恐怖に陥れた。

「鬼胴、罪状は殺人罪」

「あれは、はずみだ。殺すつもりはなかったんだ」

「判決は死刑。これより刑を執行する」

淡々と刑を言い渡すと浩志は銃を構え直した。鬼胴は銃こそ持っていないが、爆破スイッチを持っている。「武器を持っている奴は死んで行く」。浩志のセオリーに矛盾はない。無抵抗の相手でも殺すことに躊躇《ちゅうちょ》はなかった。

「止めてくれ！」

鬼胴は絶叫し、爆破スイッチを机の上に置くと、慌てて両手を上げた。

「頼む。死にたくない。お願いだ。なんでもするから殺さないでくれ！」

今度は両手を合わせ、拝みながら鬼胴は涙を流した。

「みじめったらしいまねは止めろ！」

浩志は鬼胴を本当に殺そうと思っていた。だが、醜態を見せられると怒りさえ湧《わ》いてこない。それに一瞬美香の顔が浮かんだ。この男を逮捕してほしいと頼まれていたことを思い出した。

「くそっ！」

尻のポケットから手錠を出し、鬼胴の両手にかけた。手錠をかけた瞬間、これでよかったのだと、改めて自分に言い聞かせた。

「隊長。ご苦労様でした」

京介はわざとまじめくさって敬礼して見せた。

「浩志、終わったらしいな。派手に花火を上げてくれ」

浩志のインカムに割込みが入った。彼らの交信をモニターしていた大佐である。すでに要塞の沖に工作船を停泊させ、作戦の終了を待っていた。

「了解。負傷者に備えてくれ」

浩志は要塞から離れると自ら爆破スイッチを押した。いくつもの火柱が工場のあちこちで上がり、文字どおり大きな花火となった。港に着くと先発した辰也たちが出迎えた。待つこともなく工作船が黒いベールを脱ぎ捨てるように港に現れた。

工作船が桟橋に接岸し、出迎えのため大佐がデッキに顔を出した途端、浩志らの足下に銃弾が飛び跳ねた。彼らが一斉に物陰に隠れると背後のジャングルから何人もの兵士が見え隠れしながら銃撃してきた。村から戻った国軍の兵士だった。辰也らが仕掛けたブービートラップで、重機関銃を搭載した四駆を失ったものの、その大半は生き残っていたようだ。

「瀬川、トポイ、負傷者を船に乗せろ！　後の者は援護！」

工作船からの援護も加わり、一斉に背後のジャングルに向かって反撃が開始された。激しい反撃に敵が怯《ひる》んだ隙に瀬川とトポイは負傷者を担いで船に乗せた。

「全員、退避！」

浩志はそう命じるなり、ジャングルに向かってグレネード弾がなくなるまで撃った。最後に残ったのは桟橋に停泊してある高速艇の陰に隠れた浩志と鬼胴だけになった。

「浩志を援護しろ！」

工作船のデッキで大佐が自ら銃を構え、指揮を執っていた。

「浩志、足手まといだ。そいつを殺して、さっさと乗れ！」

「止めてくれ！　頼む！」

鬼胴は頭をぺこぺこと下げて叫んだ。

「死にたくなかったら、船に向かって走れ！」

「いやだ！　撃たれて殺される」

浩志は鬼胴の手錠を外し、背中を突き飛ばした。鬼胴は悲鳴を上げながらも一気に船に駆け上がった。

「浩志、援護する。おまえの番だ！」

大佐は、船上に重機関銃を持ち出したらしく、すさまじい銃撃が始まった。弾幕を潜るように浩志は船上に駆け込んだ。工作船はいきなりエンジンを全開にし、桟橋を離れた。

「ちっ、しつこい奴らだ」

工作船が港を離れると国軍の残党が高速艇に乗り込むのが見えた。どこまでも追ってくるつもりらしい。港を出る時、高速艇を破壊しなかったことが悔やまれた。

「藤堂さん。これ使いますか？」

辰也が何げなく差し出した小さな箱状のものを見て、浩志はにやりと笑った。

「見通し、二百メートルです」

機転を利かして辰也が高速艇に爆薬を仕掛けていた。この男は、危機的状況下ほど役に立つ。

「サンキュー、俺が指示する」

浩志は軍用双眼鏡で高速艇との距離を測った。そして、辰也が持っている起爆スイッチの有効距離になるのを待った。

「距離三百！」

「距離二百五十！」

「ちっ！」

高速艇から閃光が走り、工作船の前方に水しぶきが上がった。

「へたくそめ！」

敵は、ロケットランチャーを撃ってきた。慌てる者はいない。海面で弾むように進む高速艇でまともに狙えるはずがないからだ。だが、万が一当たれば手痛い損傷は免れない。

「距離二百！　やれ！」

辰也は起爆スイッチを押した。途端に高速艇の後部が爆破し、船体は海面をバウンドしながら夜の海に消えていった。

大佐は帰還した隊員を労《ねぎら》うと、さっそく鬼胴を尋問しはじめた。

「鬼胴さんよ。我々がここに来たことを知っていたようだが、だれから聞いたのかね」

敵の動きはこちらの情報が漏れていたとしか思えない。しかも、敵の迎撃部隊は、どう見ても本土からの援軍だった。

「名前は、知らない。多分アメリカ人だと思う。部下が英語でやり取りしていた。今晩敵襲があるから迎撃の準備をしろと言われたんだ」

「アメリカ人？」

「ああ、部下の話だとアメリカ人独特のなまりがあったそうだ。私も驚いている。あの工場に直接電話をかけてきたのだからな」

そんなことができるのはＣＩＡの捜査官、カクタスしか考えられない。浩志たちを逃したことに気づき、密告したに違いない。

「あのサボテン野郎！」

側で聞いていた浩志は、思わず拳で壁を叩いた。

「大佐、あいつの仕業だとしたら、プーケットには戻らない方がいい」

「そうだな。このままランカウイ島の私の家に行こう。日本政府の捜査官が来るまで、この男を監禁しておこう」

本来なら、タイの国軍で預かってほしいところだが、正規の作戦行動でないため、それはできない。しかも隣国の紛争の種を持ち込むことは避けるに決まっている。

工作船がランカウイ島に近づくころ、夜は白々と明けた。外見こそトロール船だが、タイ国籍のため、マレーシア領海内に勝手に入ることはできない。そこで四人乗り小型モーターボートに乗り換えた。大佐が操縦し、京介と浩志が鬼胴の脇を固める形で乗船した。

鬼胴はさすがに疲れたらしく、両手首の手錠を見つめたまま一言も口をきかない。すべての始まりはこの男が原因だった。だが、その憔悴《しょうすい》した横顔を見ていると、復讐の鬼と化し、十四年間戦地を這いずり回ってきたことに浩志はどうしようもない空しさを感じた。だがそれは初めから分かっていたことだった。同僚を殺され、殺人犯に仕立てられ、警察を追われた。行き場を失った浩志にとって、残された道は犯人を追うことだけだった。

ボートが水上ハウスに近づくにつれ、薄日が射すように浩志の心にも明るさが戻ってきた。生きて帰れる保証はなかっただけに、美香の顔がまた見られると思うとやはり嬉しかった。

ボートが水上ハウスの桟橋につけられた。この時間はまだ従業員はいない、が、ボートの音を聞けばアイラが出てきてもおかしくはなかった。遠くの空で輪を描きながら飛ぶ鷲《わし》の姿が異常な静けさを際立たせた。先ほどまでの浮かれた気分は消し飛んだ。

浩志はベレッタを構えて、桟橋へ降りた。遅れて京介もＡＫＭを構えながら続いた。

乾いた破裂音が二度。

とっさに身を伏せた。振り返った浩志の眼に崩れ落ちる鬼胴が映った。銃声は対岸のジャングルからした。京介がジャングルに向けてＡＫＭを乱射した。

「やめろ京介！　無駄だ」

対岸まで八百メートル近くある。ＡＫＭで反撃したところでまともに届く距離ではない。

「大丈夫か、大佐！」

「ああ、私は大丈夫だが、鬼胴は仏になっちまった」

鬼胴はボートの中で、胸に二発の銃弾を受け息絶えていた。

二

近くのマングローブの森で鳥が鳴きはじめた。

銃声が乱した自然のリズムは元に戻った。対岸のジャングルに潜む狙撃手は立ち去ったらしい。

浩志は母屋になっているキャビンに入った。猿ぐつわをされ、後ろ手に縛られたアイラがリビングに横たわっていた。遅れて入ってきた大佐が慌てて彼女を自由にした。猿ぐつわを外された途端、アイラは泣き叫んで大佐に抱きついた。

「美香が、誘拐されたの」

「なんてこった。だれがそんなことを」

大佐はアイラの背中をやさしく叩いて慰めた。

浩志はテーブルの上に置いてあった走り書きを摑み取った。

「妖精の住む七段の滝？」

「トゥラガ・トゥジュのことだ。妖精が住んでいたという伝説がある。島の西側、ダタイから南南西三キロほどのところにある」

大佐は浩志から渡された走り書きを読み上げた。

「一一、〇〇時、決着は、一対一、妖精の住む七段の滝の上。懐かしき友より、か」

「どうやら差出人は、おまえさんの追っていた奴らしいな」

「ああ、死んだと思っていたがな」

喜多見の殺人事件で新井田とともに犯行に加わったのは死んだケン・牧野だと思っていた。しかし、「懐かしき友」と名乗るところをみると長年追っていた犯人としか考えられなかった。

浩志は大佐自慢の武器庫で装備を整えた。基本的には昨夜と同じだ。予備弾丸は、多めに持つことにした。長期戦になるとは思えないが、敵が一人とは限らないからだ。

ハンドガンは、四十五口径ガーバメントを選んだ。ガーバメントはベレッタに代わるまで米軍の公式銃だった。浩志は戦地での装備としてベレッタよりも、むしろホールドが馴染むガーバメントを好んで使用していた。威力は三十八口径のベレッタより当然上だ。敵ののどてっぱらに開ける穴は大きい方がいい。

「浩志、私も行かなくていいのか。それに工作船はまだ沖に停泊しているはずだ。他の仲間も呼び寄せることもできるぞ」

「いらない」

「相手は、一人とは限らないぞ」

「これは、俺の問題だ。一人で解決しなければ、過去を清算することはできない。それに敵は美香を人質にしている。一人で行かなければ彼女は、殺される」

「しかし……」

「京介、おまえもついてくるな！」

「つれないじゃないですか。藤堂さん」

武器庫を眺めるふりをして装備を整えていた京介は肩をすくめた。

確かにすべての始まりは、鬼胴がつくり出したのかもしれない。だが、浩志を十五年にも及ぶ捜査にかり出したのは、浩志の銃を使って殺人を犯した真犯人だ。逮捕しようとは思わない。死を与えるのみだ。

浩志は自分の四駆に乗り込んだ。サバイバルグッズから非常食を取りだし、運転しながら食べた。工作船で仮眠をとったものの、とても充分な休息を取ったとはいえない。できるだけコンディションは整えておきたかった。

タンジュン・ルーから、トゥラガ・トゥジュまで、車で四十分、最寄りの駐車場からは、徒歩で二十分。これは観光ルートのため、滝の上に行くにはさらに三十分ほどきつい山道を登ることになる。だが、このコースをとれば身をさらけ出すことになり、絶好の標的となってしまう。そこで、大佐は浩志に詳細な地図を渡し、別のルートを教えた。鬱蒼としたジャングルを抜け、滝の上流に直接出る方法だ。

腕時計を見た。まだ九時十分、時間は充分ある。はやる気持ちを抑えても、車のスピードは嫌がうえでも上がった。運転しながら呼吸を整え、身体に気を満たしていく。これは、長年戦場で憶えた呼吸法で、精神を安定させ、体力を急速に回復させることができる。それにしても、なぜ犯人は浩志と決着をつけようとしているのだろうか。桟橋での狙撃は明らかに鬼胴を狙ったもので他意はなさそうである。鬼胴を殺す理由も分からないが、あの時浩志も一緒に殺すことができたはずだ。疑問は尽きない。

トゥラガ・トゥジュに向かう道の途中で車を止めた。ここからジャングルの道なき道を四十分ほど歩けば、七段の滝の上に出ることができる。地図とコンパスさえあれば、迷うことはない。優れた兵士の条件としてトレッキング能力が求められる。戦場には案内板などないからだ。地図はすでに頭に叩きこんであった。時折コンパスで方角を確認するだけで充分だ。あたりを警戒しつつ進んだ。犯人は狡猾である。どこで見ているか分からない。

三十分ほど進むと、水の流れる音が聞こえてきた。滝の上流に出たのだ。このまま、川と並行して、下流に進めば、滝の上に出ることができる。さらに十分歩くと、水の音が変わった。滝に着いたのだ。まだ、ジャングルの深い茂みにいる。匍匐《ほふく》前進するように低い姿勢で進んだ。茂みの隙間から、滝の上部が見える。だれもいない。息を殺して三十分待ったが、犯人が現れる様子もない。時刻は十一時を五分過ぎていた。

犯人は浩志が出てくるのを待っているのだ。滝の上部は岩場になっており、開けた空間が広がる。のこのこ出て行けば、狙撃されるに違いない。だが、約束の時間はすでに過ぎている。もう待つことはできなかった。浩志は油断なくＡＫＭを構え、茂みから抜け出した。

「俺はここだ！　姿を現せ！」

大声で叫んだ。標的になる覚悟はできている。大佐は防弾チョッキを勧めたが、動きが鈍くなるため、あえて着けてこなかった。撃たれれば、それでおしまいだ。

浩志の身体は広い空間にさらけ出された。だが、何も起こらなかった。注意しながら、中央の岩場まで歩いて行くと、その上に拳大の石が沢山積んであることに気がついた。一見子供が遊びで作ったように見える。だが滝の上部に登る者はいない。

滝つぼには、観光客ばかりか涼を求める地元の家族連れでにぎわうが、滝の上部は足場が悪く、何度も死亡事故が起きているため、今では地元の人間も寄りつかない。まして、ツアーガイドは絶対に勧めないため、訪れる観光客もいないはずだ。

石の小山に時限爆弾か、ブービートラップが仕掛けてあるのではないかと浩志は思った。戦場でも特に市街戦でのブービートラップは、人間の心理を突いたものがよく作られる。好奇心をくすぐる物ほど危ない。

浩志は二十メートルほど下がり銃を構えた。とりあえず周りの石を撃って崩そうと考えた。その時、石の小山から電話の呼び出し音がした。

「くそっ！」

一瞬どうしたものか悩んだが、半ばやけくそで走り寄り、銃底で岩を崩した。中から、携帯電話が出て来た。迷わず通話ボタンを押した。

「遅いぞ、藤堂！」

何か作り物のような声である。恐らく簡易な声帯変調器を通して話しているのだろう。

「どこにいる！」

「上を見てみろ」

滝の上空には、太いケーブルが渡されている。ランカウイ第二の山、マチンチャンの麓《ふもと》にあるオリエンタルビレッジから、山頂の展望台へ行くロープウエイが設置されているのだ。

「見えて来たぞ、間抜けなおまえの姿が。おいおい、相変わらずロシア製の銃か。観光客に通報されるぞ」

六人乗りのロープウエイに男と女が乗っているのが見える。男は嬉しそうに腕を振っているが、女はぐったりとしている。美香に違いない。距離があるため顔までは確認できない。

「どうだ。腕を振っているのがそっちからも見えるだろう」

「決着はここじゃなかったのか！」

「気が変わった。もうすぐ山頂の展望台に着く。そこに一時間で来い。一分でも過ぎれば、この女は殺す。今度は遅刻するな。分かったか」

「分かった」

「その携帯を持って行け」

浩志は携帯を胸のポケットにねじ込んだ。

三

滝の上から山頂の展望台に行くのに、山道を登ったのでは二時間以上かかってしまう。一時間で行くには、どうしてもロープウエイに乗らなければならない。しかもロープウエイに乗る時間から逆算すると、残された時間は四十分もない。来た道を戻ったのではとても間に合わないことになる。とにかく桦のオリエンタルビレッジに行かなければいけない。

浩志は身軽になるため、走りながらＡＫＭとアップルを捨てた。そして、滝つぼに通じる足場の悪い道を駆け降りた。岩だらけの急斜面は、足腰に負担をかける。左のひざに鈍い痛みを覚えた。ずいぶん前に撃たれたところだ。よりによってこんな時、古傷が痛むとは、年は取りたくないものだ。

〈このポンコツ野郎、しっかりしろ！〉

浩志は自分を怒鳴りつけた。こんな時弱音を吐く我が身が許せなかった。

滝つぼまで、たった十分で降りた。というより半ば飛び降りていた。心臓は、すでに限界に近かった。途中なんども、木の枝や岩にぶつかり、体中傷だらけになっていた。それでも走り続けた。駐車場までは、さらにきつい坂が続く。普通に歩けば十分かかるところを四分で駆け降りた。平日のため、駐車場には車が少ない。入口近くに二台のバイクが見えた。オーストラリア人と思われるカップルが乗っている。多分レンタルバイクだろう。二人とも二五〇ＣＣのオフロードバイクに腰をかけ、話し込んでいた。オーストラリアは地理的に近いため、この島では同国人をよく見かける。

浩志は二人に走り寄るとガーバメントを突き出し、無言で降りるように指示した。とても口がきける状態ではなかった。女が悲鳴を上げバイクから飛び降りた。男はそれをかばうように抱き締め、後ろに下がった。浩志はさらに二人を後ろに下がらせると、男のバイクのキーを抜き取りポケットに入れ、女の乗っていたバイクにまたがった。乗るのは久しぶりだが、バイクの大型免許も持っているため何の問題もない。

曲がりくねった山道は舗装されているとはいえ、乗り手に負担をかける。胸の動悸が治まらない。それでもなんとかバイクを両ひざで押さえた。

「くそっ！」

歯を喰いしばってはいるが、ひざが笑い出した。すでに三十分経過していた。

開けた土地に色とりどりの建物が見えて来た。オリエンタルビレッジだ。ここは、アウトレットのようなショッピングモールで二〇〇二年にオープンした施設だ。浩志は駐車場にバイクを投げ捨て、ロープウエイ乗り場に走った。走りながらガーバメントをシャツの中に隠した。幸いここも平日のため、閑散としていた。これが土日なら、ロープウエイに乗るのに一時間待ちというのも珍しくない。案の定待つことなく、六人乗りのゴンドラに一人で乗れた。約束の時間まで、後二十三分ある。頂上までは二十分もかからない。思いのほか早く着いた。

浩志は大の字になって呼吸を整えた。ここまで呼吸が乱れると整えるのも至難の業《わざ》だ。それでも徐々に肺は規則正しく動きはじめた。心臓もなんとか持ちこたえてくれた。ゆっくりと身体を起こし、水筒の水を飲んだ。そして、頂上を見上げ、シャツに隠した銃をホルダーに戻した。

ロープウエイの終点が見えて来た。

標高七〇九メートルあるマチンチャン山頂は、周囲の尾根から突き出たような形をしており、山頂の駅は断崖絶壁に張り出すように作られている。

山頂の駅の数メートルほど手前で、突然がくんと、ロープウエイは止まった。止まる寸前山頂付近で何かが爆発したようだ。とっさに身を伏せた。しかし、何も起こらなかった。敵は浩志に危機的状況を作っては喜んでいるに違いない。

浩志は迷わずゴンドラの屋根に登り、ワイヤーにしがみついた。グリースのような油がついていて握りにくい。逆さになり、ワイヤーに足を絡ませた。山頂の駅までたとえ数メートルとはいえ傾斜があるため、なかなか登ることができなかった。なんとかワイヤーの端まで登り、ワイヤーを支える支柱にしがみついた。酸素が欠乏したのか鳩尾を銃底で殴られたかのように気分が悪くなった。

目の前には新たな難題が待ち受けていた。支柱と駅のデッキをつなぐメンテナンス用の梯子が飴細工のように曲がり、切断されていた。先ほどの爆発によるものだろう。距離にして約二メートル。だが足場が悪いため、助走はつけられない。浩志は頭を何度も振り、精神を集中すると思いきって飛んだ。デッキになんとかぶら下がるようにしがみついた。だが、デッキを支える鉄骨に足をぶつけ、ボルトが太ももに深々と刺さった。一瞬、気が遠くなったが、がむしゃらによじ登った。

デッキの上で四つん這いになりぜいぜいと荒い息をした。跳び移った時に、デッキの角で頭も打ったらしく、額に血が流れていた。どうやら、気が遠くなったのは、頭を打ったせいで、太ももの怪我は、かえって正気に戻す刺激になったらしい。息を整えようとしたが、激しい吐き気が襲い、咳き込んだ。胸ポケットの携帯電話が鳴ったが、手が震えてなかなか出ることができなかった。

「アクシデントにも拘わらず、時間どおりよく来られたな。誉めてやるよ」

犯人の声がどこか遠くで聞こえているような気がする。

「どこにいる」

やっとの思いで声を絞り出した。

「おやおや、ずいぶんとお疲れのようだね。年は取りたくないよな」

「どこにいるんだ！」

「おまえのいるところから、左側に階段が見えるだろう」

頂上に展望台は二つあり、駅はほぼ中央にあった。

「見える」

「さっさと、上がってこい」

立ち上がろうとすると、左足に激痛が走った。腿の傷から血が噴き出してきた。

浩志はポケットからバンダナを出し、左足の付け根を縛った。痛みが和らいだ気がした。ふと見渡すとデッキの隅に二人の男が倒れていることに気づいた。制服を着ているところから、ロープウエイの職員に違いない。二人とも大量の血を流している。確かめなくても死んでいることは分かった。邪魔をいれないためとはいえ、手段を選ばない残虐さに新たな怒りを覚えた。

浩志は、歩きながらナイフを隠すように腰の後ろに挿し、ホルダーを捨てた。水筒から最後の水を飲み干し、これも捨てた。気休め程度でも体を軽くしたかった。ガーバメントを握りしめ、展望台に続く階段を一段一段と、確かめるように登った。満身創痍《そうい》、体力も限界を越えていた。犯人の作戦はみごとに成功した。浩志が一人で来ているか確認し、その上無理な条件を出すことで体力を奪うのが目的だったに違いない。

展望台は近代的なデザインで、小さなコロシアムのような形をしている。そのコロシアムに浩志は、一歩を踏み出した。

空は灰色の雲をかき集め、雨を予感させる強い風が吹いてきた。

浩志は深く息を吐き、コロシアムの中央を見た。白のラフなスーツを着た男がグロックを構え立っていた。身長は一七五、六、年齢は三十後半といったところか。銃口は、足下の美香に向けられている。彼女は、気を失っているようで蹲《うずくま》ったまま動かない。

能面のように表情のない男の顔にどこか見覚えがあった。記憶をたどり、注意深く観察した。

男は唇をわずかにゆがめ、冷淡な笑顔を作った。

「まだ分からないのか、藤堂刑事。もっとも整形手術をしているからな」

声を改めて聞いて、稲妻が落ちたかのように浩志は衝撃を受けた。

「きさま、片桐か！」

十五年前、五反田の殺人事件でコンビを組んでいた刑事、しかも喜多見の殺人事件当日、自動車事故で死んだはず、というより浩志を陥れるために殺されたと思っていた男だ。十五年の歳月に加え、顔のパーツはかなり変わっていた。気の好い相棒だったはずの男の目つきは恐ろしいまでに冷酷になっていた。

「やっと分かったか」

「どういうことだ」

「とりあえず銃はこっちにもらおうか。この女の命が欲しければな」

浩志は銃身を持ち、床を滑らせるようにガーバメントを投げた。

片桐は用心深く銃を拾い上げると弾倉のカートリッジを抜いて床に捨てた。

「彼女に何をした」

「この女の病気治療で、ここに来たのだろう。だから手伝ってやったのよ」

片桐はにやにや笑いながら言った。

「まさか。麻薬を打ったんじゃないだろうな」

「おいおい、非難するような言い方は止めろ。治療のためにわざわざ高級な覚醒剤を打ってやったんだぞ」

「きさま！」

浩志は怒りのあまり、背中に隠し持っているナイフを投げようかと思った。距離は四メートル、外すことはない。だが、万が一心臓を外せば、はずみでグロッグが暴発しないとも限らない。大きく息を吸って自分を抑えた。

「そんなまねをしないと俺に勝てないのか」

「何とでも言え。おまえとまともにやり合おうとは思わない。おまえのことはよく分かっている。これでも高く評価しているのだよ」

「俺のことをずいぶん知っているようだな。だが、俺はおまえのことを知らない」

「当然だ。今までおまえにしっぽを摑まれることもなかったからな」

「そうか。おまえが鬼胴の使ったＣＩＡ出身のスパイだったのだな」

「よく知っているな」

「おまえが鬼胴を殺したのか」

「そうだ。あいつの抹殺こそ、俺のささやかな希望だったからな」

「おまえは鬼胴の手先じゃなかったのか」

「それは昔のことだ。今日は、特別サービスだ。殺す前に十五年前の事件から話してやる」

浩志はこれを待っていた。

事件の真相を知るまで、この男を殺すことはできない。

四

「素手の俺を殺すのに銃を使うのか。そんなに俺が恐いのか」

浩志は片桐を挑発した。

「恐い？　ああ恐いさ。だが心配するな。簡単に死なれては面白みがないからな」

片桐は銃をジャケットのポケットに仕舞った。

「どうだ、これで対等だ。文句はあるまい」

そして、ジャケットに隠し持っていた刃渡り二十センチを越すサバイバルナイフを取り出した。どうやら浩志の挑発に乗ったわけではないようだ。逃亡者として味わった恐怖をじっくり返そうという魂胆に違いない。

「ふっ、それが対等か」

「言っただろう。俺はおまえを高く評価していると。俺にはハンディーキャップを得る権利があるんだ」

「それなら俺が死ぬまで、質問に答えろ」

片桐はボクシングのような構えをし、ナイフを右手に持った。だが、浩志は隠したナイフを抜かなかった。もし、抜けば片桐は話すどころではなくなるからだ。

「俺を罠にかけた手紙は、おまえが書いたのか」

「あれは、おまえが殺したケン・牧野が書いた」

「俺は、真犯人は外人部隊にいるという手紙ももらった。どうやらきさまは牧野に売られたようだな」

「なんだと！」

片桐は国外逃亡するにあたり、フランスの外人部隊に入隊した。犯罪者が身を隠し、自らの履歴を抹消するのに都合がいいからだ。もっともそれを勧めたのは、米軍海兵隊出身の牧野だ。しかも片桐の始末を浩志にさせるべく密告したに違いない。

「くそっ！　あの野郎！　裏切りやがったのか」

「いや。義理堅くおまえの名前はどこにも書いてなかったぞ」

「ふっ。なるほど。どうやら俺たちは体よく日本を追い出されたということか」

「おまえは、十五年前、新井田教授と都築家殺害を行なったのだな」

「これは驚いた。新井田のことまで、知っていたのか」

片桐はわざとナイフを浩志の目の前で振り回した。ふざけながらとはいえ、扱いには慣れているようだ。

「俺は、鬼胴に都築家殺害を命令された。しかも、残酷な方法で殺せとな」

片桐は三年ほど、ＣＩＡで働いていたことがある。その実績を買って鬼胴は私的なスパイとして片桐を雇った。それは、当時ライバルであった議員の情報を得るため、刑事として品川署に送り込むことから始まった。片桐は鬼胴の汚れ仕事を次々とこなし、絶対的な信頼を得た。だが、その集大成とも言うべきものが残虐な殺人だった。

「見せしめか」

「部下の裏切りを防止するためのな」

片桐のナイフは、浩志の胸を浅く切った。スエーバックするように避けたが、思いのほか刃先は伸びてきた。

「おまえの役割は」

浩志はナイフを除けながら呼吸を整えた。

「俺は、あの気狂い博士の手伝いと都築にとどめをさすことだった」

「新井田も鬼胴の手下だったのか」

「奴は、ただの殺人鬼だ。裏の世界ではフリーの殺し屋として名が通っていたがな」

「おまえが雇ったのか」

「そうだ。現場を見ただろう。奴は異常性格者の犯行に見せるプロだった。だが、あいつは本当にいかれていた。あいつが血を舐めるのを見た時はぞっとしたぜ」

　やはり中野の事件で、新庄が推測した犯人像は正しかった。

　ナイフが今度は左腕を掠めた。だが、浩志は質問を続けた。

「あの日のトリックを教えろ」

「俺が腹痛のふりをして救急車で運ばれただろう。あれは中村が運転していた。事故った大型トレーラーは牧野が運転していた。事故に見せかけるのは簡単なことだった」

「事故を起こした時、本物の救急隊員とおまえの身替わりの死体があったはずだ」

「救急隊員は、偽の通報をして呼び出した救急車ごと拉致しておいた。それに俺の死体は浮浪者を捕まえてバイトさせたというわけだ」

「なんて奴だ」

　避けるだけでは、片桐のナイフをかわすことは難しい。足の感覚がなくなる前に反撃したいところだ。

「おまえは、俺の動きをどうして知っていたのだ」

　これだけは、どうしても分からなかった。

「プーケットでカクタスに会っただろう。奴の本名はリチャード・スミスだ」

　五年前浩志はカクタスと仕事をしたことがある。コロンビアでのゲリラ掃討作戦だった。一ヶ月以上生活をともにしたが、作戦を指揮したカクタスが、ＣＩＡの捜査官であり、コードネームがカクタスということ以外個人的な情報に触れることはなかった。

「なんだって」

驚きのあまり思わず足を止めた途端、右腕を浅く切られた。

「驚いたか。奴とは、もう八年の付き合いだ」

浩志はやっと気がついた。これも罠なのだと。たとえ、真実であろうと片桐の言葉に飲み込まれてはいけないのだ。

「俺は、高原と名乗り外人部隊にいたが、おまえが入隊したことを聞いてすぐに脱走したよ。それから色々あったが自分の特技を活かすことにした」

「特技？」

「俺は、元ＣＩＡ情報部員だった。だから、むかしの仲間に連絡し、自分の持っている情報を提供したら、すんなりと雇ってくれたよ。それから奴らの手先になって紛争地域を転々としたわけだ」

これで、片桐が浩志たちの動きを察知していたわけが分かった。ＣＩＡの手先になると同時にその組織力を利用していたのだ。

「いいことを教えてやろう。イラクで高原が死んだと現地で聞いただろう。あれはカクタスが仕込んだんだ」

イラクで偶然知り合った米軍の情報将校から得た情報だった。だが、ガセどころか仕組まれた嘘だった。

「くそっ！」

浩志はこれ以上、身体の傷を増やすわけにはいかなかった。体力はすでに限界を越えている。いくら呼吸を整えても気が満ちてくることはない。左足の感覚もなくなっている。思ったより出血は多いようだ。

「質問は終わりだ。藤堂！」

片桐は浩志の心臓めがけてナイフを突き出した。浩志はその手を掴み、投げ飛ばしたが、足下がふらつき尻餅をついた。立ち上がろうとすると手に堅い物が触れた。ガーバメントの弾倉だった。浩志は、とっさにポケットに突っ込んだ。一方片桐は勢いあまって、美香の倒れているところまで吹っ飛んだ。

「ふん、まだそんな力が残っていたのか」

「いや、こいつもあるぞ」

浩志は、腰に隠していたサバイバルナイフを抜いた。

「きさま、いつの間に」

片桐は、浩志のナイフを見て驚きの声をあげた。

「質問に答え続けろ、俺はまだ死んじゃいない」

片桐はジャケットを脱ぎ捨てた。

「汚いぞ藤堂！」

「おまえほどじゃない」

「ふざけるな。おまえは、俺の手持ち駒だったんだぞ」

「どういう意味だ」

「おまえは、俺のメッセージを受け取って、動いていただろう」

「何のことだ？」

「鬼胴の運転手が、殺されただろう。俺があの気狂い博士を雇ってやらせたんだ」

時効が過ぎ、十五年におよぶ捜査に見切りをつけようとしていた。そんな時、浩志を再度捜査に駆り立てた事件だった。

「俺はなあ、鬼胴のために働き、あげくに日本を追われることになったんだ」

浩志は油断なく構えながら片桐の話に聞き入った。

「十四年ぶりに日本に帰ったら、鬼胴はなんといったと思う」

片桐は興奮し、何度も大きく腕を振った。

「命が欲しかったら日本から出て行けと言ったんだ。この俺をチンピラ扱いしやがったんだ」

「だから、殺したのか」

「そうだ。だがあいつを殺すには、奴の取り巻きを片づける必要があった」

「それで、事件を起こしたのか」

「おまえが、飛びつくようにな。思ったようにうまくいったぜ。いや鬼胴も動いたから、なおさらうまくいった」

　運転手を殺害され、犯人を浩志だと勘違いした鬼胴は、私設秘書のケン・牧野を使って、当時の関係者を次々と抹殺した。それがかえって、浩志を事件の核心に近づける結果になった。

「新井田を殺したのもおまえか」

「奴の出張先でな」

　片桐は事件の関係者を最初から抹殺する考えだったらしい。

「殺しで過去を清算したつもりか」

「うるさい！」

　片桐も息が上がってきたようだ。ナイフに鋭さがなくなってきた。しかし、お互い相手に致命傷を与えるほど、深く踏み込むことはできなかった。勝負が長引けば、当然体力と気力がなくなった者が先に死ぬ。浩志の体力は、すでにないに等しい。だが、身体に刻み込まれた体術が無意識のうちに片桐の刃先をかわす。勝負の行方は分からなかった。

　二人は互いに牽制《けんせい》し、次の一手にすべてをかけた。

　展望台を吹き抜ける風は止み、代わってぽつぽつと雨が空から降って来た。

血の混じった汗が浩志の目に入った。ここで焦って動いた方が先に死ぬ。精神を集中させた。次第に雨音はおろか自分の息遣いすら聞こえなくなっていた。あるのは限界を越えた精神が造り出した静寂の世界であった。

戦いの潮時がまさに訪れようとした時、張り詰めた空気を女の絶叫がかき乱した。

「殺してやる！」

叫び声と同時に浩志と片桐に銃弾が襲った。

目の焦点が定まらない美香が、グロッグを握りしめ、撃ってきた。グロッグは片桐が投げ飛ばされた時、ポケットから落ちたらしい。どちらを狙っているのでもない、彼女が撃っているのは、幻覚だった。だが美香の幻覚は浩志たちにオーバーラップしているらしく、確実に二人を狙っていた。

弾丸が浩志の右肩をわずかにかすめたが、微動だにしなかった。

美香は、叫びながら銃を撃ち続けた。片桐に恐怖が走り、恐怖は攻撃を萎縮させた。片桐が渾身《こんしん》の力を込めてナイフを突き出したが、あまりにも稚拙な攻撃だった。浩志はそれを左手で絡め取るように押さえ込み、ナイフを持った右手を存分に伸ばした。

「藤堂！　きさま！」

美香は撃ち疲れたのか、弾を撃ち尽くす前に再び気を失ってしまった。コロシアムに再び静寂が訪れた。

片桐の右脇腹に深々とナイフが刺さっていた。その冷たい感触を確かめるように片桐はゆっくりとナイフを触った。

「どうして、俺を罠に陥れた」

これが最後の質問だった。

「どうして？」

片桐は急速に光を失いつつある目を浩志に向けた。

「竹井が……逮捕されてはまずかった」

「竹井？　五反田の殺人事件の犯人か」

「奴は、鬼胴の手下でヤクの……売人の元締めだった」

竹井が愛人であるスナック店員を殺した事件を浩志は気の好い同僚を演じていた片桐と捜査していた。浩志の聞き込みは執拗《しつよう》で恐らく竹井を洗い出すのは、時間の問題だっただろう。

「それで、俺を陥れたのか」

捜査の中核だった刑事が別件ではあるが殺人犯とされ、実際五反田の殺人事件捜査は頓《とん》挫《ざ》してしまった。

「おまえを……利用するのが一番だった」

片桐は笑おうとしたのか、顔を醜くゆがめた。

「なんてことだ」

竹井は、喜多見殺人事件の浩志のアリバイを崩すため、浩志に職務質問されていないと証言していた。だが、その嘘が後日先輩刑事である高野に怪しまれることになった。竹井は逮捕後、浩志のアリバイを証言したものの、麻薬のことは一切自供しなかった。たとえ殺人罪に問われても早ければ数年で出所できる。だが、鬼胴に繋がることを少しでも話せば、死は免れないからだ。

「俺に勝ったつもりか！　藤堂！」

片桐は絶叫すると口から大量の血を吐き出し、仰向けに倒れた。その脇腹から流れる血を洗い流すように雨が叩きつけた。この島では珍しく激しい雨になった。

振り返ると、雨に打たれた美香がゆっくりと起き上がるところだった。その手にはまだグロッグが堅く握り締められていた。浩志は、指を剝がすように銃を取り上げ、足下に投げ捨てた。

「美香。俺だ。分かるか」

何度も彼女の耳もとで名前を呼んでやった。

「浩志？」

美香の目に光が戻った。そして体を震わせ、嗚咽《おえつ》した。

後ろで微妙に雨音が変わった気がした。

振り返るとナイフを腹に突き刺した片桐が、上半身を起こして座っていた。浩志はガーバメントを捜した。展望台のデッキの端に、しがみつくように落ちていた。足下のグロッグを片桐の近くに蹴った。片桐が虚ろな視線をグロッグに向けるのを確認すると、足を引きずりながら、ガーバメントを目指して一歩一歩、歩いた。銃を拾うと、ポケットから弾倉を取り出し、装塡《そうてん》した。亀のようにのろい動作だった。その間、片桐は座ったまま手を伸ばしグロッグを握ると、いきなり撃って来た。弾丸は大きく左に逸れた。浩志は、なんとかガーバメントを構えると引き金を引いた。だが銃の反動を抑えられず、弾丸は片桐の頭上を飛んで行った。

浩志は外すまいと左手を銃底に添えて構えると、片桐が二発目を撃って来た。弾丸は浩志の右脇の肉をかすめ取るように飛んで行った。反動で尻餅をついて倒れた。

片桐は薄気味悪く笑いながら、立ち上がった。

浩志は倒れたまま両手でガーバメントを構えると両ひざの間から撃った。

「しつこいぞ。片桐！」

続けて三発撃った。

一発目ははずれたが、二発目は片桐の首に、三発目は眉間に当たった。片桐は、ヒューとわけの分からない音を口から吐き、勢いよく倒れた。

浩志は銃を離すと大の字になって倒れた。口を大きく開け、降りしきる雨を飲み込んだ。頭を振りながらなんとか立ち上がると、携帯電話を取り出し、大佐に連絡した。

「無事か、浩志！」

「ああ、終わった」

すべて終わった、もう何もない、一瞬そう思ったが、美香の弱々しい微笑みが目の前にあった。ふっと、何か温かいものが胸に広がる感じがすると同時に視界が霞《かす》んだ。

三十分後、雨上がりの展望台にタイ海軍のヘリコプターが着陸し、浩志と美香を回収した。大佐から連絡を受けたタイの陸軍第三特殊部隊隊長、スウブシン大佐が差し向けたものである。タイの国境近くといえども、他国の軍用機がマレーシア国内に入ることはできない。もちろん、その許可は大佐がマレーシアの軍上層部に直接交渉したことは言うまでもない。

ヘリにはトポイ少佐が乗り込んでいた。

呼吸マスクをつけられた浩志は担架に寝かされたまま意識はない。

「大した男だ。ほんとに」

トポイは体中に傷を負い、まるでぼろ布のようになった浩志を見て熱いものを感じた。この男とたった一度だが、一緒に戦ったことがある。それがとても誇らしく思えた。

「藤堂は、決して死んだりはしない。我々が全力を尽くして治療をするから、安心しなさい」

　トポイは浩志を見守る美香に優しく声をかけた。彼は鬼胴が狙撃された時点で、工作船を最寄りの海軍基地に入港させ、待機していた。そして、スウブシン大佐の命令を受けると自ら指揮し、ヘリを飛ばして来た。そこには浩志を絶対死なせてはならないという強い使命感があった。

　アンダマン海に浮かぶ美しい島、ランカウイ。

　その青く澄みきった空にヘリは溶け込むように上昇し、北へと遠ざかっていった。

エピローグ

マジェール佐藤は、朝から目を閉じ微動だもせず椅子に座り続けている。浩志が出て行ってから、かれこれ五時間近い。

「もう、病院に着いてますよねえ、大佐」

京介は、沈黙を守り続ける電話機の前をこの二時間動こうとはしない。

「何度も同じことを言うな、京介。おまえも座れ」

大佐のすぐ隣の椅子に腰掛けている辰也が、京介をたしなめ、向かいの席に座る瀬川と黒川も首を縦に振って同調した。

カウイン島から帰還した襲撃チームで、負傷者はそのまま工作船でタイの海軍基地に向かい、残りの兵士はゴムボートに乗り、大佐のキャビンに急行した。鬼胴が狙撃されたことを受けて、駆けつけたのだが、大佐のキャビンに着いた時には、すでに浩志の姿はなかった。その後、浩志から連絡が入ったものの、通話は途中で切れ、代わって携帯に出た美香と思われる女性は泣き叫ぶばかりで要領を得ない。大佐は、浩志がかなりの深手を負ったものと判断し、迅速に行動した。三十分後、トポイ少佐の乗った軍用ヘリが浩志を回収し、ランカウイにほど近いタイ南部の都市ハジャイにある病院に向かうことができた。彼の持つ軍関係の太いコネクションのなせる技だった。

電話機が重苦しい空気をあざ笑うかのように鳴りだした。

大佐は、かっと目を見開き立ち上がると、受話器をひったくるように取り上げた。

「私だ。……そうか、……ん、そうか、頼んだぞ」

大佐は、ほとんど言葉を発せずに頷くだけ頷いて電話を切った。

全員の視線が集まる中、大佐はもったいぶるかのようにゆっくりと口を開いた。

「トポイ少佐からの連絡だ。浩志は今、タイのハジャイにある病院で手術を受けているそうだ」

「容態は、どうなんですか」

京介が全員を代表するかのように質問した。

「分からんそうだ」

大佐は、トポイ少佐の危ないという報告は話すつもりはなかった。

「分からないって、そんな……」

「おまえは、浩志が死ぬとでも思っているのか。だとしたら、大バカものだ。あの男はな、死なんよこれしきのことではな」

大佐の落ち着いた口調とは裏腹に彼は浩志の口癖を思い出していた。〝武器を持った奴は死んでいく〟。それは、悲しい兵士のセオリーでもあった。

解　説――正統的男子活劇のヒーロー

コラムニスト　香山二三郎《かやまふみろう》

一九八〇年代から九〇年代にかけてハリウッドのアクション映画シーンをリードした『ダイ・ハード』シリーズの第四作が一二年ぶりに製作された。タイトルは『ダイ・ハード4.0』。ブルース・ウィリス演じるタフガイ刑事ジョン・マクレーンが今回相対するのはサイバー・テロリストとのことで、活劇ファンとしては喜ばしい限りだが、考えてみると、007シリーズにしろ、ミッション：インポッシブル・シリーズにしろ、欧米のアクション映画シーンって、未《いま》だにひと昔前の人気作を引きずっているわけだ。

そろそろ新世紀に相応《ふさわ》しいヒーローが望まれるところであるが、翻《ひるがえ》って日本の活劇小説シーンを振り返ってみると、これまた今も真先に浮かんでくるのは伊達邦彦《だてくにひこ》を始めとする大藪春彦《おおやぶはるひこ》のダーティヒーローたちだったりする。

大藪の功績はそれだけ偉大ということでもあるが、だからといって、伊達邦彦やハイウエイ・ハンター・シリーズの西城秀夫《さいじようひでお》、『汚れた英雄』の北野晶夫《きたのあきお》等に匹敵《ひつてき》するヒーローが生まれなかったわけじゃない。一九七〇年代から九〇年代に一世を風靡《ふうび》した平井和正《ひらいかずまさ》の犬神明《いぬがみあきら》（ウルフガイ・シリーズ）然《しか》り、門田泰明《かどたやすあき》の黒木豹介《くろきひようすけ》（黒豹シリーズ）然り。ポスト大藪ヒーローはすでに何人か登場しているのだが、現時点でのその最右翼が松岡圭祐《まつおかけいすけ》の生んだ「戦後最強のヒロイン」、〝千里眼〟こと岬美由紀《みさきみゆき》だったりするとなると、歯がゆい思いをしているヒーローファンもいるに違いない。

本書『傭兵代理店』に登場する藤堂浩志《とうどうこうじ》はその意味でまさに待望久《ひさ》しい正統的男子活劇のヒーローというべきだろう。

藤堂はかつて警視庁捜査一課の刑事だったが、二八歳のときある事件をきっかけに退職、渡欧してフランス外人部隊に入隊した。五年間の任期を務めた後は、フリーの傭兵として世界各地を転戦。四三歳といささかとうは立っているものの、プロの戦争屋としての実力は折り紙付きで、イギリスの特殊部隊ＳＡＳからも講師として招かれるほどになっていた。一七六センチの身体はさほど大柄ではないが、街のチンピラの五人や六人、瞬時に倒してしまう技術と体力は健在だ。

物語はその藤堂がしばらくぶりに帰国するところから始まる。彼が警視庁を辞めるきっかけとなった一五年前の事件――世田谷で起きた貿易会社社長の一家五人惨殺事件は半年前に時効を迎えていた。事件にもけじめがついたし、戦いの生活に倦《う》んでいたこともあって、彼は日本にしばらく滞在するつもりでいたが、帰国早々、一五年前の事件にも関わりがあった衆議院議員の運転手が殺される事件が起きる。その現場を見にいったことから警察に目をつけられるが、逆に自《みずか》ら警視庁に乗り込んで、かつて自分に味方してくれた検死官新庄秀雄《しんじょうひでお》から情報を仕入れることに成功。案の定《じょう》、事件は一五年前の一件と似ており、翌日同行した現場検証からそれを確信する。その後世田谷を再訪した藤堂は、未だに事件が起きた家の監視を続けている被害者の老父から改めて当日の細部を聞き出すが、その帰途何者かに襲撃される……。

藤堂が警視庁を辞めるきっかけになった一五年前の事件が、二〇〇〇年一二月末、世田谷で実際に起きた会社員一家四人殺害事件を下敷きにしているのは明らかだろう。この事件は犯行の異様さもさることながら、数多くの証拠、遺留品が発見されたにも拘わらず、捜査が難航していることで今日も話題を呼んでいる。犯人像ひとつを取っても、近所の住人説から外国人説、それも犯罪組織説から国家的な陰謀説まで、文字通り諸説紛々としている。それらを踏まえたうえで、著者がどのような解釈を施しているかが読みどころのひとつであるのはいうまでもないだろう。

読みどころという点では、しかし、最大の目玉はやはり傭兵という藤堂のキャラクターと、彼が頼りにする代理店の存在に尽きよう。

傭兵については、売春に次いで古い職業といわれるだけあって、ギリシア・ローマ時代の昔から洋の東西を問わずに栄えてきた。傭兵といえば〝戦場のハイエナ〟といった悪役イメージが昔から付きまとっているが、松本《まつもと》利秋《としあき》『戦争民営化――10兆円ビジネスの全貌』（祥伝社新書）によれば、日本でも戦国時代に足軽という「大量の傭兵歩兵部隊が誕生している」。本書後半、藤堂たちは東南アジアに足を延ばすが、江戸時代には山田《やまだ》長政《ながまさ》がタイ（当時はシャム）で傭兵部隊の隊長として活動したし、近代では近藤《こんどう》勇《いさみ》率いるあの新撰組も傭兵組織のひとつということになる。

大藪春彦の『傭兵たちの挽《ばん》歌《か》』を始め、日本ミステリーにも傭兵ヒーローは少なからず存在する。本書の場合は、だが、そこに「代理店」を絡めたところが特徴だ。東京・下北《しもきた》沢《ざわ》で古風な質屋を営む初老の男、池谷《いけたに》悟郎《ごろう》。彼はその表看板とは別に、裏で海外に傭兵を紹介する代理店を営んでいた。日本ではまだ馴染《なじ》みが薄いし、その存在については著者の創作と思われる向きもあるかもしれないが、「世界情勢の悪化が進む現在において、戦争請負会社と呼ばれる海外の大手警備会社とともに急成長している業界」というのは紛《まぎ》れもない事実。しかもこの代理店、「世界中の代理店と契約を交わしている」紹介屋というだけに止《とど》まらず、相互に情報を交換したり、情況に応じて現地の傭兵に兵力や武器弾薬を送り込んだりする援護システム――サポートプログラムまで整っているのだ。

戦争や紛争というと、つい国家生《は》え抜きの兵士同士の戦いと思いがちだが、どうやらその実態は近年急速に変貌を遂げているらしい。菅原《すがわら》出《いずる》『外注される戦争　民間軍事会社の正体』（草思社）によると、そもそもこの業界が急成長したのは、「冷戦終結による軍の縮小が直接の原因」らしい。イラクからなかなか退《しりぞ》かず、今なおイケイケ軍事国家のイメージが強い米陸軍とて「冷戦時の七十九万人体制から一気に四十八万人体制へと大幅に人員を削減した」。いわんや世界においてをや。「世界中の軍隊が縮小化の方向へ進み、一九九〇年代だけで世界中の軍隊で六百万人もの職が失われた。その結果、軍事的技能を身につけた膨大な数の個人が民間市場に流れ、安全ビジネス関連の企業に吸収されたり、元軍人たちによる新たな会社設立の動きにも拍車がかかったのである」。

本書はそうした現代の戦争世界の最前線をベースにしているわけだ。

藤堂の調査はやがて、黒幕が糸を引く大がかりな謀略を暴き出していくことになるが、その際代理店お抱えのコマンドとチームを組むことも少なくない。本書は彼ひとりの活躍を描く一匹狼型の活劇ではなく、レッキとした軍事活劇でもあるのだ。

むろんそのいっぽうで著者は、藤堂に自分が叩きのめしたストリートキッズ河合哲也《かわいてつや》の面倒をみさせたり、スナックを営む謎めいた美女森美香《もりみか》を関係させたりと、多彩なサブストーリーを用意して彼のキャラと物語に膨らみを与えることも忘れていない。大藪活劇的な車&銃器趣味こそ薄いものの、そのぶん過去と現在を結ぶ複雑な謀略の謎が凝《こ》らされているし、グローバルな舞台での活劇演出にも怠《おこた》りない。そうしたバランスの取れた熟《こな》れたエンタテインメント演出も「大型新人」たる所以《ゆえん》だろう。

藤堂浩志はただ荒事に長《た》けたタフガイヒーローではなく、軍事的な謀略にも、犯罪的な謀略にも対応しうる能力と仲間を備えている。過去を清算した今、彼は次に何を相手に立ち上がることになるのか。従来の傭兵イメージを払拭《ふっしょく》した新世紀の活劇ヒーローとして、どんな活躍をみせてくれるのか、今後のシリーズ展開が楽しみだ。

傭兵代理店

一〇〇字書評

切り取り線

購買動機（新聞、雑誌名を記入するか、あるいは○をつけてください）	
□（　　　　）の広告を見て	
□（　　　　）の書評を見て	
□ 知人のすすめで	□ タイトルに惹かれて
□ カバーが良かったから	□ 内容が面白そうだから
□ 好きな作家だから	□ 好きな分野の本だから

・最近、最も感銘を受けた作品名をお書き下さい

・あなたのお好きな作家名をお書き下さい

・その他、ご要望がありましたらお書き下さい

住所	〒				
氏名		職業		年齢	
Eメール	※携帯には配信できません	新刊情報等のメール配信を 希望する・しない			

この本の感想を、編集部までお寄せいただけたらありがたく存じます。今後の企画の参考にさせていただきます。Eメールでも結構です。

いただいた「一〇〇字書評」は、新聞・雑誌等に紹介させていただくことがあります。その場合はお礼として特製図書カードを差し上げます。

前ページの原稿用紙に書評をお書きの上、切り取り、左記までお送り下さい。宛先の住所は不要です。

なお、ご記入いただいたお名前、ご住所等は、書評紹介の事前了解、謝礼のお届けのためだけに利用し、そのほかの目的のために利用することはありません。

〒一〇一 - 八七〇一
祥伝社文庫編集長　清水寿明
電話　〇三（三二六五）二〇八〇

祥伝社ホームページの「ブックレビュー」からも、書き込めます。

www.shodensha.co.jp/
bookreview

祥伝社文庫

傭兵代理店《ようへいだいりてん》

平成19年6月20日　初版第1刷発行
令和7年6月30日　第18刷発行

著　者　渡辺裕之《わたなべひろゆき》

発行者　辻　浩明

発行所　祥伝社《しょうでんしゃ》
東京都千代田区神田神保町3-3
〒101-8701
電話　03（3265）2081（販売）
電話　03（3265）2080（編集）
電話　03（3265）3622（製作）
www.shodensha.co.jp

印刷所　錦明印刷
製本所　ナショナル製本

Printed in Japan　©2007, Hiroyuki Watanabe　ISBN978-4-396-33359-1 C0193

祥伝社文庫の好評既刊

渡辺裕之
傭兵代理店
「映像化されたら、必ず出演したい。比類なきアクション大作である」同姓同名の俳優・渡辺裕之氏も激賞！

渡辺裕之
悪魔の旅団《デビルズブリゲード》 傭兵代理店
大戦下、ドイツ軍を恐怖に陥れたという伝説の軍団再来か？　孤高の傭兵・藤堂浩志が立ち向かう！

渡辺裕之
復讐者たち 傭兵代理店
イラク戦争で生まれた狂気が日本を襲う！　藤堂浩志率いる傭兵部隊が米陸軍最強部隊を迎え撃つ。

渡辺裕之
継承者の印 傭兵代理店
ミャンマー軍、国際犯罪組織が関わるかつてない規模の戦いに、藤堂浩志率いる傭兵部隊が挑む！

渡辺裕之
謀略の海域 傭兵代理店
海賊対策としてソマリアに派遣された藤堂浩志。渦中のソマリアを舞台に、大国の謀略が錯綜する！

渡辺裕之
死線の魔物 傭兵代理店
「死線の魔物を止めてくれ」。悉く殺される関係者。近づく韓国大統領の訪日。死線の魔物の狙いとは!?

祥伝社文庫の好評既刊

阿木慎太郎
闇の警視

広域暴力団・日本和平会潰滅を企図する警視庁は、ヤクザ以上に獰猛《どうもう》な男・元警視の岡崎に目をつけた。

阿木慎太郎
闇の警視
縄張《シマ》戦争編

「殲滅目標は西日本有数の歓楽街の暴力組織。手段は選ばない」闇の警視・岡崎に再び特命が下った。

阿木慎太郎
闇の警視
麻薬壊滅編

「日本列島の汚染を防げ」日本有数の覚醒剤密輸港に、麻薬組織の一員を装って岡崎が潜入した。

阿木慎太郎
闇の警視
報復編

拉致《らち》された美人検事補を救い出せ！　非合法に暴力組織の壊滅を謀《はか》る闇の警視・岡崎の怒りが爆発した。

阿木慎太郎
闇の警視
最後の抗争

警視庁非合法捜査チームに解散命令が出された。だが、闇の警視・岡崎は命令を無視、活動を続けるが…。

阿木慎太郎
闇の警視
被弾

伝説の元公安捜査官が、全国制覇を企む暴力組織に、いかに戦いを挑むのか!?　闇の警視、待望の復活!!